O ÚLTIMO SUSPIRO

ROBERT BRYNDZA

O ÚLTIMO SUSPIRO

4ª REIMPRESSÃO

TRADUÇÃO DE **Marcelo Hauck**

Copyright © 2017 Robert Bryndza

Título original: *Last Breath*

Todos os direitos reservados pela Editora Gutenberg. Nenhuma parte desta publicação poderá ser reproduzida, seja por meios mecânicos, eletrônicos, seja via cópia xerográfica, sem a autorização prévia da Editora.

EDITORA
Silvia Tocci Masini

ASSISTENTE EDITORIAL
Andresa Vidal Vilchenski

PREPARAÇÃO
Nilce Xavier

REVISÃO
Silvia Tocci Masini
Andresa Vidal Vilchenski

CAPA
Alberto Bittencourt
(sobre imagens de Henry Steadman)

DIAGRAMAÇÃO
Larissa Carvalho Mazzoni

Dados Internacionais de Catalogação na Publicação (CIP)
(Câmara Brasileira do Livro, SP, Brasil)

Bryndza, Robert

O último suspiro / Robert Bryndza ; tradução Marcelo Hauck. -- 1.ed., 4. reimp. -- São Paulo : Gutenberg, 2021.

Título original: Last Breath.
ISBN 978-85-8235-544-2

1. Ficção inglesa I. Título.

18-20152   CDD-823

Índices para catálogo sistemático:
1. Ficção : Literatura inglesa 823
Iolanda Rodrigues Biode - Bibliotecária - CRB-8/10014

A **GUTENBERG** É UMA EDITORA DO **GRUPO AUTÊNTICA**

São Paulo
Av. Paulista, 2.073, Conjunto Nacional
Horsa I . Sala 309. Cerqueira
César 01311-940 . São Paulo . SP
Tel.: (55 11) 3034 4468

Belo Horizonte
Rua Carlos Turner, 420
Silveira . 31140-520
Belo Horizonte . MG
Tel.: (55 31) 3465 4500

www.editoragutenberg.com.br
SAC: atendimentoleitor@grupoautentica.com.br

Para Veronika, Filip e Evie.

*Os monstros mais assustadores são
os que se escondem na alma.*

Edgar Allan Poe

PRÓLOGO

Segunda-feira, 29 de agosto de 2016

Eram três horas da manhã e o fedor do cadáver tomava conta do carro. O calor não dava trégua havia dias. Ele dirigia com o ar-condicionado no máximo, mas, mesmo assim, o cheiro dela no porta-malas impregnava o veículo. A garota decompunha-se depressa.

Tinha colocado o corpo ali duas horas antes. As moscas haviam começado a procurá-la e, na escuridão, ele abanava os braços para espantá-las. Achou graça da maneira como se agitava e se debatia. Se ainda estivesse viva, ela provavelmente também teria rido.

Apesar do risco, ele gostava dessas excursões noturnas em que dirigia pela rodovia deserta e entrava em Londres pelos bairros afastados do centro. Duas ruas atrás, tinha apagado o farol e, ao virar em uma decadente rua residencial, desligou o motor. O carro, que se movimentava silenciosamente em ponto morto, passou diante das janelas escuras das casas e chegou ao final de uma descida onde uma pequena e deserta estamparia tornou-se visível. O prédio ficava afastado da rua e possuía um estacionamento mergulhado nas sombras das árvores altas que se enfileiravam na calçada, enquanto o entorno era iluminado pelo opaco brilho alaranjado da poluição da cidade. Ele entrou no estacionamento, sacolejando ao passar por cima das raízes das árvores que quebraram o asfalto à força. Foi até uma fileira de caçambas de lixo ao lado da entrada da estamparia, fez uma curva fechada para a esquerda e parou, deixando menos de trinta centímetros entre o porta-malas e a última caçamba.

Permaneceu um momento sentado e em silêncio. As casas em frente estavam encobertas pelas árvores e ao lado do estacionamento havia apenas a parede de tijolos da última casa de uma fileira de residências que se estendia pela rua. Inclinou-se na direção do porta-luvas e pegou uma luva de látex. Saiu do carro e sentiu o calor do asfalto subindo. As luvas ficaram molhadas por dentro em questão de segundos. Quando abriu o porta-malas do carro, uma varejeira-azul saiu zumbindo e pousou em seu rosto. Abanou os braços para espantá-la e cuspiu.

Levantou a tampa da caçamba e quase foi nocauteado pelo cheiro; mais moscas nojentas que botavam ovos em meio ao lixo apodrecido voaram para cima dele. Espantou-as com as mãos, soltou um gemido e cuspiu de novo, depois foi até o porta-malas do carro.

Ela tinha sido tão bonita, inclusive no fim, apenas algumas horas antes, quando chorava e implorava, com o cabelo oleoso e as roupas imundas. Agora não passava de uma coisa molenga. Seu corpo não era mais necessário, nem para ela nem para ele.

Sem fazer nenhum esforço, ele a levantou, retirando o corpo do porta-malas, e o deitou de comprido sobre os sacos pretos dentro da caçamba de lixo, fechando a tampa em seguida. Deu uma olhada ao redor. Estava sozinho, ainda mais agora que a havia desovado. Voltou ao carro e começou sua longa viagem de volta para casa.

Horas depois naquela manhã, uma vizinha da frente caminhou até a estamparia com um volumoso saco preto. Não recolhiam o lixo nos feriados e seus sogros estavam tomando conta do neném recém-nascido. Levantou a tampa da primeira caçamba para jogar o saco lá dentro e uma nuvem de moscas explodiu sobre ela. A moça recuou, agitando o braço. E então viu, deitado sobre os sacos pretos, o corpo da jovem. Ela tinha sido barbaramente espancada: um dos olhos estava fechado de tão inchado, havia cortes profundos na cabeça, e o corpo estava repleto de moscas no calor do início da manhã.

Então sentiu o cheiro. Largou o saco preto e vomitou no asfalto quente.

CAPÍTULO 1

Segunda-feira, 9 de janeiro de 2017

A Detetive Inspetora Chefe Erika Foster observava o Detetive James Peterson esfregar uma toalha em seus *dreads* curtos para enxugar os flocos derretidos de neve. Ele era alto e magro e tinha a combinação certa de arrogância e charme. As cortinas estavam bem fechadas, a neve caía aos rodopios lá fora, a televisão emitia um confortável ruído de fundo e o pequeno quarto-e-sala era banhado pela suave e acolhedora luz de dois abajures novos. Após um longo dia de trabalho, Erika tinha se conformado em tomar um banho quente e dormir cedo, mas Peterson havia ligado do restaurante especializado em peixe empanado com batata frita que ficava na esquina, perguntando se ela estava com fome. Antes que pudesse pensar em uma desculpa, tinha respondido sim. Haviam trabalhado juntos antes em várias investigações de assassinatos bem-sucedidas comandadas por Erika, no entanto agora estavam em unidades diferentes: Peterson integrava a Equipe de Investigação de Assassinatos e Erika trabalhava com a Equipe de Projetos – um cargo que rapidamente passou a odiar.

Peterson foi até o aquecedor e dependurou com perfeição a toalha antes de virar-se para ela com um sorriso.

– Está caindo uma nevasca lá fora – comentou, juntando as mãos e soprando entre elas.

– Seu Natal foi bom? – ela perguntou.

– Foi legal, passei com os meus pais. Meu primo ficou noivo – ele respondeu, tirando a jaqueta de couro.

– Parabéns... – felicitou ela, sem conseguir lembrar se tinha ouvido falar de algum primo.

– E você? Estava na Eslováquia?

— Estava, com minha irmã e minha família. Dividi um beliche com a minha sobrinha... Quer uma cerveja?

— Adoraria.

Peterson pendurou a jaqueta no encosto do sofá e se sentou. Erika abriu a geladeira e deu uma espiada. Um fardo de seis cervejas estava na gaveta de verduras, e a única comida era uma panelinha com uma sopa de dias atrás na prateleira de cima. Tentou dar uma conferida em seu reflexo na lateral metálica da panela, mas o formato curvo o distorceu, deixando-a com um rosto espremido e a testa protuberante, como em um espelho de espetáculo de horrores. Devia ter mentido educadamente que já tinha jantado.

Meses antes, após alguns drinques em um pub com os colegas, Erika e Peterson tinham acabado juntos na cama. Embora nenhum dos dois achasse que tinha sido *só mais uma* noite, desde então mantinham a relação estritamente profissional. Haviam passado mais duas noites juntos antes do Natal e em ambas ela tinha ido embora antes do café da manhã. Mas agora ele estava no apartamento dela, os dois sóbrios, e o porta-retratos dourado com a foto de seu falecido marido, Mark, estava na prateleira de livros junto à janela.

Erika tentou não dar vazão para a ansiedade e a culpa que lhe invadiam, pegou duas cervejas e fechou a porta da geladeira. A sacola plástica do restaurante estava na bancada e o cheiro a fez salivar.

— Você gosta de comer o peixe enrolado no papel? — ela perguntou, tirando a tampinha das cervejas.

— É o único jeito de comer esse negócio — respondeu Peterson. Com um braço largado sobre o encosto do sofá e um tornozelo apoiado no joelho da outra perna, aparentava estar confiante e à vontade.

Erika sabia que quebraria o clima, mas tinham que ter uma conversa, ela precisava estabelecer alguns limites. Pegou dois pratos e os levou com as sacolas e as cervejas até a mesinha de centro. Em silêncio, desembrulharam a comida, o vapor do peixe empanado e das batatas, macios e dourados, elevou-se. Comeram durante um momento.

— Olha só, Peterson. James... — começou Erika.

Nesse momento, o telefone dele tocou e o detetive o tirou do bolso.

— Desculpe, tenho que atender.

Erika acenou para que prosseguisse. Ele atendeu o telefone e ouviu com a testa franzida.

– Sério? Okay, sem problema, qual é o endereço? – Ele pegou uma caneta na mesa e começou a escrever no canto da embalagem de comida. – Estou perto. Posso sair agora e segurar as pontas até você chegar lá... Vá com cuidado com esse tempo lá fora. – Ele desligou, enfiou uma mãozada de batata na boca e se levantou.

– O que foi? – perguntou Erika.

– Uns estudantes acharam o corpo mutilado de uma jovem em uma lata de lixo.

– Onde?

– Tattersall Road, perto de New Cross... Cacete, essa batata é das boas – elogiou, enfiando mais um punhado na boca. Pegou a jaqueta de couro no encosto do sofá e conferiu se estava com o distintivo, a carteira e as chaves do carro.

Erika sentiu mais uma pontada de arrependimento por não estar mais na Equipe de Investigação de Assassinatos.

– Desculpe, Erika. Vamos ter que continuar isso aqui outra hora. Achei que teria a noite livre hoje. O que você ia falar?

– Tranquilo. Não era nada. Quem te ligou?

– A Detetive Inspetora Chefe Hudson. Ela está presa na neve. Não presa, mas está vindo do centro de Londres e as estradas estão ruins.

– New Cross é aqui perto. Vou com você – ela se ofereceu, pondo o prato na mesa e pegando a carteira e o distintivo na bancada da cozinha.

Peterson a seguiu até a porta enquanto vestia a jaqueta. Erika deu uma conferida em seu reflexo no espelhinho na saída, limpou a gordura da batata no canto da boca e passou a mão no cabelo loiro curto. Estava sem maquiagem e, apesar das maçãs do rosto salientes, notou que as bochechas estavam mais cheias depois de uma semana com comidas deliciosas de Natal. Os olhos dos dois encontraram-se no espelho e ela viu que o rosto de Peterson havia se anuviado.

– Algum problema?

– Não. Só que a gente vai no meu carro – ele respondeu.

– Não. Vou no meu carro.

– Você vai impor sua autoridade para cima de mim agora?

– Do que é que está falando? Você pega o seu carro, eu pego o meu. A gente vai em comboio.

– Erika. Vim aqui para jantar...

– Só jantar? – questionou ela.

– O que está querendo dizer?
– Nada. Você recebeu uma ligação do trabalho, e me parece perfeitamente razoável, como oficial superior a você, comparecer ao local. Ainda mais com a Detetive Inspetora Chefe Hudson atrasada... – sua voz desvaneceu, ela sabia que estava forçando a barra.
– "Oficial superior". Você nunca vai me deixar esquecer isso, vai?
– Espero que não se esqueça – ela o repreendeu, vestindo o casaco. Apagou a luz e os dois saíram do apartamento em um silêncio desconfortável.

CAPÍTULO 2

O farol do carro de Erika iluminava a neve que caía forte, enquanto ela mudava de pista para escapar do trânsito; passou pela estação de trem de New Cross e virou na Tattersall Road. Um momento depois, Peterson apareceu atrás dela. Na esquina em que as duas ruas se encontravam, havia uma loja de cozinhas planejadas com um grande estacionamento. A neve sobre a calçada parecia um tapete com vários tons de branco, que refletia as intermitentes luzes azuis de três viaturas paradas na rua. Uma fileira de casas geminadas estendia-se pela ladeira, e Erika viu alguns dos vizinhos aglomerados às portas iluminadas, observando os agentes desenrolarem a fita para isolar o estacionamento da loja, que dava para os fundos da primeira residência. Erika ficou satisfeita ao ver a Detetive Inspetora Moss de pé na calçada, diante do cordão de isolamento, conversando com um policial. Era uma colega confiável e, juntamente com Peterson, tinham trabalhado em várias investigações de assassinato. Erika e Peterson encontraram vagas do outro lado da rua, depois a atravessaram.

– Bom te ver, chefe – cumprimentou Moss, erguendo as lapelas do casaco para se proteger da neve que caía incessante. Ela era uma mulher baixa, corpulenta, de cabelo ruivo curto e o rosto coberto de sardas. – Está aqui para comandar a investigação?

Erika respondeu "sim" ao mesmo tempo em que Peterson disse "não".

– Pode nos dar licença um momento? – disse Moss, dirigindo-se ao policial.

Ele despediu-se com um aceno de cabeça e saiu na direção de uma das viaturas.

– Eu estava com o Peterson quando ele recebeu a ligação – explicou Erika.

– É sempre ótimo ter você nessas situações, chefe – disse Moss. – É que eu achei que a Inspetora Chefe Hudson comandaria a investigação.

— Vou ficar aqui até ela chegar — esclareceu Erika, piscando por causa da nevasca. Moss olhou para os dois e houve um silêncio constrangedor.

— Então, posso ver com o que é que estamos lidando? — perguntou Erika.

— Corpo de uma jovem, severamente espancado — Moss informou. — O tempo ruim também está atrasando os peritos e o pessoal da criminalística. Os policiais atenderam ao chamado. Uma das estudantes que mora na casa da esquina de lá foi às latas de lixo e achou o corpo.

— Já temos macacões para entrarmos na cena do crime? — perguntou Erika.

Moss fez que sim. Eles se aproximaram da fita de isolamento atravessada no portão do estacionamento, e foi constrangedor o momento em que Erika aguardou Peterson suspendê-la. Erika lhe disparou um olhar, Peterson levantou a fita e ela entrou no estacionamento.

— Putz, mas que inferno, será que eles viraram um casal? — Moss murmurou para si mesma. — Todo mundo fala que não devemos trabalhar com crianças nem animais, mas sempre se esquecem de falar dos casais.

Ela seguiu em frente, juntou-se a Erika e Peterson e também começou a vestir o macacão. Depois, passaram por baixo de outra fita e se aproximaram de uma grande lata de lixo industrial acorrentada à parede de tijolos da loja de cozinhas planejadas. A tampa estava aberta. Moss apontou o poderoso feixe de uma lanterna para o interior dela.

— Meu Deus — espantou-se Peterson, dando um passo atrás e colocando a mão na boca.

Erika não recuou, permaneceu olhando atentamente.

Deitada sobre a lateral direita do corpo, em cima de um monte de caixas de papelão desmontadas e perfeitamente empilhadas, encontrava-se o corpo de uma mulher jovem. Tinha sido barbaramente espancada, os olhos estavam fechados de tão inchados e o comprido cabelo castanho, emaranhado com sangue coagulado. Nua da cintura para baixo, as pernas estavam talhadas de cortes e feridas profundas. Vestia uma camiseta de malha pequena, mas era impossível dizer de que cor havia sido, pois ela também estava saturada de sangue.

— E olhem — disse Moss com suavidade. Ela apontou a lanterna para o topo da cabeça da garota, iluminando o local em que o crânio estava afundado.

— E foram os estudantes que a encontraram? — perguntou Erika.

— Eles estavam esperando do lado de fora quando os guardas chegaram — respondeu Moss. — Como podem ver, a porta da casa deles dá direto no estacionamento, então não pudemos deixá-los entrar de novo quando isolamos a cena do crime.

— Onde eles estão?

— Os guardas os colocaram em um carro no final da rua.

— Vamos deixar isso fechado até os peritos chegarem — orientou Erika, notando que a neve formava uma camada fina sobre o corpo e nas caixas de papelão ao redor dele.

Usando luvas, Peterson pôs as mãos na caçamba e fechou a tampa lentamente, isolando o corpo das intempéries. Ouviram vozes perto da fita de isolamento e o bipe de um rádio. Eles se aproximaram de onde estavam a Detetive Inspetora Chefe Hudson, uma mulher pequena, de cabelos loiros e fino cortados em um estilo chanel despojado, e o Superintendente Sparks, um homem alto e magro de rosto pálido esburacado de cicatrizes de espinha. Seu cabelo preto oleoso estava penteado para trás, e seu terno, imundo.

— Erika! O que está fazendo aqui? Pelo que ouvi falar, você estava em uma galáxia muito, muito distante — comentou ele.

— Estou em Bromley — respondeu Erika.

— Dá no mesmo.

A Inspetora Hudson reprimiu uma risada.

— Ai, ai, muito engraçado — disse Erika. — Tanto quanto a garota que foi espancada até a morte e largada em uma caçamba logo ali...

Hudson e Sparks fecharam seus sorrisinhos maliciosos.

— Erika só veio dar uma ajuda. O clima estava atrasando os procedimentos e ela mora aqui perto — explicou Moss.

— Ela estava comigo quando recebi a ligação. Também moro aqui perto — começou Peterson, mas Erika o interrompeu com um olhar duro.

— Entendi — disse Sparks, percebendo o olhar. Ele fez uma pausa, como se estivesse arquivando aquilo na mente para usar posteriormente contra ela. Em seguida, foi até a fita de isolamento e a levantou com uma das mãos coberta por uma luva preta.

— Não se esqueça de deixar o seu macacão aí, Erika. Depois me espere do lado de fora. Precisamos ter uma conversinha.

Moss e Peterson iam falar mais alguma coisa, mas Erika pediu que ficassem quietos com um discreto gesto de cabeça e saiu do perímetro isolado pela fita policial.

CAPÍTULO 3

Erika foi embora do local do crime, afastou-se um pouco na rua e começou a andar de um lado para o outro sob o foco de luz alaranjado de um dos postes. A neve caía em fortes rajadas, ela se agachou, levantou a gola da jaqueta e enfiou as mãos no fundo dos bolsos. Sentia-se impotente, como um jogador assistindo à partida do banco de reservas, quando viu uma van preta da perícia forense estacionar na calçada exatamente em frente ao cordão de isolamento. Apesar da temperatura congelante, não queria voltar para o carro. No porta-luvas, mantinha um maço de cigarro para emergências. Tinha parado de fumar alguns meses atrás, porém, em momentos de estresse, ainda sentia o desejo pela nicotina corroer-lhe por dentro. Entretanto, recusava-se a deixar que Sparks fosse a razão para ela ceder e acender um cigarro. Ele saiu pelos portões alguns minutos depois e caminhou bem na direção dela.

– Erika, por que você veio para cá? – perguntou o superintendente. Sob a luz do poste, ela percebeu que o cabelo dele tinha indícios grisalhos e que seu corpo estava bem mais magro.

– Já te falei, eu soube que a Detetive Inspetora Chefe Hudson estava atrasada.

– Quem te falou?

Erika hesitou:

– Eu estava com Peterson quando ele recebeu a ligação, mas quero deixar claro que não é culpa dele. Não lhe dei muita escolha.

– Você estava *com* ele?

– Estava...

– Curtindo um negocinho diferente, né? – completou ele com um sorriso malicioso. Apesar do ar gelado, Erika sentiu o calor ruborizar suas bochechas.

– Isso não é da sua conta.

– E a minha cena de crime também não é da sua conta. Sou eu que estou no comando das Equipes de Investigação de Assassinatos. Você não trabalha para mim e não é bem-vinda. Então vai se foder e some daqui.

Erika se aproximou, olhou bem nos olhos dele e disse:

– O que você acabou de falar?

O bafo de Sparks estava rançoso e azedo.

– Você me ouviu, Erika. Vai se foder e some daqui. Você não veio ajudar, veio se intrometer. Eu sei que fez uma solicitação para ser transferida de volta para uma das Equipes de Investigação de Assassinatos. Que ironia! Depois de ter feito todo aquele showzinho pedindo para sair quando eu fui promovido e você não.

Erika o encarava. Sabia que ele a odiava, porém, no passado, uma fina camada de polidez tinha coberto as interações entre os dois.

– Não se atreva a falar assim comigo de novo – ela ameaçou.

– Não fale assim comigo de novo, *senhor*.

– Quer saber, Sparks, você pode ter ganhado a sua patente superior lambendo o saco dos outros por aí, mas ainda tem que conquistar sua autoridade – disse Erika, com os olhos cravados nos dele. A neve estava mais forte e os grandes flocos que caíam ficavam agarrados no blazer dele. Ela se recusava a piscar ou desviar o olhar. Um policial se aproximou e Sparks foi obrigado a deixar de encará-la.

– O que foi? – vociferou ele.

– Senhor, o perito responsável pela cena do crime está aqui, e o cara que gerencia a loja de cozinhas planejadas também está a caminho para que a gente possa descobrir o que ele sabe.

– Quero você fora da minha cena de crime – afirmou Sparks antes de sair pisando duro na direção da fita de isolamento ao lado do policial, deixando pegadas na neve.

Erika respirou fundo e se recompôs, sentindo as lágrimas ardendo nos olhos.

– Pare com isso, ele é só mais um cuzão do trabalho – repreendeu-se. – Podia ser você deitada naquela caçamba.

Enxugou as lágrimas do rosto e começou a voltar para o carro. Passou por uma viatura com a luz interna acesa e, lá dentro, conseguiu discernir três jovens: duas garotas atrás e um garoto loiro na frente. O rapaz estava inclinado entre os bancos e eles conversavam intensamente. Erika diminuiu o passo e parou.

– Ah, que se foda! – ela disse.

Deu meia-volta e foi até o carro. Conferiu se não havia mais ninguém por ali, bateu na janela e abriu a porta, mostrando o distintivo.

– Vocês são os estudantes que acharam o corpo? – perguntou. Eles olharam para ela e confirmaram com gestos de cabeça e os rostos ainda em choque. Aparentavam não ter mais de 18 anos. – Já falaram com algum policial? – acrescentou ela, inclinando-se para dentro do carro.

– Não, estamos aqui há uma eternidade. Falaram pra gente esperar, mas estamos congelando – respondeu o rapaz.

– O meu carro está do outro lado da rua. Vamos bater um papo com o ar quente ligado – falou Erika.

CAPÍTULO 4

Erika ajustou os comandos no painel de seu carro e uma rajada quente começou a soprar com força nas saídas de ar. O rapaz sentou-se ao lado dela, no banco do passageiro, esfregando os braços. Era loiro, magro, tinha a pele malcuidada e estava de camiseta, jaqueta fina e calça jeans. As duas garotas sentaram no banco traseiro. A primeira se sentou atrás de Erika, era bonita e tinha a pele cor de caramelo. Estava de calça jeans, suéter vermelho e um *hijab* roxo preso no lado esquerdo do pescoço com um broche prata em forma de borboleta. A outra garota era baixa, gordinha e tinha cabelos castanhos na altura do queixo. Os dois dentes da frente eram proeminentes, dando ao rosto uma aparência que lembrava a de um coelho. Ela estava com um roupão pêssego felpudo e imundo.

– Qual é o nome de vocês? – perguntou Erika, pegando um caderninho na bolsa e o apoiando no volante.

– Sou Josh McCaul – respondeu o garoto.

A detetive esfregou a caneta no papel, pois não estava funcionando.

– Você pode dar uma olhada se tem outra no porta-luvas? – pediu Erika.

O garoto inclinou-se para a frente e sua camiseta subiu atrás, deixando à mostra a tatuagem de uma folha de maconha na base da coluna. Ele revirou os pacotes velhos de bala, o maço de Marlboro para emergências e entregou a ela uma caneta esferográfica.

– Você me dá um? – pediu, ao encontrar um pacote de bombons pela metade.

– Fique à vontade – disse ela. – Vocês duas querem um?

– Não – recusou a menina de *hijab*, acrescentando que seu nome era Aashirya Khan. A segunda garota também recusou o chocolate.

– Sou Rachel Dawkes, sem "a"...

– Ela está falando que o Rachel é sem o "a", não o Dawkes. Ela tem a maior implicância com isso – disse Josh, desembrulhando o segundo bombom.

Rachel contraiu os lábios demonstrando que não gostou do comentário e ajeitou as dobras do roupão.

– Vocês todos moram no apartamento ao lado da loja de cozinhas planejadas? – perguntou Erika.

– Moramos. Estudamos na Universidade Goldsmiths – respondeu Rachel. – Estou fazendo Inglês e Aashirya também. Josh está no curso de Artes.

– Vocês ouviram ou viram alguma coisa suspeita nos últimos dias, alguém rondando aquelas caçambas ou o estacionamento da loja?

Aashirya se remexeu no banco, cruzou os braços no colo e ficou observando com seus grandes olhos os peritos que naquele momento passavam pela casa deles e entravam no estacionamento.

– Esta área é barra pesada, sempre ouvimos tiros e gritos à noite – disse ela antes de começar a chorar.

Rachel inclinou-se para dar um abraço na amiga. Josh mastigava o que tinha restado do chocolate e estava com dificuldade de engoli-lo.

– Como assim, tiros e gritos? – perguntou Erika.

– São quatro pubs, uma população grande de estudantes e a maioria dessas casas são repúblicas de baixo custo – disse Rachel timidamente. – Estamos em South London. Tem crime em toda esquina.

As janelas do carro estavam embaçando. Erika desconsiderou o comentário e ajustou o ar quente.

– Quem achou o corpo?

– O Josh – respondeu Rachel. – Ele me mandou uma mensagem pedindo para vir aqui fora.

– Mandou uma mensagem?

– Uma mensagem de texto – disse Josh como se ela fosse idiota. Erika novamente ficou surpresa pela diferença entre gerações. Seu primeiro instinto teria sido correr para dentro e contar a elas, mas Josh pegou o telefone. – Nossa lixeira estava cheia e as da loja provavelmente não teriam sido usadas no Natal, por isso achei que iam estar vazios.

– Nós todos saímos – disse Aashirya.

– Que horas foi isso? – interrogou Erika.

– Lá pelas sete e meia – respondeu Josh.

– Que horas a loja de cozinhas fecha?

– Está fechada desde o ano-novo. Ouvimos falar que o dono faliu – respondeu Josh.

– Então tem sido bem tranquilo nos últimos dias?
Todos confirmaram com a cabeça.
– Vocês reconheceram a vítima? É estudante? Morava aqui na região?
Eles negaram com a cabeça, estremecendo à lembrança da garota morta.
– Moramos aqui desde setembro, estamos no primeiro ano de faculdade – explicou Josh.
– Quando vamos poder voltar para o nosso apartamento? – perguntou Rachel.
– Ele faz parte da cena do crime e essas coisas demoram.
– Dá para ser mais específica, detetive?
– Sinto muito, mas não dá.
– Provavelmente era uma prostituta, a garota na caçamba – acrescentou Rachel baixinho, ajeitando as lapelas do roupão. – Tem muito disso nesta área.
– Você conhece alguma prostituta daqui? – questionou Erika.
– Não!
– Então como você sabe que ela era prostituta?
– Ué, de que outro jeito uma garota acabaria... de que outro jeito isso poderia acontecer?
– Rachel, ser ingênua e preconceituosa não vai te levar muito longe na vida – alertou Erika.
Rachel contraiu os lábios e olhou para a janela embaçada ao seu lado.
– Vocês têm mais alguma coisa para me falar? Qualquer coisa que tenham visto, por menor que seja? Além dos esquisitões de sempre, não teve mais ninguém andando por aqui? Ninguém que despertasse suspeita? – Eles negaram com a cabeça. – E os vizinhos da frente? Como eles são? – perguntou Erika, apontando para a fileira de casas escuras do outro lado da rua.
– A gente não conhece bem o pessoal. Um bando de estudantes e algumas senhorinhas idosas – disse Josh.
– Onde vamos ficar? – perguntou Aashirya com um fio de voz.
– Estou com a chave do apartamento de um amigo meu para dar comida ao gato dele. A gente pode ir para lá – sugeriu Josh.
– Onde é? – perguntou Erika.
– Perto de Ladywell.
– Detetive, o que vai acontecer agora? – perguntou Rachel. – A gente vai ter que se apresentar no tribunal ou fazer algum tipo de reconhecimento?

Erika sentiu pena deles, eram jovens e apenas alguns meses antes tinham saído de casa e ido morar em uma das piores áreas de Londres.

– É possível que tenham que se apresentar no tribunal, mas isso só aconteceria daqui a muito tempo – respondeu Erika. – Por enquanto, podemos oferecer orientação psicológica. Posso ver acomodação de emergência, mas vai levar um tempo. Se me derem o endereço, posso providenciar uma carona até a casa desse amigo. Só que vamos precisar falar com vocês de novo e colher o testemunho oficial.

Aashirya estava um pouco mais controlada e secava os olhos com as costas das mãos. Erika vasculhou a bolsa em busca de um lenço.

– Vocês precisam ligar para os pais?

– Estou com o meu celular – disse Rachel, dando um tapinha no bolso do roupão.

– Minha mãe trabalha de noite – falou Josh.

– O meu celular ainda está no apartamento. Eu gostaria de ligar para o meu pai, por favor – pediu Aashirya, pegando o lenço de Erika.

– Use o meu telefone, querida – ofereceu Josh, passando-o por entre os bancos.

Aashirya digitou o número e aguardou com o aparelho pressionado no tecido de seu *hijab*. Josh limpou a condensação na janela. A van do patologista tinha chegado. Empurraram uma maca pela calçada e entraram com ela no estacionamento.

– Ela foi largada ali como se fosse lixo – comentou ele. – Quem faria uma coisa dessas?

Erika olhou fixamente pela janela e quis muito saber a resposta para aquela pergunta. Sparks apareceu no portão vestindo o macacão usado em cenas de crime, e ela sabia que a única coisa que podia fazer naquele momento era ir embora.

CAPÍTULO 5

Erika acordou sozinha na manhã seguinte. Esperava que Peterson tivesse ligado com mais informações da cena do crime, mas conferiu o celular e viu que não tinha nenhuma ligação perdida, nem mensagem.

Demorou mais do que o habitual para chegar ao trabalho de carro. Os veículos que jogavam sal no asfalto para derreter o gelo tinham trabalhado a noite inteira, mas ela andava devagar pelas ruas escorregadias cobertas de neve derretida. Quando finalmente chegou a Bromley, o centro da cidade estava cinzento, e a luz da manhã mal conseguia atravessar as densas nuvens baixas. A neve continuava a cair, derretendo ao atingir as ruas com sal, porém era fria o bastante para acumular-se nas calçadas. A Delegacia de Polícia Bromley ficava no final da rua de comércio, em frente à estação de trem e um grande supermercado. Pessoas de rostos pálidos passavam por uma fila impaciente na pequena cafeteria e entravam na estação.

Erika parou o carro no estacionamento subterrâneo e pegou o elevador até o térreo. Vários agentes estavam saindo do turno da noite e lhe deram "oi" quando ela passou diante do vestiário dos funcionários em direção à minúscula cozinha. Fez um chá e o levou para a sala que lhe haviam designado, no canto do último andar, e suspirou ao ver a pilha de arquivos novos que lhe aguardavam em sua mesa. Estava mexendo neles quando escutou uma batida na porta. Ergueu o rosto e viu o Detetive John McGorry, um bonito policial de cabelo escuro na faixa dos 20 e poucos anos.

– Tudo certo, chefe?

– Bom dia, John. O que posso fazer por você?

– Conseguiu dar uma olhada na minha solicitação?

No final do ano anterior, John tinha feito parte da equipe comandada por Erika, responsável por um caso histórico de desaparecimento, e após a conclusão bem-sucedida da investigação, ele deu início ao processo de candidatura ao posto de detetive inspetor.

– Desculpe, John. Vou olhar isso hoje... Sabe como é, teve... bom... teve o Natal e tudo mais.

– Obrigado, chefe – ele disse antes de abrir um sorriso.

Erika sentiu-se péssima. Estava com o formulário dele desde a semana anterior ao Natal. Sentou-se à mesa, acessou sua caixa de e-mails para achar o anexo, mas se distraiu com outra mensagem:

ATT: Detetive Inspetora Chefe Foster,

    Escrevo em resposta à sua solicitação de transferência para a equipe de investigação de assassinato. Infelizmente sua solicitação não foi aceita desta vez.

Atenciosamente,
Barry McGough
Polícia Metropolitana de Londres
– Departamento de Recursos Humanos

– Sparks... – murmurou, recostando-se na cadeira. Pegou o telefone e ligou para Peterson, que atendeu depois de vários toques, parecendo meio grogue. – Droga, eu te acordei.

– Acordou – ele admitiu, pigarreando. – Ficamos lá até as duas da manhã.

– O que mais descobriram?

– Não muito. Melanie Hudson mandou eu e Moss fazermos um porta a porta. Nenhum dos vizinhos na Tattersall Road viu nada.

– Escute... desculpe se eu forcei a barra para ir com você ontem à noite.

– E por quê?

– Não contei a ninguém, mas fiz uma solicitação para voltar à Equipe de Investigação de Assassinatos.

– E vai trabalhar para o Sparks?

– Não, para solucionar assassinatos. Estou presa atrás de uma mesa há meses, fazendo essas porcarias desses relatórios. Enfim. Deixe pra lá... Recusaram o pedido.

– Sinto muito. Disseram por quê?

– Não.

– Erika, quando eles avaliam esse tipo de pedido, a sua patente e o seu salário jogam contra você.

– Acho que sou *eu* quem joga contra mim. E tenho certeza de que tem o dedo do Sparks nessa decisão... Se pelo menos eles avaliassem a solicitação com base no número de casos que solucionei. Na quantidade de assassinos que prendi.

– Prender criminosos não economiza dinheiro. Você sabia que meter alguém na cadeia custa o mesmo que passar uma noite no Ritz.

– É só isso que importa agora?

– Para alguém tão inteligente, às vezes você é bem ingênua, Erika.

– Não podemos pensar nesses termos. Tem gente demais achando que o dinheiro vem primeiro...

Peterson suspirou do outro lado da linha.

– Olha, Erika, eu só dormi três horas. Concordo com você, mas preciso de mais uns roncos antes de conseguir entrar em um debate – disse.

– Okay. E me desculpe de novo por ontem à noite.

– Tá tudo bem. Firme aí, vai aparecer alguma coisa.

– Eu sei. Só estou cansada de ficar presa neste marasmo, cuidando dessa papelada infinita para Ronald McDonald...

Erika escutou alguém limpando a garganta, como se quisesse chamar sua atenção. Ela levantou o rosto e viu um homem de fartos cabelos vermelhos desalinhados de pé junto à porta. Era Ronald McDonald em pessoa: o Superintendente Yale.

– Olha só, eu tenho que desligar... – ela disse. – Bom dia, chefe, o que posso fazer pelo senhor? – perguntou Erika, constrangida.

– Erika, podemos ter uma conversa? – Yale era um homem grande, alto e robusto, tinha uma barba vermelha espessa que combinava com o cabelo. Seus grandes olhos azuis sempre pareciam estar marejados e seu rosto tinha uma vermelhidão que dava a Erika a impressão de que ele estava prestes a ter uma reação alérgica a algo que havia comido.

– Sim, senhor. É sobre o relatório estatístico de crimes com faca?

– Não. – Ele entrou, fechou a porta e sentou-se em frente à mesa dela. – Estava com o Superintendente Sparks no telefone...

Yale tinha o hábito de deixar uma sentença pairando no ar, para que a pessoa metesse os pés pelas mãos e se incriminasse.

– Como ele está? – perguntou Erika de maneira indiferente.

– Ele falou que ontem à noite você se intrometeu em uma cena de crime dele.

— Cheguei com o Detetive Inspetor Peterson, estávamos juntos quando ligaram para que comparecesse ao local, o tempo ruim estava atrasando outros oficiais, por isso decidi dar uma mãozinha e fui até lá...

— Sparks falou que teve que dar uma ordem para que você saísse da cena.

— Será que "vai se foder" pode ser interpretado como uma ordem, senhor? Estou citando o Superintendente Sparks.

— Mesmo assim você ficou na cena e colheu o depoimento dos três estudantes que acharam o corpo de Lacey Greene.

Erika arqueou as sobrancelhas:

— Ele já tem a identidade da vítima?

Yale mordeu o lábio, se dando conta de que havia revelado mais do que pretendia.

— Pelo amor de Deus, Erika. Você vive enchendo a paciência para ser promovida, mas se comporta como uma adolescente!

— Três testemunhas foram deixadas sozinhas em uma viatura sem aquecimento. A Tattersall Road é uma área bem perigosa. Era tarde da noite e eles não estavam com roupa para aguentar a temperatura abaixo de zero. Uma das meninas estava de roupão e a outra usava um *hijab*... um daqueles véus islâmicos que cobrem o rosto, usado por algumas mulheres... — Erika deixou a frase pairando no ar um instante depois prosseguiu. — Elas eram jovens vulneráveis, senhor, e estamos lidando com uma crescente onda de islamofobia, principalmente em áreas mais desfavorecidas...

Yale olhou desconfiado para Erika e tamborilou os dedos na mesa por um momento. Ambos tinham consciência de que ela estava dando desculpas esfarrapadas, mas não deixava de ser verdade.

— Senhor, colhi o depoimento das três testemunhas, providenciei um lugar seguro para ficarem e encaminhei um e-mail com o relatório completo para o Superintendente Sparks.

— Erika, sei que não está satisfeita aqui. Entendo isso. Também não acho muito legal trabalhar com você.

— Solicitei uma transferência, mas recusaram.

Yale se levantou e disse:

— Então temos que fazer o melhor com aquilo que temos. Quero o primeiro rascunho do seu relatório estatístico sobre crimes com faca na região hoje no final do expediente.

– É claro, senhor.

Ele ia falar mais alguma coisa, contudo despediu-se com um aceno de cabeça e foi embora. Erika recostou-se e olhou pela janela. A rua comercial estendia-se até o cruzamento, onde se transformava numa área de pedestres. Havia uma longa fila em frente à loja de produtos por uma libra. Um jovem asiático saiu lá de dentro, levantou a porta e o amontoado de gente entrou no estabelecimento.

Erika estava prestes a fazer outro chá quando seu telefone tocou.

– É a Detetive Erika Foster? – perguntou uma jovem voz masculina.

– Detetive Inspetora Chefe, sim, é ela.

– Oi. É Josh McCaul, de ontem à noite... – a voz interrompeu, e ela ouviu o som de uma cafeteira ao fundo. – Posso falar com você?

– Josh... um dos meus colegas vai entrar em contato com você para colher o depoimento formal.

– Antes de fazer isso formalmente, preciso falar com você.

– Sobre o quê?

– A vítima de assassinato – disse ele com a voz baixa.

– Você falou que não a conhecia.

Houve um longo silêncio do outro lado da linha, então ele falou:

– Não conheço a moça. Mas acho que sei quem a matou.

CAPÍTULO 6

Erika concordou em se encontrar com Josh no Brockley Jack, um tradicional pub inglês na movimentada Brockley Road, recentemente reformado ao estilo *gastropub*. O bar estava tranquilo às 11 horas da manhã, tinha apenas dois velhotes desmazelados, ambos com uma cerveja na mão e outra já aguardando.

Josh estava atrás do balcão, usando uma camiseta preta de manga comprida, organizando xícaras e pires limpos em cima de uma máquina de café. Parecia assustado.

– Oi! Onde você quer conversar? – perguntou Erika.

– Você se importa se a gente for lá fora? Preciso de um cigarrinho – ele respondeu.

Uma mulher de meia-idade com maquiagem pesada e blusa vermelha plissada saiu por uma porta atrás dele e olhou para Erika com a cara fechada.

– Imagino que você vai querer café – ralhou ela.

– Puro, sem açúcar – disse Erika.

– Eu levo lá. Ligue os aquecedores se precisar, Josh.

A área externa do pub era pequena, tinha um muro alto e atrás dele estendia-se uma fileira de casas. Sentaram-se debaixo de uma pequena varanda. Josh acendeu o aquecedor que, após um estalo, começou a chiar, e em seguida o puxou para perto deles. O ar quente chegou até Erika. A mulher saiu com os cafés e um cinzeiro.

– Vou estar no bar se precisar de mim, Josh... E lembre-se, detetive, de que *ele* ligou para *você* – alertou antes de sair de cara feia.

– O latido dela é mais forte do que a mordida? – perguntou Erika, tomando um golinho do café.

– Sandra é gente boa, ela é uma segunda mãe para mim – respondeu Josh, pegando o maço e acendendo um cigarro. – De onde você é? Tem um sotaque diferente.

– Eslováquia, mas moro no Reino Unido há 25 anos.

Segurando o cigarro incandescente, Josh inclinou a cabeça e olhou para Erika, como se estivesse formando sua opinião a respeito dela.

– Você tem um sotaque tipo do norte, com um pouquinho de estrangeiro no fundo.

Erika percebeu que ele estava com uma aparência muito pálida e adoentada à luz fraca do sol de janeiro.

– Isso mesmo. Aprendi inglês em Manchester, onde conheci meu marido – ela admitiu.

– Há quanto tempo é casada?

– Não sou casada. Ele morreu alguns anos atrás.

– Sinto muito.

Apesar do frio, estava quente debaixo do aquecedor. Josh começou a puxar as mangas e parou de repente, porém não antes de Erika ver marcas de agulha na parte interior de seus braços.

– Josh, este caso não é meu. Você devia ter pedido para conversar com o Superintendente Sparks.

– O cara sinistro que parece um vampiro com hemorroida?

Erika reprimiu um sorriso e respondeu:

– Esse mesmo.

Josh apagou o cigarro já na guimba, acendeu outro e exalou, mordendo o lábio.

– Acho que tenho uma pista sobre a garota morta. Mas te contar significa admitir uma coisa ilegal.

– Comece falando hipoteticamente – orientou Erika, colocando a mão no ombro dele. Josh se retraiu um pouco.

– E se uma pessoa comprou drogas de um traficante e depois viu esse traficante na cena do crime?

– Do que é que estamos falando? Maconha?

Ele negou com a cabeça e completou:

– Muito pior.

– Essa pessoa tem alguma condenação anterior?

– Não... Elas não têm, eu não tenho – ele respondeu baixinho, olhando para o chão.

– Então eu duvido que a Promotoria Pública pressionaria para acusá-la. Você precisa de ajuda?

– Eu tenho todos os números, só preciso de coragem para ligar... – O garoto apagou com força seu terceiro cigarro, piscando furiosamente para conter as lágrimas.

– Josh, você viu a garota na caçamba de lixo. Foi uma morte brutal.

O jovem concordou com um movimento de cabeça e enxugou os olhos.

– Okay. Tem um traficante, ele fica de bobeira ali perto do centro acadêmico o tempo todo. Fui colocar o lixo para fora mais cedo do que eu te falei. Na primeira vez que saí, ele estava lá, o traficante. Aí eu entrei de novo.

– Que horas?

– Cinco, cinco e meia.

– Por que você entrou de novo quando o viu?

– Estou devendo dinheiro a ele... não é muita coisa, mas o escroto não deixa barato. Achei que ele tinha vindo atrás de mim.

– O que exatamente ele estava fazendo?

– Ele só estava lá, tipo, parado do lado da caçamba.

– Só parado?

– Estava com a mão lá dentro. Depois deu um passo para trás e ficou parado olhando.

– Você sabe o nome dele?

– Steven Pearson.

– Endereço?

– Até onde eu sei, ele é sem-teto.

– Josh, você achou o corpo, do jeito que me contou, lá pelas 7h30 da noite?

– Achei, essa parte é verdade. Voltei lá fora de novo mais ou menos às 7h30, quando ele já tinha ido embora.

– Você estaria disposto a falar isso formalmente, a dar um depoimento?

– E se eu disser que não?

– Se você disser que não, terá um problema com drogas *e* o assassinato de uma garota na sua consciência.

Josh olhou para baixo e respondeu:

– Okay.

Quando já estava de volta ao carro, Erika ligou para John, na delegacia Bromley, e pegou o número da Detetive Inspetora Chefe Hudson. O telefone de Melanie caiu direto na caixa postal, então ela deixou uma mensagem rápida com informações sobre Josh e o que ele tinha visto.

Pela janela, Erika olhou para o estacionamento. Tinha começado a nevar forte, Sandra saiu apressada pela porta de emergência com um saco de lixo e o atirou dentro da caçamba aberta.

Em seguida, Erika fez outra ligação para descobrir quem conduziria a autópsia de Lacey Greene.

CAPÍTULO 7

Pouco depois das 11 da manhã, Erika chegou ao necrotério de Lewisham, onde foi recebida pelo patologista forense Doug Kernon. Ele era um enorme urso jovial, de 60 e poucos anos, com cabelo grisalho curto e eriçado e um rosto avermelhado.

– Erika Foster, é um prazer finalmente conhecê-la, ouvi falar muito de você! – Ele avançou com alegria para cima dela, lhe deu um aperto de mão e mostrou o caminho para sua pequena sala ao lado do necrotério.

– Bem ou mal?

– Os dois – respondeu com um grande sorriso e empurrando os óculos nariz acima.

Erika mentiu ao dizer que estava envolvida na investigação do assassinato de Lacey Greene. Sua patente e reputação tornavam a mentira plausível, por isso mesmo essa patente e reputação deviam ser o suficiente para ela ter consciência de que o que estava fazendo não valia a pena.

– Você acabou de se desencontrar com a Detetive Hudson. Imagino que, como chefe da investigação, ela vai passar as informações a você.

– Ela quer saber qual é o meu ponto de vista do caso – mentiu Erika. – Espero que não se importe de repassar tudo comigo.

– Não. De jeito nenhum – disse ele, dando um tapinha no ar. Sua sala estava lotada dos habituais calhamaços médicos e das excentricidades que profissionais de velha guarda da comunidade médica adquirem. Debaixo de uma pequena janela, havia uma luminária de lava e uma esteira ergométrica que, na verdade, servia de suporte para bandejas de semeadura cheias de verduras. Parecia que ele tinha uma queda e tanto pela atriz britânica Kate Beckinsale. Erika contou nove imagens dela nos vários papéis. Na mesa, havia diversos embrulhos abertos de embutidos e queijos, além de um pão de forma artesanal inteiro sobre uma tábua de madeira.

– Você também está morrendo de fome? – ele perguntou, acompanhando o olhar de Erika. – Eu já ia bater um rango e abrir um pote de couve-flor ao molho de mostarda que a minha mulher preparou.

– Não, obrigada. Tenho que voltar para a delegacia – recusou Erika. Lidava com a morte havia muitos anos, mas não tinha certeza de que *chorizo* e queijo cairiam bem antes de ver um cadáver.

– É claro, vamos lá, então.

O jeito do patologista mudou quando saiu de sua aconchegante sala para o necrotério. Um ruído metálico ressoou quando uma das gavetas do mortuário na grande parede dos fundos, a que continha o saco preto com o corpo, foi aberta.

Erika se aproximou da tela de um computador no canto do necrotério, que exibia as informações do relatório de Doug e uma foto da carteira de motorista de Lacey. Tinha sido uma mulher atraente, de altura mediana, cabelo castanho comprido e brilhante e um rosto bonito em forma de coração. Possuía uma beleza juvenil quase angelical, muito bem capturada na foto da carteira. Erika presumiu que a garota devia ter sido ainda mais linda.

Atrás de si, Erika ouviu o lento e inconfundível som do movimento do zíper e o estrépito do saco sendo aberto por Doug. Ela respirou fundo e se virou.

Tinham limpado o sangue do corpo, mas a garota estava irreconhecível em relação à foto, com dois enormes hematomas inchados no lugar dos olhos. Lacey estava deitada de lado na caçamba e agora, de barriga para cima, dava para Erika ver que o osso da bochecha esquerda daquele rosto em forma de coração estava quebrado. Um monte de cortes profundos cobriam o peito, a parte de cima dos braços e as coxas.

Doug deu um momento para a detetive assimilar aquilo, em seguida começou a explicar suas descobertas.

– Esses cortes são compatíveis com um objeto extremamente afiado. Eles têm profundidade e são retos. O que me faz presumir que ela foi retalhada repetidas vezes com uma pequena lâmina afiada. Há contusão na parte de trás do crânio, no osso ocular esquerdo, a órbita do olho, e a maçã esquerda do rosto está estilhaçada. Você pode ver que as orelhas dela eram furadas e que um brinco foi arrancado da esquerda. – Ele apontou para o lóbulo esquerdo rasgado.

– Ela foi estuprada?

– Não há vestígio de sêmen nem resíduo de látex – respondeu o legista. – Mas ela tinha ferimentos internos nas paredes da vagina. Os cortes são pequenos, mas também compatíveis com a inserção de uma pequena lâmina afiada... Talvez um estilete ou bisturi.

– Para torturar – finalizou Erika.

– Acredito que sim. Olhe os punhos. Há hematomas compatíveis com a possibilidade de terem sido amarrados. Acho que, neste caso, os pulsos estavam atados com uma corrente fina: veja os elos nos ferimentos. Ela tem hematomas idênticos no pescoço.

– Ela estava amarrada... Conseguiu recolher algum material debaixo das unhas dela?

– Observe os dedos – acrescentou Doug, suspendendo uma das mãos. O estômago de Erika revirou. As unhas tinham sido arrancadas.

– Quando a vi no local do crime, os dedos estavam dobrados sobre a bochecha. Não tinha percebido isso... Talvez ela o tenha arranhado, e o sujeito não queria que pegássemos o DNA dele – supôs Erika.

Doug concordou com um gesto de cabeça.

– O braço direito dela está quebrado em dois lugares, e veja que os dedos do pé direito foram esmagados – continuou ele.

– Causa da morte?

– Apesar de tudo isso, a verdadeira causa da morte foi a catastrófica perda de sangue ocasionada por uma incisão na artéria femoral na coxa esquerda. – Ele moveu-se para a lateral da mesa e afastou as pernas da garota com delicadeza para mostrar uma pequena incisão no alto da parte interna da coxa, perto da virilha.

Erika notou que os pelos pubianos dela estavam raspados, havia apenas um minúsculo montinho bem curto.

– Os pelos pubianos foram raspados durante a autópsia? – perguntou ela.

– Não.

Erika não queria tirar conclusões precipitadas, mas seria aquilo um sinal de promiscuidade? Ela olhou para Doug.

– Eu não usaria isso como uma bússola moral para julgar a pobre moça – disse ele, lendo os pensamentos de Erika. – Foi uma escolha ruim da parte dela? Ou o que aconteceu foi imposto a ela e estava totalmente fora do controle da garota? Descobrir isso é com você.

– Prestaram queixa do desaparecimento dela na semana passada, e o corpo foi encontrado vários dias depois – comentou Erika.

– Isso mesmo. Acredito que os ferimentos foram infligidos durante um período de vários dias, alguns já tinham até começado a cicatrizar. A incisão na artéria femoral foi fatal, eu diria que ela sangrou até a morte em questão de minutos.

– Então você acha que podem ter mantido a vítima presa em algum lugar e a torturado?

– Só posso afirmar que os ferimentos foram infligidos durante um período de dois a três dias...

– Estou impressionada com a rapidez que fizeram a identificação dela – confessou Erika.

– Quando a vítima é encontrada com a bolsa, a carteira e a identidade, é bem fácil... mas você deve saber disso, não? – comentou ele, semicerrando os olhos.

– Sim. É claro.

O legista aparentou não estar engolindo aquilo, mas prosseguiu:

– A incisão na parte interior da coxa, na artéria femoral, é precisa. Ele sabia onde estava usando a faca...

– Você acha mesmo que foi um homem?

– Você vai ficar bancando a politicamente correta comigo, Erika?

– Não. É que já vi o estrago e a violência que as mulheres podem fazer, e são compatíveis com os dos homens...

Doug apontou para um cartaz sobre anatomia preso à parede azulejada. O corpo, de sexo indeterminado, estava com os braços um pouco abertos e mostrava a posição de todos os órgãos e as artérias mais importantes.

– Aqui vemos a parte interior da coxa sobre a artéria femoral – ele explicou, indicando com uma caneta esferográfica. – A artéria fica enterrada sob camadas de tecido adiposo. A artéria femoral é usada como ponto de entrada para procedimentos cardíacos: por exemplo, quando um *stent* é inserido para alargar uma válvula do coração. É um procedimento não invasivo, ou seja, em vez de abrir a cavidade torácica, o acesso é feito pela virilha.

– Você acha que o assassino tem conhecimento médico?

– Repito, isso é você e a chefe da investigação que têm que descobrir.

– Definiu o horário da morte?

– De acordo com o índice de *rigor mortis*, eu diria que ela está morta há 48 horas ou mais.

Quatro dias de paradeiro desconhecido desde que prestaram queixa do desaparecimento, pensou Erika. *Quatro dias de medo, agonia e dor.*

Ela desviou o rosto da ilustração sobre anatomia e voltou à mesa para dar uma olhada em Lacey e na incisão na parte superior da coxa.

– Poderia ser um golpe de sorte de quem quer que tenha feito isso? Encontrar a artéria femoral e fazer a incisão? – questionou.

– Poderia, mas teria sido um tremendo golpe de sorte encontrá-la e depois fazer a incisão corretamente de primeira. Se estivesse inconsciente, teria sido mais fácil de localizar, mas dá para ver que ela oferecia resistência.

Erika baixou o olhar para o corpo espancado e quebrado de Lacey. A comprida e bem-feita fileira de pontos do umbigo ao peito, concluída após a autópsia, estava em desacordo com a desordenada violência infligida a ela. Erika desejou que os outros cortes também tivessem sido costurados. Aquilo parecia expor a garota ainda mais.

– Seria muito bom se você conseguisse pegar esse cara – comentou Doug, com uma tristeza profunda estampada no rosto.

– Vou pegar. Eu sempre pego.

CAPÍTULO 8

Erika voltou de carro para a delegacia em Bromley e passou o resto da tarde encarando com melancolia uma planilha na tela do computador. Não conseguia se concentrar nos números, que não paravam de embaçar diante de seus olhos. A única coisa que conseguia enxergar era o corpo espancado de Lacey deitado no necrotério.

Pouco antes das cinco horas, estava prestes a buscar um café quando tomou uma decisão e pegou seu telefone. Dessa vez, Melanie Hudson atendeu.

— Você recebeu minha mensagem? — perguntou Erika. — Josh McCaul, o rapaz que mora ao lado da loja de cozinhas planejadas, declarou ter visto um homem chamado Steven Pearson agindo de maneira suspeita nas horas anteriores ao descobrimento do corpo de Lacey Greene...

— Recebi sua mensagem — disse ela irritada. — Estamos com o Steven Pearson sob custódia.

— Já?

— Sim. Nós o prendemos há umas duas horas. Fizemos outro porta a porta, e um vizinho o identificou. Steven Pearson é bem conhecido pela polícia na área: lesão e agressão corporal, tentativa de estupro. Ele estava com a carteira de Lacey Greene, com o dinheiro e os cartões de banco, e também portava um bisturi cirúrgico. Além disso, os braços e o rosto estão cobertos de arranhões...

— Ele estava com o celular dela?

— Não... Olha só, Erika, agradeço por ter passado a informação para mim, mas o Superintendente Sparks te deu uma ordem expressa para ficar longe desta investigação.

— Deu, sim, mas...

— Só quero fazer o meu trabalho, Erika. Estou com o assassino de Lacey Greene sob custódia, e parece que este caso está caminhando para uma conclusão bem-sucedida. Fique fora disso, senão vou dificultar a sua vida.

Erika ouviu o clique de Hudson desligando. Ela bateu o telefone na mesa, enfurecida. A neve grossa caía diante da janela e cobria a rua. Aquilo geralmente a animava, o poder purificador da neve, mas hoje ela estava com raiva e sentia-se isolada naquela salinha em Bromley. Retomou a planilha e tentou se concentrar.

Lacey Greene foi raptada, mantida prisioneira durante quatro dias e torturada antes de sua artéria femoral, uma artéria difícil de ser encontrada, ser cortada com precisão cirúrgica.

Será que um sem-teto viciado em drogas teria a inteligência ou os recursos necessários para executar tudo aquilo? E por que ele estaria perambulando perto da cena do crime, exposto aos olhos das testemunhas?

CAPÍTULO 9

Erika não conseguiu dormir naquela noite. Após ficar horas deitada no escuro, levantou e foi à janela. De lá, tinha uma vista do pequeno estacionamento em frente ao seu prédio. A neve continuava caindo e tinha reduzido os carros a montes brancos. No canto, encostada em um muro alto de tijolos, as três caçambas de lixo do prédio estavam enfileiradas. Tudo sossegado; o único som era o leve barulhinho da neve batendo na janela. Não conseguia tirar da cabeça a imagem do corpo espancado de Lacey Greene. Lacey tinha apenas 22 anos, possuía a vida inteira pela frente.

Depois de tantas investigações, Erika sabia o peso do destino em casos de assassinato. Se a vítima tivesse saído do bar dez minutos mais tarde, ou se tivesse se lembrado de trancar a porta do carro, ou feito um caminho um pouco diferente, ainda estaria viva. Afastou-se da janela, foi tomar um banho e ficou muito tempo debaixo da água quente. Ela se perguntou quantas vezes devia ter, aos 22 anos de idade, passado muito perto da morte. Quantas vezes teria passado por um predador aguardando nas sombras, que estendeu a mão para agarrá-la, mas errou o bote.

Quando saiu do apartamento às 6 da manhã, ainda estava escuro. No chão intacto, eram dela as primeiras pegadas na neve, iluminadas pela luz alaranjada dos postes. Tinha esvaziado o lixinho da cozinha antes de sair e atravessou o estacionamento até as caçambas, com a neve estalando sob os pés, um barulho que lhe parecia excessivamente alto no silêncio da manhã. Parou diante da caçamba preta com tampa azul. Não havia barulho algum na rua principal atrás do prédio dela, a neve parecia tampar seus ouvidos, abafando o mundo. Ficou parada alguns longos minutos entre dois carros estacionados, convencida de que havia um corpo dentro da caçamba. Fechou os olhos e viu Lacey Greene, imunda de terra e encrostada de sangue, com o rosto disforme e uma fina camada de neve cobrindo-lhe o corpo que resplandecia fantasmagórico.

– Dá licença – veio uma voz atrás dela, e Erika quase deu um berro com o susto. Um dos vizinhos, um homem de meia-idade, inclinou-se, abriu a tampa coberta de neve da caçamba e jogou um grande saco preto lá dentro, que fez um barulho metálico oco ao bater no fundo.

– Bom dia – ela respondeu, com o coração aos solavancos.

O homem franziu as sobrancelhas e saiu com passos pesados na direção de seu carro.

Erika virou-se novamente para a caçamba e espiou a escuridão lá dentro. Viu que estava vazia, era o primeiro saco aninhado no fundo. Colocou o dela delicadamente e fechou a tampa. Seguiu em frente e abriu a tampa das outras duas caçambas: uma era para papel e plástico, e a outra para vidro. Todas vazias.

Virou-se e foi até seu carro com passos pesados. O vizinho tinha quase terminado de tirar a neve de cima de uma van pequena e estava olhando para ela de um jeito estranho.

A Delegacia de Polícia Bromley ainda estava tranquila quando Erika chegou, fez um chá e levou para sua sala. O café da manhã foi meio pacote de biscoito que achou no fundo de uma gaveta. Mergulhados no chá quente, eles a animaram um pouco e, enquanto mastigava ruidosamente, ligou o computador. Achou o perfil de Lacey Greene no Facebook, mas ele era restrito e só poderia ser visualizado se fossem amigas. Posicionou o cursor sobre o ícone de solicitação de amizade e sentiu uma tristeza avassaladora porque Lacey não aceitaria mais nenhuma. Levantou o olhar e viu que estava clareando, a rua comercial lá embaixo adquiria uma sinistra tonalidade azul. Um frio glacial, era o que as previsões de tempo no rádio estavam dizendo.

Era frustrante saber que tinha sido excluída do caso de assassinato de Lacey Greene, que não tinha acesso às informações nem no Holmes, o banco de dados da polícia. No dia anterior, no entanto, conseguiu acessar a ficha criminal de Steven Pearson no Sistema de Registro de Informações Criminais. Abriu-a novamente na tela. A ficha de Pearson começava em 1980 e continha 25 prisões por roubo, fraude de cartão de crédito, estupro, agressão corporal e tentativa de assassinato. Tinha cumprido pena três vezes e, na mais recente, com início em 2003, passou dez anos na penitenciária de Blundeston por estupro e tentativa de assassinato.

Erika deu um pulo quando ouviu um assobio. Desviou o olhar da tela e se deparou com John atrás dela, trazendo uma pilha de documentos.

— Nossa, que partidão, hein? — comentou ele.

Os dois olharam para a foto na tela. Steven Pearson tinha um rosto pequeno e fino, pele ruim e era quase careca. Tinha uns tufos de cabelo castanho nas laterais da cabeça e olheiras enormes debaixo dos olhos pequenos e brilhantes; parecia mais velho do que seus 50 e poucos anos.

— Ele acabou de ser preso pelo assassinato de Lacey Greene em New Cross — informou Erika.

— Que sorte, pegaram o cara rápido.

O pensamento inicial de Erika lhe voltou à cabeça: *Será que um sem-teto viciado em drogas teria a inteligência ou os recursos necessários para planejar um sequestro e assassinato?*

— O que posso fazer por você, John?

— O Superintendente Yale analisou o último rascunho do seu relatório e fez algumas anotações — ele respondeu, entregando-lhe a pilha de documentos. A primeira página estava lotada de rabiscos vermelhos. — Ele quer conversar com você depois do almoço.

Erika pôs a papelada na mesa e se concentrou novamente na tela.

— John, você separa o lixo para reciclagem em casa?

— Nossa senhora! — exclamou ele, revirando os olhos. — A minha namorada é a mulher mais pirada com reciclagem que existe: papel, metal, plástico... se eu não colocar na lixeira certa, estou encrencado... Se fosse desovar um corpo, a maior preocupação dela seria colocá-lo na lixeira certa.

Erika olhou torto para ele.

— Desculpe, chefe, piadinha de mau gosto.

— Havia três caçambas de lixo no local. Lacey Greene foi encontrada na caçamba para resíduos gerais. Por que nessa?

— Os resíduos em geral acabam indo para o aterro sanitário, teria demorado muito mais para encontrar e identificar a moça. O aterro é enorme, fica lá em Rainham. Todo o lixo reciclável acaba em um centro de triagem de alta tecnologia em East London. Minha namorada fez questão de descobrir tudo isso.

— Uma coisa não está fazendo sentido para mim: alguns dos cortes no corpo de Lacey tinham começado a cicatrizar, o que significa que ela deve ter sido aprisionada e torturada durante quatro dias antes de ser assassinada. Todos os crimes que Steven Pearson cometeu foram resultado de acesso de raiva, ou por excesso de bebidas ou drogas. Ele pode ter

matado Lacey, mas, analisando o histórico do sujeito, acho que ele teria agido no calor do momento e não ao longo de vários dias, né?
— Mesmo se ele não tiver feito aquilo, seria bom ter alguém como ele fora das ruas.
— Mas que raciocínio negligente, John.
— Você também fala que não devemos subestimar as pessoas. O fato de ele não ter feito isso antes não quer dizer que não seja capaz.
Erika concordou com um aceno de cabeça e voltou a examinar a ficha de Steven.
— Sei lá. O caso nem é meu.
— Chefe, não estou querendo incomodar, mas conseguiu dar uma olhada na minha solicitação?
— Desculpe, John. Está na minha lista para hoje. Eu prometo.
John aceitou com uma expressão duvidosa e saiu.
Erika vasculhou sua bolsa e pegou as anotações que fez depois da conversa com Doug Kernon no necrotério. Acessou o banco de dados de crimes da polícia, fez uma busca de vítimas com incisão na artéria femoral e incluiu informações sobre a cena do crime, a idade e o sexo da vítima.
Os resultados que surgiram deixaram Erika absolutamente paralisada.

CAPÍTULO 10

O patologista forense Isaac Strong morava em uma elegante casa em uma rua tranquila em Blackheath, South London. Estava escuro e nevava fraco quando Erika bateu na porta. Ficou batendo o pé impacientemente e um momento depois escutou um rangido do assoalho antes de a porta ser aberta. Isaac era um homem alto e bonito, de cabelo escuro bem curto e uma testa grande. Suas sobrancelhas eram finas e arqueadas, ele estava bronzeado e com uma aparência relaxada.

– Estou com o arquivo aqui – disse Erika, entrando alvoroçada no calor do elegante corredor. – Acabei tendo que ir de carro até a delegacia em Croydon onde arquivaram os documentos originais. E você sabe como é o trânsito em Londres e o congestionamento na porcaria da IKEA... – Ela tirou o casaco balançando os ombros e o dependurou na ponta do corrimão lustrado. Isaac estava olhando para ela e a expressão dele era de alguém que se divertia com aquela situação.

– O quê? – indagou Erika.

– "Oi, Isaac". Isso seria um bom começo. Depois você poderia perguntar se o meu Natal foi bom.

– Desculpe – ela falou, recuperando o fôlego e livrando-se dos sapatos. – Oi! O seu Natal foi bom? – disse inclinando-se e o abraçando. Ele era magro e Erika sentiu as costelas do amigo.

– Não muito. Me lembre de nunca mais passar um feriado em um lugar tão... remoto.

Eles foram à cozinha, Erika sentou-se a uma pequena mesa de jantar. Isaac foi até o fogão Aga azul-escuro e, usando um pano de prato, agachou-se e abriu uma das portas.

– Para onde você foi mesmo? Tailândia?

Ele recuou quando o vapor saiu pela porta.

– Não, para as Maldivas. Seis cabaninhas empoleiradas em um dedo de areia rodeado por quilômetros intermináveis de oceano. Li todos os livros que levei e ainda faltou.

— Tinha alguém interessante com quem conversar, ou...?
Ele negou com a cabeça e disse:
— Só casais. Cinco empresários russos com as esposas. As mulheres tinham feito tanta cirurgia plástica que quando iam tomar banho de sol eu achava que eles iam ter que espetá-las com um garfo.

Erika deu uma risada. Ele fechou o forno, foi a um armário e pegou duas taças de vinho.

— Tinto ou branco?
— Tinto, por favor — escolheu Erika, colocando a pasta sobre a mesa da cozinha.
— Como foi o seu Natal? — ele perguntou.
— Bom. Foi ótimo ver minha irmã e as crianças. O marido dela continua metido em todo tipo de negócios escusos, e ela está se sentindo aprisionada... Mas acho que a Lenka nunca vai se separar dele.
— O que ele acha da cunhada ser policial?
— Na verdade a gente se dá muito bem. Sou só uma cidadã comum lá no meu país, e ele falou que a minha *kapustnica* é a melhor.
— O que é isso?
— Uma sopa de carne e repolho que servimos no Natal. Sopa é um prato principal na Eslováquia.
— Você devia fazer para mim uma hora dessas. — Sorriu Isaac, pondo uma taça de vinho tinto diante dela. Erika deu um golinho e sentiu esquentar seus ossos gelados. — Enfim, como eu falei pelo telefone...
— Erika, quando foi a última vez que você comeu?
— Café da manhã.
— O quê?
— Biscoito...
— Tsc, tsc, tsc... — Ele meneou a cabeça. — Um exército só marcha de barriga cheia. Você se acha um exército de uma mulher só, então devia pelo menos comer adequadamente. Vamos jantar, depois falamos desse caso.
— Mas Isaac, esse caso...
— Pode esperar. Estou faminto e, pelo visto, você também. A gente come, depois eu te dou atenção.

Ele estendeu a mão, colocou-a sobre a pasta e, em vez de deixar Erika pegá-la, entregou-lhe um prato quente.

— Okay, mas você sabe que eu como depressa. — Ela sorriu.

Depois de uma refeição deliciosa em que foi servido torta de batata com cordeiro e verduras ao vapor, Isaac lavou os pratos e Erika voltou a ter a custódia da pasta. Acomodaram-se à mesa e a detetive usou o conteúdo dela para explicar o caso ao amigo.

– Joguei os dados do assassinato de Lacey Greene no sistema para tentar encontrar similaridades – disse. – E este caso apareceu nos resultados: 29 de agosto do ano passado, o corpo de Janelle Robinson, de 20 anos, foi encontrado na Chichester Road, em Croydon. – Erika pegou uma foto da cena do crime e a deslizou pela mesa para Isaac. A garota na foto estava deitada de lado em uma caçamba de lixo. Assim como Lacey, tinha cabelo castanho comprido, estava nua da cintura para baixo, e seu rosto, muito espancado, tinha os olhos fechados de tão inchados.

– Espere aí, estou me lembrando desse caso – comentou Isaac.

– Deveria mesmo. Foi você que fez a autópsia.

Ele a encarou, depois puxou a pasta pela mesa e começou a examinar os documentos.

– Sim. Estou lembrado. Uma contusão na parte de trás da cabeça, na maçã do rosto e no osso orbital, a vagina tinha sido mutilada, e a artéria femoral, cortada – disse ele. – Embora eu ache que destroçada seria um termo mais adequado. O local em que a artéria se encontra com a virilha parecia ter sido talhado grosseiramente...

– Mas o relatório da polícia questiona se foi um jogo sexual que deu errado – comentou Erika.

– Eu não escrevi isso. Escrevi?

– Não, foi o chefe da investigação que escreveu. Um tal de Detetive Inspetor Chefe Benton, ele se aposentou três semanas depois.

Isaac ergueu o rosto para Erika novamente com os olhos arregalados. Levantou uma foto escolar de Janelle Robinson, tirada quando tinha cerca de 16 anos. Era uma jovem de rosto rosado com pequenos olhos azuis penetrantes e cabelo castanho comprido. Ela sorria para a câmera e usava uma blusa azul de uniforme bordada com a insígnia de sua escola, a Salt Academy. A costura era rodeada por um círculo de folhas de cardo.

– O sistema não sinalizou o caso de Janelle quando inseriram os dados de Lacey Greene? – Isaac questionou.

– Não. Nunca deram queixa do desaparecimento de Janelle Robinson.

– Por quê?

– Ninguém sentiu falta dela. Não tinha família. Cresceu em um orfanato em Birmingham e se mudou para Londres quando se formou. No último ano, ela estava morando e trabalhando em um hostel no centro de Londres. A gerente foi localizada e interrogada uma semana depois de o corpo ter sido encontrado. Ela afirmou que não era incomum Janelle desaparecer durante alguns dias sem avisar. Também afirmaram incorretamente no relatório da polícia que o corpo de Janelle tinha sido encontrado em um estacionamento, mas as fotos do local do crime mostram que ela foi encontrada, assim como Lacey, em uma caçamba de lixo dentro de um estacionamento.

Isaac balançava a cabeça enquanto olhavam as fotos espalhadas pela mesa. Erika prosseguiu:

– O resto das roupas que Janelle estava usando, um top decotado e um sutiã transparente rendado, estão descritos como "provocantes" no relatório de Benton, então ele opta pela teoria de que ela devia ser uma prostituta que teve um final sórdido...

– Ao contrário de Lacey Greene, que era uma universitária bacana de classe média desaparecida – finalizou Isaac.

Eles olharam novamente para as cenas do crime de Janelle. O sutiã de renda preto e um top transparente de alcinha fina que ela vestia encontravam-se imundos e empapados de sangue. Estava nua da cintura para baixo. Como Lacey, suas pernas estavam talhadas de cortes e muito sujas de sangue.

– Teve alguma testemunha na Chichester Road? – perguntou Isaac.

– Não, mas há similaridades extraordinárias com a cena do crime de Lacey Greene. Só que, dessa vez, a caçamba de lixo ficava no estacionamento de uma antiga estamparia, no final de uma rua residencial. O estacionamento fica encoberto pelas árvores. Uma pessoa vizinha encontrou o corpo quando foi colocar um saco de lixo na caçamba.

– Erika, a chefe da investigação está ciente disso?

– Espero que sim. Deixei três mensagens para Melanie Hudson, duas hoje de manhã, uma à tarde... Também liguei para a delegacia e avisei que deixei as mensagens. Ela não me retornou.

– Você sabe como as coisas podem virar uma loucura...

– Isaac, se essa investigação fosse minha, eu cairia matando. Isto iria para o topo da minha lista – disse Erika, golpeando o dedo nas fotos da cena do crime.

Isaac voltou a folhear o relatório.

– As moscas já estavam no corpo, eu me lembro. Havia larvas nos ferimentos.

– Tem outra coisa. O relatório da sua autópsia está incompleto.

– Incompleto?

– Como você pode ver, a pasta está uma bagunça. Tentei entrar em contato com o detetive Benton, mas ele está passando umas longas férias no interior da Austrália.

Isaac analisou as páginas impressas.

– É, parece que está faltando uma página. Você acha que estão acobertando alguma coisa?

– Não. Dei uma verificada no histórico do Benton. Ele teve uma carreira longa e célebre. Parece que nesse caso ele foi desleixado.

– Provavelmente estava mais concentrado na aposentadoria iminente – opinou Isaac.

– Preciso saber o que contém a parte do seu relatório que está faltando. Especificamente, se os ferimentos de Janelle tinham começado a cicatrizar e se você encontrou hematomas nos pulsos e no pescoço compatíveis com a possibilidade de ela ter sido acorrentada.

– Espere aí. Posso verificar. Tenho *backup* de todos os meus relatórios – disse Isaac, levantando-se. Ele subiu ao segundo andar e retornou momentos depois com um papel impresso. – Sim, os ferimentos tinham começado a cicatrizar, e identifiquei hematomas nos pulsos e no pescoço indicando que ela tinha sido atada com uma corrente fina.

Erika tomou o papel dele e o leu.

– Quanto tempo ainda vai conseguir trabalhar nisso extraoficialmente?

– Não muito mais – disse ela.

– Então você vai ter que passar adiante e deixar pra lá, Erika.

– Não posso.

– Mas Sparks está no comando da Equipe de Investigação de Assassinatos, e a Detetive Inspetora Chefe Hudson é subordinada a ele. O que a faz imaginar que ele vai passar o caso para você?

Erika hesitou.

– Isaac, estive pensando... Talvez eu deva pedir desculpas ao Sparks.

– Você está louca?

– Não. E se eu o procurar e botar as cartas na mesa? Peço desculpas e pergunto se não podemos passar uma borracha na nossa história. Vou falar que estou disposta botar o rabinho entre as pernas e trabalhar com ele.

As sobrancelhas de Isaac deram um salto de tanto que ele arregalou os olhos.

– Botar o rabinho estre as pernas é uma coisa que eu nunca te vi fazer. Além disso, depois de tudo o que aconteceu, você vai pedir desculpas a ele? Não é o tipo de atitude que condiz com você, Erika.

– Mas talvez tenha que ser. – Ela suspirou. – Sou tão teimosa e grosseira com um monte de gente... Talvez seja hora de mudar. Esse caso não sai da minha cabeça. *Preciso* trabalhar nele. Tudo o que consegui com meu orgulho e minha teimosia foi ser jogada para um trabalho burocrático, aprisionada atrás de uma mesa.

– Acha mesmo que consegue passar uma borracha na história com Sparks? Você o tirou do caso sobre o assassinato de Andrea Douglas-Brown. E soltou os cachorros nele.

– Tenho que pelo menos *tentar*. O que importa para mim é achar quem fez isso com essas duas mulheres. Esses assassinatos foram sádicos e planejados... E não acho que foi Steven Pearson. O que significa não apenas que eles estão com o sujeito errado, mas que o desgraçado que fez isso ainda está solto, esperando a poeira baixar para atacar de novo.

CAPÍTULO 11

No início da noite, Darryl Bradley desceu do trem. Frequentemente era a única pessoa a desembarcar na pequena estação nos arredores de Londres, a última parada no trajeto cotidiano do trem. Saiu da estação e caminhou até seu carro, estacionado na habitual vaga ao lado de uma cerca de arame diante de árvores e campos cobertos de neve.

Estava frio dentro do carro quando arrancou para ir embora, mantendo-se dentro do limite de velocidade ao dirigir por um vilarejo onde as lojas e casas já estavam fechadas para a noite. No final do vilarejo havia um cruzamento e o semáforo estava vermelho. Ele parou e olhou para o pub Golden Lion, que ficava no terreno gramado à direita. As janelas estavam embaçadas e levemente iluminadas. Um táxi entrou no estacionamento e garotas atraentes desceram. Uma tinha cabelo escuro e a outra era loira. Estavam arrumadas para saírem à noite, de calças jeans justas e jaquetinhas elegantes.

Um carro rugindo aproximou-se do semáforo, entrou na contramão e emparelhou com Darryl. Ele viu que era Morris Cartwright ao volante. Um homem magro de cerca de 20 anos, de cabelo preto oleoso e uma virilidade sórdida. Era empregado da fazenda do pai de Darryl. As janelas de Morris estavam abertas, e ele gesticulou para que Darryl abaixasse a dele, o que, relutantemente, fez.

— Tudo certo, engomadinho? — A gengiva acima da fileira de dentes amarelados era vermelha e cheia de saliva. Morris era bem conhecido na região. Tinha um passado problemático, mas parecia nunca ter dificuldade para conseguir mulher. Ele não era muito exigente.

— Boa noite — cumprimentou Darryl, voltando a olhar de maneira suplicante para o semáforo, que permanecia vermelho.

Morris indicou com a cabeça o estacionamento do pub e as duas garotas. A de cabelo escuro estava inclinada para dentro do táxi pagando o motorista. A jaqueta curta tinha levantado, revelando uma pele firme cor de mel e um símbolo chinês tatuado na base da coluna. A amiga loira aguardava pacientemente ao lado e percebeu que Morris a encarava.

– O que foi? Tá querendo o meu autógrafo, porra? – vociferou.

– Que nada. Só estava admirando a tatuagem da sua amiga. O que quer dizer? – perguntou quando o táxi arrancou. A garota de cabelo escuro voltou sua atenção para Morris, fez uma análise rápida e o classificou como um fracassado.

– É "paz" em chinês – respondeu ela.

– Que legal. Gosto de ter alguma coisa para ler quando tô dando uma cagada! – disse Morris, mexendo o quadril com força para cima e para baixo ao volante e botando a língua para fora. O semáforo ficou verde e, soltando uma gargalhada alucinada, ele saiu cantando pneu.

Darryl ficou sem reação, encarando as garotas.

– Tá olhando o quê? Fracassado de merda! – xingou a de cabelo escuro antes de sair pisando duro. A loira mostrou o dedo do meio para ele e seguiu a outra.

O rosto de Darryl estava queimando quando alguém buzinou atrás dele e lhe deu um susto. Uma van branca arrancou, passando a mil, e gritos abafados ecoavam enquanto as lanternas traseiras desapareciam em meio às árvores em uma esquina.

O semáforo voltou a ficar vermelho. A rua estendia-se escura em ambas as direções, mas Darryl resolver aguardar. Inclinou o retrovisor e observou atentamente a palidez de seu rosto gorducho, com olhos pequenos e sem graça, coberto por um cabelo castanho-acinzentado. Teve a sensação de que ele não lhe pertencia. O verdadeiro ele, um homem jovem, fascinante e viril estava bem no fundo daquele fracassado ordinário. Pensou na garota de cabelo escuro novamente: sua beleza era exótica, mas era gostosa.

Certa vez, Darryl perguntou ao pai por que ele tinha contratado Morris. Isso tinha sido alguns anos atrás, quando Darryl também trabalhava na fazenda. Morris estava sempre metido em problemas com a polícia e tinha acabado de pagar fiança para sair da cadeia por ter tentado violentar várias jovens polonesas que trabalhavam na colheita de morangos.

– Ele, no fundo, é um bom rapaz e trabalha duro. É um ordenhador bom pra caralho – seu pai respondeu sem meias palavras. – Você bem que podia seguir o exemplo dele.

– Mas ele tentou estuprar aquelas garotas!

– Não foi bem assim, Darryl. Ele só está agindo como um rapaz! E jovens cometem erros.

Parecia que o pai admirava a força e a masculinidade de Morris, e isso o magoava, pois, em comparação, ele o enxergava como um fracassado.

Darryl viu que a rua e o estacionamento estavam vazios. O semáforo ficou verde, ele engatou a marcha e arrancou. A última parte de sua viagem era pelas pistas sinuosas e escuras da área rural. O céu havia clareado pela primeira vez em dias, e o luar banhando a neve nos campos que o rodeavam era simplesmente deslumbrante. Apagou o farol, diminuiu a velocidade e desfrutou da vista. Passou por duas casas com as janelas escuras e desceu uma ladeira íngreme que fazia uma curva para a esquerda. Reduziu a velocidade e chegou a um grande portão de ferro, que abriu automaticamente, adentrando-o no momento em que a neve recomeçou a cair. Percorreu a entrada de cascalho, passou por um lago ornamental, pelo casarão de fazenda, cujas janelas brilhavam convidativamente, e ele entrou sob o teto de plástico da garagem.

Paralisou ao ver o carro de Morris estacionado atrás do Jaguar de sua mãe e da 4 × 4 salpicada de lama do pai. Darryl travou o carro e foi à porta dos fundos. Ao abri-la, ouviu uma salva de latidos. Foi ao vestíbulo e um enorme cachorro branco com manchas pretas se aproximou saltitante.

– Ei, Grendel – ele cumprimentou quando o cachorro começou a lamber sua mão. Era uma dálmata com staffordshire terrier, uma mistura que lhe proporcionava altura e força bem como cara e mandíbula grandes. Seus olhos azuis possuíam uma certa inexpressividade, como se fossem de vidro.

Alguém deu descarga atrás de uma porta adjacente e a mãe dele apareceu. Era uma mulher baixa e roliça, de cabelo pouco acima dos ombros com um tingimento um pouco escuro demais para sua idade avançada. Seus olhos estavam injetados.

– Dia bom no trabalho? – ela perguntou com a vozinha aguda enquanto Darryl tirava os sapatos e os encostava na parede. Estavam limpos e engraxados em comparação com a fileira de botas enlameadas.

– Por que Morris está aqui? – ele devolveu a pergunta.

– Coisas da fazenda – respondeu ela dando de ombros, contornando Grendel cautelosamente e indo para a grande e bagunçada cozinha, que dava para a porta do escritório. Atrás dela ressoavam gargalhadas rouquenhas.

— Quer tomar o seu chá? — perguntou ela, abrindo a gaveta de talheres.

— Quero, estou faminto — aceitou. Grendel foi até sua tigela, começou a beber água e a medalhinha de identificação na coleira ficou retinindo no metal.

A porta do escritório foi aberta e o pai de Darryl, John, saiu com Morris. Ambos riam.

— Ô, Mary, dá o resto daquela torta para o Morris — disse John, dando não mais do que uma olhadela para Darryl. Ele era um homem alto, largo, de rosto castigado pelo tempo e a cabeça inteiramente tomada pelos cabelos brancos. Darryl olhou para a mãe, porém ela já estava tirando o prato fumegante de torta do fogão. — Um belo rango vai cair bem pro Morris, ele trabalhou o dia todo na terra do Colin Harper — acrescentou John.

Morris sorriu, deixando à vista a gengiva suja e pegajosa, deu uma puxada para cima na calça jeans em seus quadris esqueléticos e disse:

— E a Sra. Harper não alimenta a gente igual à senhora.

— É, mas ela tem outras qualidades — comentou John dando uma piscadela, e os dois riram de novo.

— Esse jantar aí é meu — reclamou Darryl com uma vozinha fraca.

— Você ficou sentado nessa bundinha gorda o dia todo. Morris trabalhou na terra de quatro fazendas — disse John, cravando nele os frios olhos azuis.

— Vou colocar isto na mesa para você, Morris — disse Mary. Darryl olhou para a mãe, mas ela evitou o rosto do filho e passou pela porta, levando o prato fumegante para a sala de jantar.

— Aiii. Olha só essa carinha gorducha — disse Morris, aproximando-se de Darryl e agarrando-lhe as bochechas com uma das mãos.

— Igual à mãe dele — murmurou John, seguindo Mary até a sala de jantar. Morris manteve a mão no rosto de Darryl.

— Faz cuco — disse ele abrindo um sorrisão. — Faz cuco! — Darryl entrou em pânico e tentou se soltar da mão de Morris, mas ele o segurava com força. — O meu irmão fazia isso comigo, a gente chamava de Cuco. Você aperta a bochecha e, olha, a linguinha rosa pula pra fora. Olha ela aí!

— Anda Morris, está esfriando! — gritou John da sala de jantar.

— Estou indo, John — respondeu ele antes de virar-se novamente para Darryl, que estava com a língua rosada aparecendo entre os dentes.

– Depois ele me fazia sentir o gosto do dedo dele... – acrescentou, encostando a ponta do dedo indicador imundo na língua do rapaz. Inclinou-se para a frente e Darryl sentiu seu hálito rançoso quando sussurrou – Está sentido o gostinho? Estava enfiado na minha bunda...

Grendel saiu de onde estava bebendo água, atacou Morris e cravou os dentes na panturrilha esquerda dele. Morris gritou e soltou Darryl, que tombou na bancada, cuspindo na pia e esfregando a boca. John voltou à cozinha ao som dos gritos de Morris.

– Darryl! Tira essa porcaria desse cachorro dele, agora! – berrou. Mas Grendel mantinha-se agarrada com força, olhando na direção de Morris.

– Darryl, manda soltar!

– Grendel, calma, menina, calma – disse Darryl. Ela soltou a perna e começou a latir. Morris deu um berro e agarrou a perna da calça. O tecido estava ficando ensopado de sangue.

– Tira essa bosta desse animal daqui e, Mary, vem cá arranjar um antisséptico para o Morris, rápido! – disse John.

Grendel não parava de latir, Darryl a tirou dali e a levou para o vestíbulo. No momento em que fechou a porta, a cadela se acalmou. Ele ouviu através da porta o pai gritando com a mãe. Aproximou-se dos casacos pendurados na parede e pegou um biscoitinho canino em um dos bolsos e o deu a Grendel, que o engoliu inteiro e latiu querendo outro.

– Quietinha... quietinha... Você é uma boa menina, Grendel – elogiou, dando-lhe mais um biscoito. Ele acariciou a cabeçona branca, que ergueu os olhos inexpressivos enquanto lambia sua mão com a língua áspera. – Fique esperta com o Morris. Ele é um cara mau. Tome cuidado.

CAPÍTULO 12

Erika saiu da casa de Isaac pouco antes das 9 horas. O céu estava limpo, porém fazia muito frio e ela permaneceu sentada dentro do carro alguns minutos, aguardando o aquecedor esquentar. Pretendia ir embora, tinha prometido a Isaac que iria direto para casa e teria uma bela noite de sono, mas foi tomada novamente pela ideia de conversar com Sparks. Ela o ouviu dizer, certa vez, de um lugar que havia comprado com a esposa em Greenwich, uma região próxima de Blackheath.

Olhou novamente para a casa de Isaac e viu que ele a observava da janela, para certificar-se de que ela chegaria em casa em segurança. Ligou o carro e acenou para ele ao dar partida. Assim que virou a esquina, no entanto, parou e ligou para a sala de controle da delegacia Bromley. Ao desligar, olhou para o relógio no painel.

— Vale a pena arriscar — disse, antes de ligar o carro e arrancar novamente.

O Superintendente Sparks morava em uma casa decadente em uma área abastada. Erika estacionou no fim da rua e caminhou cem metros até a casa. Ao se aproximar do portão, viu que a luz da sala da frente estava acesa, mas vazia. Havia uma bandeja de tinta com um rolo ao pé da escada apoiado na parede bege que estava sendo pintada de azul-claro. Erika percorreu o pequeno caminho da entrada, passou diante da janela com uma iluminação fraca e foi envolvida pelas sombras do recuo diante da porta. A luz da entrada estava apagada e, quando levantou a mão para tocar a campainha, ouviu gritos lá dentro.

— Ele foi embora há muito tempo... Ele não ia ficar zanzando por aqui, ia? — gritou uma voz feminina.

— Então você fez isso. Você admite? — respondeu uma voz masculina. Sparks.

— Admito! FIZ, SIM, e foi ÓTIMO!

– Você é tão clichê – berrou ele.
– Sou O QUÊ?
– CLICHÊ! Com o pintor e decorador!
– E daí? Ele fez eu me sentir viva! Ter um diploma chique em criminologia não faz de você um homem que sabe meter! Ele me comeu como um homem de verdade! – a voz histérica da mulher era estridente.

Erika retraiu-se, mas estava paralisada. Os gritos se transformaram em murmúrios e ela se esforçou para ouvir.

– Quantas vezes? – perguntou Sparks.
– Quantas vezes eu *dei* pra ele? – berrou ela. – Um MONTÃO! Na nossa cama. NA SUA CAMA!
– Por que esse frasco está vazio?
– O quê? Não sou suicida. Longe disso!
– Você pegou essa receita na semana passada – disse Sparks. Sua voz parecia desesperada.
– Eu não me arrependo. Você está ME OUVINDO?! EU NÃO ME ARREPENDO! EU NÃO TE AMO MAIS, ANDY!

Silêncio. Erika nunca tinha ouvido o primeiro nome de Sparks. Sabia que tinha que ir embora, mas ouviu o barulho enorme de algo se quebrando e o tilintar de vidro. A porta da frente foi aberta.

– Sua vadia louca! – Sparks gritou, olhando para trás. Virou-se, estava de calça jeans, blusa e jaqueta de couro, parou e ficou encarando Erika. O ombro esquerdo estava molhado com o que parecia ser leite. Uma mulher pequena de cabelo escuro apareceu atabalhoada atrás dele. Seus olhos estavam alucinados e o cabelo, desgrenhado. Ela atirou um saco de farinha em Sparks, mas errou e ele explodiu na parede.

– Quem é essa merda dessa piranha magrela? – perguntou, apontando para Erika, que estava saindo pelo portão. – É, vai lá, fode com ELA!

A mulher correu na direção de Sparks e o empurrou com força para fora e bateu a porta. Ressoaram os barulhos dela fechando as trancas e a corrente.

Sparks passou por Erika com passos duros e foi para a calçada.

– Você está bem? – ela perguntou, seguindo Sparks. O leite escorria da jaqueta com um brilho alaranjado sob a luz dos postes e pingava da bainha.

– O que diabos você está fazendo na minha casa? – perguntou, ainda caminhando.

– Vim por causa do caso... do caso em que vocês estão trabalhando.

– E você acha que esta é uma boa hora?

– Não acho, não. Não sabia que você estava tendo...
Sparks parou de supetão e se virou. Erika quase trombou nele.
– Isso deve ser engraçado para você, Erika. Não é mesmo? Está se divertindo?
– Não. E não sei se este comentário vai servir para alguma coisa, mas sinto muito. – Ela vasculhou a bolsa, pegou uns lenços umedecidos e, apontando para o leite, entregou a ele.

Sparks os pegou e tentou limpar o ombro com a mão oposta, mas não conseguiu alcançar. Erika pegou outro lenço no pacote e ficou surpresa por Sparks permitir que ela limpasse o leite.

– Ela tem problema há anos... Aquilo foi o álcool, não ela – ele explicou. Sob a luz dos postes, seu aspecto era fantasmagórico. Os olhos estavam com olheiras profundas e as maçãs do rosto, fundas. Erika continuou a esfregar a barra da jaqueta dele. – Você entende? Ela está doente.

A jaqueta ficou limpa. Erika embolou os lenços e disse:
– Entendo.

Faróis apareceram na esquina e um carro passou por eles lentamente. Sparks desviou o rosto da luz. Quando o veículo passou, ele virou o rosto novamente.

– Por que você veio à minha casa?
– É sobre o assassinato de Lacey Greene.
– O quê?
– A garota que foi encontrada na caçamba de lixo, perto de New Cross.
– Melanie já prendeu alguém por isso, um vagabundo de rua. Foi pego com a carteira dela. Temos duas testemunhas...
– Sim, mas eu achei outro caso e eles têm similaridades, quer dizer, não são só similaridades. O método de assassinato é exatamente o mesmo...
– Ela vasculhou a bolsa e pegou a pasta. – Estou falando sério. Olha só, podemos fazer isso em outro lugar? – Ele ficou olhando para ela durante um longo momento.

– Por favor. Só quero te dar uma informação para que o caso possa ser solucionado.

– Tem um pub no final da rua. Você paga – ele disse, antes de se virar e começar a andar.

Erika o acompanhou, convencida de que ele tinha aceitado mais porque precisava de uma desculpa para beber do que porque queria conversar com ela.

CAPÍTULO 13

O pub era pequeno e aconchegante, tinha uma mobília velha e surrada e adornos de metal usados em arreios de cavalos decoravam as paredes escuras. Encontraram um canto tranquilo, longe da partida de dardos e da tela grande que transmitia esportes. Erika levou uma cerveja para cada um e ficou surpresa por Sparks ouvir o que ela tinha a dizer.

Quando Erika terminou, ele analisou o relatório diante de si na mesa lustrada, tomando cuidado para esconder as fotos da cena do crime de um camarada grande que jogava dardos que caminhou com passos pesados em direção ao banheiro.

– A primeira coisa que precisamos fazer é confirmar onde Steven Pearson estava quando Janelle Robinson desapareceu – afirmou Erika. – Precisamos descartá-lo, porque, como eu disse, não acho que ele foi capaz de planejar o sequestro. Eu gostaria de ver todos os registros telefônicos de Lacey, as redes sociais...

– Calma aí, calma aí. Melanie foi designada a chefe do caso. Não vou substituí-la. Ela trabalhou duro e é uma policial boa pra cacete. Concordei em tomar uma cerveja e te escutar – cortou ele, apontando para os últimos goles de bebida.

– Okay. Eu gostaria de dar apoio, de me envolver como assessora. Você sabe que tenho experiência em casos como esse.

Sparks recostou-se, passou a mão no cabelo e perguntou:

– Você não tem um pingo de orgulho?

– Fiz muita merda e agora estou estagnada naquele marasmo. Só ligo para patente quando ela pode me ajudar a resolver as coisas. – Erika virou a segunda metade de sua cerveja de uma vez.

Sparks abriu um sorriso. Era uma imagem esquisita. Ele tinha dentes pequenos e tortos que davam ao rosto um lampejo de diabrura infantil.

– O caralho! – disse ele, quase simpático. – Você podia ter me matado quando fui promovido no seu lugar.

– É. Podia mesmo.

Sparks bebeu o resto de sua cerveja, depois recostou-se e cruzou as mãos sobre a barriga.

– Não sei se vale a pena...

– Eu te garanto que vai valer a pena. Vou trabalhar com Melanie. Vou ser obediente...

Ele meneou a cabeça e explicou:

– Estou falando da patente. Superintendente. Não sei se vale a pena. Estou supervisionando dezoito casos agora. O pessoal do alto escalão está enxugando o orçamento até o osso, e tudo que fazemos é de domínio público.

– Mas nós somos servidores públicos...

– Servidores? Não me venha com essa merda! – xingou ele, batendo na mesa. – Você sabe como a banda toca. Temos que resolver as coisas, e nem tudo são flores. Temos que tocar o terror com certas pessoas, senão o serviço não sai, mas agora todo escroto por aí tem um telefone celular com câmera. Eles postam as coisas na internet, aí tudo quanto é palpiteiro cai matando. No mês passado, um policial da minha equipe parou um carro suspeito para fazer uma revista e foi agredido. O moleque tinha um quilo de heroína no porta-luvas. Ele bateu no policial com um pé-de-cabra, quebrou o braço dele, depois tentou fugir, mas tinha esquecido que o policial de braço quebrado estava com a chave do carro. Quando percebeu que estava encurralado, o moleque começou a filmar o policial que arrombou a janela da frente com uma ferramenta e o arrastou para fora do carro. O vídeo só dessa parte foi parar no YouTube, e o pessoal do alto escalão está comendo o meu rabo porque não para de aparecer postagens reclamando da truculência policial! Esse agente é um bom rapaz, sempre faz tudo de acordo com o protocolo, mas o testemunho verdadeiro dele sobre o que aconteceu não é tão importante quanto a filmagem de um telefone celular que está no YouTube! Sabe o que a Comissária Assistente falou?

Sparks estava alvoroçado, com os punhos cerrados.

– Posso imaginar que não foi nada de útil – respondeu Erika.

– Porra, você está certíssima, não foi nada de útil: "Cinquenta mil pessoas curtiram o vídeo e fizeram comentários, ele foi compartilhado milhares de vezes no Twitter" – ele imitou a voz da comissária em falsete. – Que raio de mundo é esse em que um zé-mané qualquer, em casa e a um clique de bater uma punheta vendo pornografia, ou de comprar um sapato on-line, está formando a opinião pública? Pior ainda, está influenciando a opinião dos nossos superiores! Distorcendo a realidade!

Sparks recostou-se, tremendo de raiva. Seu rosto ainda estava pálido, porém dois círculos vermelhos queimavam suas bochechas. Ele tossiu, se contraiu, virou a última gota de cerveja e se contraiu novamente.

Erika levantou e pegou mais uma rodada. Quando voltou, ele estava tendo outro acesso de tosse.

– Obrigado – disse, dando uma golada.

– Quero pedir desculpas – falou Erika. Sparks se recostou e olhou para ela. – Me desculpe por tudo o que aconteceu entre nós. Eu devia ter me comportado melhor quando vim para Londres e assumi o caso de Andrea Douglas-Brown. Ele era seu. Eu fui sacana.

– Você foi sacana. Eu fui um filho da mãe – ele comentou dando um sorriso pesaroso. – É assim que o mundo gira.

– Eu só quero pegar esse assassino, Andy. Sim, eu tenho orgulho. Orgulho de levar as pessoas à justiça. Não faço isso por mim mesma. Vou trabalhar na sua equipe. A gente pode estabelecer um período de experiência; vou trabalhar subordinada à Melanie no inquérito, apesar de termos a mesma patente. Não posso mais ficar trabalhando na Equipe de Projetos, preenchendo formulários.

Sparks tomou outro gole e ficou observando dois caras grandes absortos em sua partida de dardos.

– Para ser honesto, sinto que lutei por um prêmio que não vale a pena.

– Pelo menos a grana é boa – contemporizou Erika.

– E estou prestes a ver cada centavo desaparecer. Divórcio. Seguido de batalhas judiciais... – virou o resto da cerveja.

– Sinto muito.

– Não é sua culpa. Olha só, vou conversar com a Melanie e ver o que podemos fazer. Okay?

Erika concordou com um gesto de cabeça e respondeu:
– Okay.
– Agora preciso ir para casa – disse ele.

Os dois saíram, tinha começado a nevar de novo. Sparks levantou a gola para se proteger do vento.

– Vá à reunião amanhã de manhã – disse ele. – Eu te passei a bola. E Melanie é quem vai decidir se te quer na equipe dela.

– Consigo dar um jeito nisso.

Um carro com o para-lama cheio de neve suja passou devagar. Sparks desviou o rosto e não virou novamente até ele estar bem distante na rua.

– O que foi? – perguntou Erika.

– Você já viu aquele carro?

– Não.

– Mais cedo, pouco antes de virmos para o pub?

– Acho que não. Por quê?

Com os olhos semicerrados, ele olhou para o lugar onde o carro tinha virado para sair da rua.

– Tenho a impressão de que já o vi três vezes nos últimos dias.

– Acha que estão te seguindo?

Ele estava ainda mais pálido e extenuado do que antes de entrarem no pub. Seus olhos examinavam a rua vazia. Sparks viu que Erika o observava atentamente e mudou de assunto.

– A sua delegacia te libera? Não tenho tempo para ficar de conversinha mole com o seu superintendente.

– Acho que para o meu superintendente tanto faz se eu estou lá ou em qualquer outro lugar.

– Okay. West End Central amanhã, 9 horas.

– Obrigada, Andy.

– Segura a onda aí. Não quero que a gente acabe gostando um do outro de verdade – disse, antes de despedir-se com um aceno de cabeça e sair andando em direção ao seu lar infeliz. Erika ficou observando, sentindo um misto de raiva e alívio. Sparks não tinha feito o mesmo que ela e também se desculpado, mas sentia-se satisfeita por estarem seguindo em frente e por ter conseguido uma oportunidade de trabalhar no caso.

CAPÍTULO 14

Na manhã seguinte, Erika pegou o trem para Charing Cross, saiu da estação com um tropel de gente e foi envolvida pelo ar frio. A multidão diminuía à medida que a detetive atravessava a Trafalgar Square. Tinham limpado a neve da praça, com exceção dos gigantes leões de bronze que pareciam usar peruquinhas brancas. Quando chegou à Leicester Square, então à Chinatown, restava apenas um punhado de turistas que haviam madrugado e pestanejavam diante da fosca manhã cinzenta. Chegou à Delegacia de Polícia West End Central. Era um prédio quadrado de concreto do pós-guerra, enfiado em uma rua pequena no final do Soho, cheia de prédios comerciais sendo reformados. Mostrou seu distintivo na recepção e foi até o quinto andar em um elevador que, ao abrir, deu de frente para uma grande porta em que estava escrito: EQUIPE DE INVESTIGAÇÃO DE ASSASSINATOS.

Ela respirou fundo e hesitou diante da porta. Faria mesmo aquilo? Tinha dito, na noite anterior, que não ligava para patente, mas não estaria se arriscando demais ao trabalhar com Sparks naquele caso? Esse questionamento manteve Erika acordada a maior parte da noite, porém a imagem de Lacey Greene e a de Janelle Robinson não saíam de sua mente, seus corpos desovados em caçambas de lixo... E as circunstâncias de Janelle a impactaram profundamente. Uma garota que nasceu sem nada, atravessou a vida sem nada, e até na morte foi tratada como nada. *Outra garota desgovernada aparece morta. Terrível, medonho, mas merdas acontecem, caso encerrado.*

Foi uma atitude similar que a deixou tão ressentida logo que chegou ao Reino Unido com um visto para trabalhar de *au pair*. Seu salário era uma merreca, e a postura geral era a de que pessoas do Leste Europeu não valiam tanto quanto as do Oeste. *Somos pessoas descartáveis*, uma garota polonesa tinha lhe dito na longa viagem de ônibus através da

Europa. Foi por isso que, nos anos posteriores, Erika tinha se esforçado para conseguir promoções na polícia, para mostrar que era uma pessoa valiosa. Que não era descartável.

Ainda não tinha certeza de sua decisão, mas empurrou a porta e entrou. Era uma sala ampla de plano aberto, onde vários grupos de mesas ficavam separadas por divisórias de vidro. Ela caminhou por equipes de trabalho e, em uma delas, o oficial passava informações de um caso: imagens em um quadro atrás dele mostravam uma fileira de corpos queimados, e em fotos tiradas mais próximas de cada um deles, eram visíveis os rostos derretidos que pareciam máscaras tostadas de dor.

Erika se aproximou de uma jovem policial na fotocopiadora.

– Estou procurando o Superintendente Sparks.

– Lá no final.

Erika agradeceu, seguiu em frente, e enquanto caminhava, conseguia ver pela janela imponentes telhados cobertos de neve, e o céu pairando cinzento sobre os prédios como uma placa de ardósia. Quando chegou ao final da sala, viu Sparks de pé diante de uma série de quadros-brancos grandes, rodeado por uma equipe de dez policiais. Pilhas de arquivos de casos estavam empilhadas ameaçadoramente ao lado dele. Erika reconheceu o caso sobre o qual falava: um triplo homicídio em um pub de North London. Sua aparência era horrível, estava exausto e abatido, apoiado no canto de uma mesa, usando a mão livre para enfatizar seus argumentos. Viu-a ao fundo, cumprimentou-a com um breve movimento de cabeça, e continuou falando.

– Como eu disse, a família vai apertar o cerco muito rápido, e o histórico deles é da pesada. Preciso que confiram a movimentação deles antes de separá-los para interrogatório.

Quando saiu na direção de uma fileira de portas de vidro na ponta, a equipe disparou a conversar. Erika se apressou para alcançá-lo.

– Entrei em contato com Melanie ontem à noite – falou ele. – Passei tudo o que conversamos. Ela agora está investigando a morte da... da...

– Janelle Robinson – completou Erika.

– Isso. Ela foi para Croydon dar uma olhada no local em que o corpo foi encontrado e falar com os vizinhos.

– Você vai informar a equipe dela sobre o meu envolvimento no caso?

– Vou. Hoje à tarde. A informação que você deu tinha que ser confirmada, por isso reagendamos. Volte às 4 horas.

Ele chegou a uma porta de vidro fosco, entrou e começou a fechá-la. Erika estendeu a mão, impedindo-o.

– Andy, falei sério ontem à noite. Vou trabalhar com você, mas, por favor, sem ficar fazendo joguinhos.

Ele a encarou. Seus olhos estavam injetados.

– E eu te falei que estou atolado de serviço. Você sabe como a banda toca, as coisas mudam. E Melanie e a equipe dela tinham que dar prosseguimento ao que você me trouxe. Só podemos manter Steven Pearson preso mais 24 horas, aí vamos ter que indiciar ou soltar o cara.

– E ela não podia ter me ligado antes de eu vir para Londres? – zangou-se Erika.

– O que você quer que eu faça?

– Me ponha no caso agora. Não quero ficar à toa o dia todo.

Ele a encarou novamente com aqueles olhos injetados, gesticulou para que ela entrasse na sala e fechou a porta.

– Obrigada – disse Erika.

Sparks foi até umas prateleiras abarrotadas de arquivos. Esfregou o braço esquerdo e começou a revirar as coisas em busca de uma embalagem de analgésicos. Sua pele parecia ter perdido o pouquinho de cor que lhe restava e ele começou a suar frio. Tirou dois comprimidos rasgando o papel-alumínio e os engoliu sem água, estremecendo. Começou a movimentar a mão na direção do telefone na mesa, mas hesitou, rangendo os dentes de dor.

– Você está bem? – perguntou Erika, aproximando-se da cadeira em frente à mesa dele.

– Jesus! Parece que eu estou bem, cacete? – Ele pairou acima do teclado do telefone, respirando fundo. – Qual é o número dela mesmo?

Começou a dar a volta na mesa, mas ficou tonto. Tentou se apoiar na quina, mas seu braço cedeu e ele desabou de cara no carpete.

– Puta merda! – gritou Erika, dando a volta na mesa depressa. Virou-o de barriga para cima, ele estava engasgando, respirando com dificuldade e ruidosamente, seu rosto minava suor. Sparks agarrou o braço esquerdo e começou a puxar com força a gola da camisa.

– Meu peito... Não consigo... respirar. Meu braço, a dor – chiou ele. Seus olhos injetados de sangue se estufaram de maneira hedionda.

Erika desabotoou depressa o colarinho da camisa dele e afrouxou a gravata. Sentou-o cuidadosamente, apoiando-o na beirada da mesa.

— Preciso que você fique calmo e respire — orientou ela.

Ele agarrou o próprio braço esquerdo, suando e tremendo. Erika tirou o comprido casaco de couro que usava e o cobriu com ele. Sparks gemia e chiava e a saliva começou se acumular nos cantos de sua boca.

— Por favor, me ajude — implorou, sem ar.

Erika avançou à mesa e pegou o telefone, achando estranhamente irônico ter que ligar, de uma das maiores delegacias de polícia do centro de Londres, para a emergência.

— É um policial — disse quando atenderam. — Acho que está tendo um ataque cardíaco. — Ela passou todas as informações, depois bateu o telefone com força e voltou correndo para Sparks, que havia adquirido uma cor cinza cadavérica e espumava pela boca.

— Aspirina, Andy, você tem aspirina?

Ele tossiu e uma rala nuvem de espuma preencheu o ar. Erika foi à prateleira em que ele deixava os analgésicos, mas só tinha paracetamol. Então começou a revolver as gavetas da mesa. Sparks tentou se levantar, havia suspendido metade do corpo, mas as pernas fraquejaram, inúteis, e ele deslizou para baixo novamente, batendo a parte de trás da cabeça na quina da mesa.

— Por favor, fique quieto, a ambulância está vindo — disse Erika, se agachando ao lado dele. Ela colocou o casaco sobre ele novamente, em seguida correu à porta da sala, abriu com um puxão e gritou:

— Preciso de ajuda aqui! Sparks está tendo um ataque cardíaco.

Rostos viraram para ver o que estava acontecendo, meramente curiosos.

— O Superintendente Sparks teve um colapso. É um ataque cardíaco. Preciso de ajuda! — berrou ela.

De repente, todo mundo se levantou e dois policiais dispararam na direção dela, seguidos por um dos policiais a quem Sparks tinha se dirigido minutos antes.

Erika entrou novamente na sala e sentiu o sangue latejando nas orelhas ao se virar e ver que Sparks havia desabado e estava caído de lado no carpete. Aproximou-se dele e o deitou de costas cuidadosamente. Seus lábios começavam a ficar azuis. Ele ergueu o rosto na direção dela, com medo nos olhos.

— Minha esposa... Fale pra ela... que eu a amo... O dinheiro na nossa conta... vai ser congelado — ele gemeu.

— Andy, você vai ficar bem, está me ouvindo? — disse Erika.

A sala se enchia de policiais que se aglomeravam ali inutilmente e ficavam observando. Ele levantou o braço e agarrou o dela, porém despencou novamente e bateu no carpete.

— Não! — gritou Erika, quando o restinho de cor que Sparks tinha no rosto começou a desaparecer. — Alguém aí! Descubra onde a ambulância está!

Ela abriu mais dois botões da camisa de Sparks, deixando o peito exposto. Inclinou a cabeça para trás e começou os procedimentos de reanimação cardiorrespiratória. Fazia compressões, depois se abaixava e soprava na boca do Superintendente.

— Ele vinha dizendo que estava se sentindo doente... — disse alguém atrás de Erika, que contava quinze compressões no peito.

— Conheço Sparks há um ano e ele sempre me pareceu doente — comentou outra pessoa.

Erika se abaixou e soprou na boca novamente. O peito de Sparks suspendeu, mas o rosto permaneceu inanimado e lívido. Um silêncio estranho tomou conta da sala enquanto os policiais a observavam.

— Vamos lá, você é um lutador... Lute! Não pare agora!

Os olhos dele permaneceram fechados, e a cabeça balançava no carpete enquanto ela contava as compressões no peito: *treze, quatorze, quinze*.

De canto de olho, Erika viu uma foto na mesa: Andy Sparks com a esposa. Ambos agachados em um gramado num dia ensolarado com uma garotinha dando um sorriso ainda sem dentes sentada em uma motoca rosa. Ela continuou a trabalhar no peito dele, alternando com respiração artificial. Já estava suando com o esforço. Aquilo parecia não ter fim, a sala silenciosa só observava.

Finalmente, dois paramédicos de jaqueta amarela, carregando um kit de primeiros socorros, entraram na sala e assumiram, mas era tarde demais.

Eles declararam o Superintendente Andy Sparks morto às 9h47 da manhã. A ironia não passou despercebida a Erika: era uma sexta-feira 13.

CAPÍTULO 15

Erika ficou observando Sparks ser retirado do escritório em uma maca, dentro de um saco preto. Chocada, suas pernas começaram a tremer e ela teve que se sentar ao dar seu depoimento para o guarda que chegou ao local. Era uma situação estranha, policial interrogando policial, e a desorientação sobre como lidar com a tragédia. Sparks tinha apenas 41 anos. Havia sido seu inimigo implacável até a noite anterior, e agora estava morto.

Não tinha certeza sobre o que fazer nem o que sentir quando saiu da delegacia West End Central. Um vento gelado soprava e a grande lona verde que cobria um andaime em frente balançava emitindo um lamento fúnebre. Não conhecia nenhum policial da delegacia, não havia ninguém com quem conversar. Cruzou os braços sobre o peito, sentindo o vento gelado penetrar na sua blusa fina. Sparks estava coberto pelo casaco dela quando foi colocado no saco preto e não lhe pareceu apropriado pedi-lo de volta. Pegou o celular e ligou para Peterson. O detetive disse para ela pegar um táxi e ir se encontrar com ele.

Quando Peterson a conduziu para dentro de seu apartamento quente, uma hora depois, Erika estava tremendo de frio, batendo os dentes de forma quase cômica. Ficaram na sala e ele a abraçou demoradamente, o único som era o da água enchendo a enorme banheira no outro cômodo.

– Meu Deus, Sparks está morto... Eu imaginava que ele ainda tinha tanto tempo pela frente – comentou Peterson.

– Ele tinha uma filha pequena e uma esposa que precisava dele, e a última pessoa com quem falou fui *eu*.

– Você tentou salvar a vida dele.

– Tentei. Mas não consigo imaginar alguém morrendo e a única pessoa presente para segurar sua mão ser sua pior inimiga.

Erika enxugou os olhos com as costas da mão. Tinha parado de tremer.

— Você é uma pessoa boa, Erika. Está do lado das pessoas boas — afirmou Peterson, recuando e olhando-a nos olhos.

Ela foi dominada pelas lágrimas novamente.

— James, eu já vi tantas pessoas jovens morrerem, meu marido, meus colegas, e... por que eles e não eu?

— Não se sinta culpada.

— Mas eu me sinto.

— Olha, o banho quente está pronto, vou pegar uma bebida para a gente.

Erika ficou mergulhada na água quente por um bom tempo, acalentando um copo grande de uísque, e Peterson ficou com ela, sentado na tampa do vaso. Ela contou o que havia acontecido na noite anterior.

— Por que acha que Sparks mudou de ideia sobre trabalhar com você?

Erika encolheu os ombros.

— Talvez eu tenha enxergado um outro lado dele. Ouvi sem querer a briga que teve com a esposa e, mesmo assim, ele a defendeu quando conversou comigo... Eu formei uma primeira opinião precipitada sobre o cara e ela nunca mudou. Talvez ele fosse só...

— Erika! Ele era um cuzão.

— Sim. No trabalho era...

— E era no trabalho que a gente tinha que lidar com ele. Não víamos esse outro lado, então para nós isso não existia.

— Só que existia, sim.

— Tá certo, existia, mas, se você começasse a trabalhar nesse caso, acha mesmo que ele manteria a palavra? E qual seria o resultado disso para a sua reputação?

— Não estou nem aí para a minha reputação.

— Isso é uma coisa bem idiota de se dizer.

— É, você tem razão. — Erika concordou com um sorriso débil.

— O que vai acontecer com esse caso?

— Não sei. Eles têm que soltar Steven Pearson amanhã até a hora do almoço. Melanie Hudson está com tudo nas mãos: os arquivos de Janelle Robinson, e, é claro, o único incentivo para ela trabalhar comigo agora já era.

— Porque Sparks tinha ordenado que ela fizesse isso — completou Peterson. Ficaram um momento em silêncio. Erika deu uma estremecida e ele abriu a torneira de água quente. — Erika, sei que nunca vou substituir Mark. E por mim tudo bem. Leve o tempo que precisar.

Ele se debruçou diante dela e fechou a água. Erika olhou para o belo rosto imponente, o cabelo escuro agora cortado à máquina. Inclinou-se e pôs a mão no rosto dele.

– Não posso substituir alguém que já se foi... Mark se foi, James. Tenho que seguir a minha vida. Ele sempre disse que, se morresse, queria que eu... – ela hesitou.

– Queria que você continuasse vivendo?

Ela fez que sim.

– Mas isso é muito mais difícil do que pensei. Viver. Descobrir como viver comigo mesma e então com alguém.

Peterson pegou a mão dela, inclinou-se e deu um beijo em seu cabelo molhado.

Já tinha anoitecido quando Erika saiu do banho e se sentou no sofá, envolvida em um grande e felpudo roupão. Peterson ligou a TV no jornal do início da noite. A principal notícia na *BBC London* era a de que Steven Pearson, que havia sido preso pelo sequestro e assassinato de Lacey Greene, tinha sido liberado por falta de provas.

– Então, isso indica que estão levando a sério a informação que você deu a eles? – perguntou Peterson, reabastecendo o copo dela.

– Têm que levar – disse Erika, assistindo a um repórter que falava diante da placa giratória do lado de fora do prédio da New Scotland Yard.

– E eles não vão divulgar o assassinato de Janelle Robinson.

– O sequestro *e* assassinato. Ela estava desaparecida, James. Não é só porque a coitada da garota não tinha ninguém para sentir falta dela que não estava desaparecida.

– Eu sei... Fique fria aí, não estou contra você – ele disse.

– Desculpe. É que é tão frustrante. Melanie Hudson estava prestes a indiciar Pearson e fechar o caso, e agora ela tem que correr atrás de pistas e evidências, e provavelmente vai acabar fazendo papel de idiota.

O telefone de Erika tocou dentro da bolsa e Peterson o entregou para ela. Quando pegou o aparelho, viu um número que não conhecia e atendeu. Peterson ficou observando enquanto ela falava, girando o uísque no copo. O jornal agora passava uma matéria sobre a vida dos moradores da Vila Olímpica, em East London.

– Quem era? – perguntou quando ela terminou a ligação.

Erika deu umas batidinhas no telefone.

– Camilla Brace-Cosworthy, a Comissária Assistente. Quer que eu vá bater um papo com ela na segunda de manhã.
– Bater um papo? Escolha interessante de palavras.
– Foi o que ela falou. Bater um papo. Parece que há alguns fios soltos na morte do Sparks.
– Fios soltos? Algo suspeito? – perguntou Peterson.
– Ela não entrou em detalhes. Preferiu me deixar em banho-maria no fim de semana. Quer que eu a procure na New Scotland Yard.

Erika lembrou-se de quando Sparks achou que o estavam seguindo, e se perguntou em que exatamente ele tinha se metido.

CAPÍTULO 16

Darryl acordou cedo no domingo. A neve batia nas janelas escuras e ele escutou através da parede do quarto o gemido das molas quando o pai saiu da cama e disse algumas palavras ríspidas à esposa. Darryl não conseguiu discerni-las, contudo reconheceu a entonação. Todas as portas no casarão da fazenda tinham ferrolho em vez de maçanetas, e ele sempre ouvia o barulho da peça subindo e descendo antes de o pai sair caminhando com passos pesados pelo corredor, fazendo o assoalho ranger.

Depois que os passos desvaneceram, Darryl ouviu o sinistro som de sua mãe rolando na cama e o ruído da portinha da parte inferior do criado-mudo. Era o momento em que tomava a primeira dose do dia, geralmente de vodca, embora, como a maioria dos alcoólatras, ela não fosse exigente. Havia crescido com a bebedeira da mãe, que se intensificou depois da morte de Joe, seu irmão mais novo, onze anos antes.

Darryl se virou na cama, escutou o rangido do armarinho novamente e decidiu se levantar. Ainda ocupava o mesmo quarto de sua infância, que tinha o teto alto, piso de madeira e mobília escura, mas o papel de parede do Ursinho Pooh dava uma aparência estranhamente sinistra ao cômodo. Ainda estava escuro quando ele desceu de chinelo, com passos silenciosos, e sentiu o delicioso calor da cozinha. Grendel estava deitada nas sombras em frente ao fogão, aproveitando o calor. Quando acendeu a luz, ela piscou, levantou e começou a cheirar os pés dele.

Se a pessoa agisse com tranquilidade, Grendel era mansa, mas, se fizesse movimentos bruscos, ela entrava em pânico e atacava. No verão anterior, tinha atacado uma agitada jovem polonesa que estava trabalhando na plantação de morango. A garota tomou sete pontos e quase perdeu um olho.

– Graças a Deus, Grendel atacou a polaca e não alguém da região – o pai tinha brincado, voltando do hospital. A garota estava trabalhando ilegalmente, por isso prestar queixa não era uma opção. John deixou

Darryl ficar com Grendel porque era um bom cão de guarda. Do mesmo jeito que continuava com Morris por ele ser um bom ordenhador. Darryl suspeitava que tanto Morris quanto Grendel eram provavelmente resultado de muitas misturas genéticas.

Darryl comeu uma tigela de cereal e deu comida para Grendel, depois os dois foram dar uma volta. Estava começando a amanhecer quando ele saiu para a garagem, com Grendel saltitando ao lado dele na neve compactada. Passaram pelo enorme celeiro em que ficava estocado o feno, cujo telhado estava abarrotado de neve, e pelas outras instalações da fazenda. O ar frio era revigorante, mas, apesar do frescor, dava para sentir o imutável cheiro de fazenda, uma mistura de estrume com feno apodrecido.

Os galpões estavam bem iluminados e agitados pelos mugidos, pelo barulho dos cascos no chão e pela ritmada sucção das ordenhadeiras. Dois funcionários da fazenda olharam-no com indiferença, e Grendel empinou o focinho rosa-claro ao cheiro e som do gado. Passaram por John, que saía do galpão onde ficavam gigantescos tanques metálicos de leite. Ele cumprimentou o filho com um gesto seco. Darryl passou os olhos pelo imaculado casaco de inverno. Foi um presente para si mesmo e Darryl resistiu ao desejo de enlameá-lo um pouco.

Na extremidade do terreno, as construções da fazenda terminavam antes de um portão largo com vista para os campos. Assim que o atravessaram, ele soltou a coleira de Grendel, que saiu correndo pela trilha, se divertindo espantando um bando de passarinhos reunidos na neve.

Depois de percorrerem pouco menos de um quilômetro da trilha, passaram por um prédio baixo e comprido com uma torre circular, cujo telhado parecia um funil com a ponta encurvada. A alvorada estava começando a irromper e a construção ganhava um sinistro contorno negro em contraste com o céu azul. Era a antiga Oast House. Tinha sido construída nos anos 1800 para a secagem de lúpulo, quando ele era o principal grão produzido na fazenda. Darryl não tinha recordação do local sendo usado e, durante sua infância, havia sido um ótimo lugar para brincar. Ele e Joe passaram muitas tardes de verão lá dentro se pendurando nos três níveis de ripas de madeira onde o lúpulo era deixado para secar. A base da torre abrigava uma fornalha e, acima dela, dava para trepar nas vigas e espiar, da chaminé, quilômetros de campos ao longe. Nos meses de inverno, o local era sinistro e adquiria um ar desolado. Nas noites frias, dependendo do clima, dava para ouvir lá da casa da fazenda, o vento uivando pelo sistema de ventilação.

Nesse mesmo lugar, aos 15 anos de idade, seu irmão Joe havia se enforcado.

Darryl diminuiu o passo e parou em frente à grande construção de tijolos. Uma lufada de vento remexeu a neve seca e poeirenta e uivou aguda e lamuriosamente ao passar pela saída de ar na ponta da torre.

– Joe – sussurrou Darryl. Ele seguiu em frente, passou pela grande construção de tijolos, apertou o passo, caminhou aproximadamente um quilômetro e meio aproximadamente por campos cobertos de neve e passou por um grupo de árvores secas. Quando o horizonte azul-claro ficou rosado, um vasto lago congelado tornou-se visível. Darryl chamou Grendel, que voltou trotando, com a língua balançando do lado de fora. Começou a nevar de novo, flocos rodopiavam depressa e um cristal de gelo pousou sobre um dos olhos pretos da cadela, fazendo-a piscar. Darryl acariciou as orelhas dela e lhe deu um biscoito canino. A cachorra trotava obediente ao lado dele, descendo o caminho até a beirada do lago. Havia uma barreira maciça onde a água encontrava-se com a trilha. O gelo estava grosso e polvilhado de neve. As pegadas de ganso e pequenos pássaros pontilhavam a superfície. Grendel pulou em cima da barreira de concreto e saltou no gelo com firmeza nas patas, olhando para trás como se dissesse que a barra estava limpa. Darryl seguiu-a, hesitante, pisando devagar, atento ao menor sinal de rachadura, mas o gelo estava firme como concreto. Então saiu caminhando em direção ao lugar em que Grendel latia, dando voltas no tronco de uma árvore gigante que emergia através do gelo.

– Está tudo bem, menina – disse Darryl, estendendo a mão cuidadosamente. Grendel ficou paralisada, com os dentes à mostra, e disparou um olhar feroz para ele, que aproximou a mão devagar até que ela o permitisse acariciar o pelo macio de sua cabeça. – É só uma árvore. Ela estava flutuando outro dia, lembra?

Ela permitiu o afago, depois inclinou a cabeça, rolou no gelo e o deixou fazer cócegas em sua barriga. Darryl se sentou no tronco congelado e comeu uma barra de chocolate, observando Grendel correr atrás de passarinhos na beirada do gelo enquanto acessava seus e-mails e redes sociais no celular.

Estava claro quando ele e Grendel voltaram ao casarão da fazenda e, ao chegarem à garagem, viram Morris sentado no porta-malas aberto de seu carro. Tinha calçado uma das galochas e estava começando a enfiar o pé descalço com compridas unhas amarelas na segunda. Darryl segurou a coleira de Grendel com mais força.

– Deixe essa maldita cadela na coleira – disse Morris, encolhendo-se quando Darryl passou pelo espaço apertado com Grendel, que não parava de rosnar.

Darryl acabou olhando para o porta-malas aberto e viu um rolo de corrente fina e um capuz de couro com buracos para os olhos.

Morris se virou depressa e o fechou com força.

– Perdeu alguma coisa aqui? – indagou ele.

– Não – respondeu Darryl, movendo-se apressadamente para a escada da porta dos fundos.

– Eu e... hã... a namorada, ela gosta de pegar pesado – falou Morris, inclinando a cabeça na direção do porta-malas fechado.

– Não é da minha conta. – Darryl deu de ombros.

– Não. Não é... E o que a gente faz no quarto é problema nosso...

Morris estava tremendo, quase sentindo um pouco de medo.

– Não vi nada – disse Darryl, já à porta, estendendo a mão na direção do ferrolho. Morris aproximou-se do pé da escada, e os rosnados de Grendel ficaram um pouco mais altos.

– E é bom que continue assim. Não se esqueça de que essa bosta dessa vira-lata nem sempre vai estar por perto para te proteger. – Ele ficou um longo momento encarando Darryl, depois travou o carro com o controle remoto da chave e saiu mancando pelo pátio.

Darryl ficou observando-o, com um desconforto revirando em seu estômago. Soltou a coleira de Grendel e a levou de volta para o calor da casa.

CAPÍTULO 17

Quando Erika chegou ao prédio da New Scotland Yard na segunda-feira de manhã, foi encaminhada direto para a sala da comissária assistente. Em vez de oferecer a cadeira diante de sua mesa, Camilla Brace-Cosworthy conduziu a detetive às duas poltronas ao lado de uma enorme janela que se estendia do chão ao teto com vista para o Tâmisa. Seu assistente trouxe uma bandeja com um bule de café e biscoitos e Erika sentou-se de costas para o vidro. Reparou em como Camilla estava com uma aparência desgastada: seu cabelo loiro estilo chanel estava mais escorrido do que nunca e o rosto claro, exausto e sem maquiagem. O assistente, um jovem bonito de extraordinários olhos verdes, cumprimentou-a com um gesto de cabeça, um sorriso e se retirou.

Fui intimada a vir aqui, mas com café e biscoitos acho que vai ficar interessante, pensou Erika.

– Posso fazer as honras? – perguntou Camilla, suspendendo o bule de café. Ela era uma mulher eloquente e tinha um pomposo sotaque de classe alta. Aquilo fez Erika perceber que ela própria *comia* algumas vogais. – Um eczema que tive na infância voltou sem mais nem menos – acrescentou ela, percebendo a forma como Erika havia analisado seu rosto. – Tive que abandonar a maquiagem por alguns dias... Creme?

– Não, obrigada – recostaram-se e bebericaram o café. Erika deu uma olhadela para as guloseimas na bela bandeja de porcelana de três níveis, os biscoitinhos de gengibre cobertos de chocolate amargo aparentavam ser caros. Estava faminta, porém achou que se pegasse um estaria, de certa maneira, entrando no joguinho idiota de que aquilo ali não passava de um bate-papo com cafezinho.

– Como é que você está, Erika?

– Bem, senhora, obrigada.

– Mesmo? Um colega seu acabou de morrer. Você tentou reanimá-lo, mas fracassou... – Ela inclinou a cabeça solidariamente.

– Foi uma tragédia terrível, senhora, mas fiz o que aprendi no treinamento. Além do mais, eu não conhecia o Superintendente Sparks tão bem assim. E também não fracassei. Ele teve um ataque cardíaco colossal.

– Sim, é claro... No entanto, vocês trabalharam juntos em mais de um caso. Quando você foi transferida para Lewisham Row, você o substituiu na investigação do assassinato de Andrea Douglas-Brown.

O caso de Andrea Douglas-Brown era o mais famoso da carreira de Erika, o corpo dela tinha sido encontrado embaixo do gelo no lago de um parque em South London.

– Eu tirei Sparks do caso.

– Por quê?

– Está tudo nos relatórios, senhora.

– Sim. Você achava que ele tinha um estilo de investigação negligente e que ajudou a omitir provas – disse Camilla antes de tomar um gole de café.

– Não. O pai de Andrea Douglas-Brown era um figurão poderoso e muito conhecido. Achei que Sparks ficou deslumbrado por Simon Douglas-Brown e permitiu que ele interferisse na nossa investigação.

– Você vinha mantendo contato com ele recentemente?

– Com Simon Douglas-Brown? Não. Ele está preso.

– Estou me referindo ao Superintendente Sparks, e particularmente ao encontro que teve com ele em Greenwich, no pub Crown, na noite anterior à sua morte...

Erika não deixou sua surpresa transparecer.

– Parece-me estranho você encontrá-lo socialmente, Erika, já que havia tanta animosidade entre você dois.

– Eu estava conversando com ele para entrar em uma de suas equipes de investigação. Para ser honesta, eu fui procurá-lo na casa dele, senhora. E ele comentou que desconfiava que estava sendo seguido. Imaginei que era paranoia, mas é óbvio que não.

Camilla inclinou a cabeça, mantendo os olhos fixos em Erika.

– Senhora, isto é um interrogatório formal? O café e o biscoitinho chique me fizeram achar que não, mas por que estou aqui?

– Erika, o que posso confirmar para você é que o Superintendente Sparks estava sob investigação confidencial.

– Quem estava investigando ele?

– Quem *o* estava investigando? Não posso entrar nesse mérito. O que posso lhe dizer é que tenho razões para acreditar que não éramos os únicos que pagavam o salário dele.

– Posso perguntar quem mais estava pagando o salário dele?
– Não, não pode.
– Eu e Sparks éramos inimigos. Não sei absolutamente nada sobre as relações de trabalho dele, nem sobre sua vida pessoal. Quer dizer, sei que estava tendo problemas com a esposa.
– Que tipo de problemas?

Erika relatou rapidamente o que tinha escutado por acaso quando foi à casa de Sparks. Ao terminar, Camilla se levantou, aproximou-se da janela e olhou para a vista do Tâmisa. Houve um longo silêncio.

– Erika, quando trabalhou no caso de Andrea Douglas-Brown, você participou de alguma reunião com o Superintendente Sparks e o Sir Simon Douglas-Brown?
– Você quer dizer Simon Douglas-Brown. Não vamos esquecer que ele foi destituído do título.
– Responda à pergunta, por favor.
– No início do inquérito, eu fiquei de fora das reuniões com a família. Simon queria manter Sparks no comando da investigação. A esposa dele também não ia muito com a minha cara.
– Por que não?
– Ela é eslovaca, assim como eu. E acho que a minha presença a fazia se lembrar do lugar de onde vinha.
– E que lugar é esse?
– Um lugar pobre... Um lugar de famílias da classe operária. Olha só, eu sou a última pessoa que pode fornecer à senhora alguma informação sobre corrupção dentro da polícia. Me concentro nas relações policiais, não na politicagem.

Camilla se virou para Erika e riu.

– Então você está afirmando que é absolutamente íntegra?
– Sou mais íntegra do que a maioria, senhora. Não tenho medo de falar o que penso. Foi por essa razão que o seu predecessor não quis me promover.

Ela se afastou da janela e sentou-se novamente.

– Erika, você já ouviu falar da família Gadd?
– Já. São bem conhecidos da polícia em South London. Permitiram que eles operassem seu negócio de importação-exportação com uma liberdade relativamente exagerada, em troca de manterem a área em ordem.
– Como tomou conhecimento disso?

– Não é exatamente um segredo. Está mais para uma política extraoficial. Sparks estava na folha de pagamento deles?

– Acreditamos que sim. Também estou investigando os casos sob o comando do Superintendente Sparks, e as interações dele com Simon Douglas-Brown devem passar por um pente-fino. É claro que, caso isso aconteça, será um prato cheio para a imprensa.

– Simon Douglas-Brown sempre será notícia quente para a mídia.

– Pois é. O culto à celebridade.

– Por que está investigando tudo isso agora? A família Gadd trabalha extraoficialmente com a Polícia Metropolitana há anos. Eles impediram que muitas drogas inundassem a capital.

Camilla analisou Erika atentamente, seus olhos agora estavam mais frios e sem o menor traço de simpatia.

– Você é próxima do Comandante Marsh, correto?

Erika sentiu o estômago revirar. Marsh era Superintendente Chefe em Lewisham quando ela e Sparks trabalharam juntos.

– Eu e o meu falecido marido fizemos o treinamento com Paul Marsh em Hendon, só que, por mais que sejamos amigos, batemos de frente no passado por causa do direcionamento das minhas investigações...

– Você alugou um apartamento dele, foi ao casamento, ao batizado das gêmeas...

– Ele também estava envolvido na decisão de me deixar para trás e promover o Superintendente Sparks.

– Então você nega que sejam próximos? – Camilla rebateu com rispidez.

Erika se perguntou se a comissária assistente tinha algum dado concreto ou se estava apenas tentando desenterrar algum podre. Era óbvio que Camilla estava em uma cruzada. Era para erradicar a corrupção? Seria uma vingança pessoal? Ou era mais fácil jogar a culpa e difamar o nome de um policial morto? O que quer que fosse, Erika estava achando aquela reunião uma tediosa perda de tempo. Tempo que podia usar para ser uma policial. E então, de repente, uma lâmpada acendeu em sua cabeça.

– Estou dizendo que somos amigos, sim. Mas continuo sendo profissional e imparcial. Há vantagens em não se intrometer. Há menos a perder. Eu estaria disposta a fornecer evidências, com a limitada informação que tenho. É claro, também estaria disposta a manter a minha boca fechada para a imprensa, você sabe como eles adoram instigar a opinião pública.

E as pessoas adoram um estímulo para ficar com raiva e descarregar nas redes sociais... Eu até já consigo ver as manchetes: *Polícia Metropolitana repentinamente recupera sua moral depois de 25 anos se engraçando com a máfia dos Gadd.*

Camilla tamborilou os dedos no braço da poltrona.

– O que você quer em troca, Erika? Para se manter na linha?

– Quero ser considerada para o cargo vago de Superintendente. Mais do que considerada. E quero ser nomeada chefe de um caso de assassinato. Lacey Greene...

– Pedi que viesse aqui para conversar comigo, Erika.

– Com todo respeito, a senhora me chamou aqui para desenterrar podres dos meus colegas. Um deles morreu quando eu tentava reanimá-lo. Se está recorrendo a mim para obter informações sobre corrupção policial, deve estar muito desesperada. Se eu fosse a senhora, me concentraria no seu predecessor.

O coração de Erika batia tão forte que ela estava convencida de que Camilla conseguia escutá-lo.

A comissária assistente encarou Erika durante um longo momento, avaliando-a. Era a primeira vez que a detetive a via sem maquiagem e só então percebeu o quanto os olhos de Camilla eram azuis, um azul penetrante e frio, como cacos de vidro.

CAPÍTULO 18

Erika saiu do prédio da New Scotland Yard e caminhou até uma cafeteria na Victoria Street, onde pediu um café com leite grande e sentou-se em um canto. Pegou o celular e ligou para Marsh, que não atendeu, então deixou um recado explicando que tinha participado de uma reunião com a comissária assistente e que era para ele retornar o mais rápido possível.

Quando desligou, viu que tinha recebido um e-mail informando-a que devia se apresentar à Delegacia de Polícia West End Central na manhã seguinte, onde assumiria o caso do assassinato de Lacey Greene.

– Você é rápida no gatilho, Camilla – comentou Erika. E então seu celular apitou novamente. Dessa vez era um e-mail do Superintendente Yale perguntando onde diabos ela estava. No turbilhão dos últimos dias, tinha negligenciado o compromisso de mantê-lo informado. Erika virou o resto do café e se apressou na direção da estação Victoria.

Uma hora depois, chegou a Bromley. Estava a caminho da sala de Yale quando passou pela pequena cozinha e o viu preparando um chá.

– Senhor, recebi seu e-mail, peço desculpas pela minha ausência – disse. Yale continuou mergulhando o saquinho de chá na caneca, depois o retirou. – Ouviu falar do Superintendente Sparks?

– Ouvi.

Estava com ele quando morreu?

– Estava...

– E depois se encontrou com Camilla para discutir uma promoção.

Erika não gostou do tom acusatório. Yale abriu a pequena geladeira e pegou uma caixa de leite. Foi a primeira vez que Erika reparou no quanto a cozinha era pequena. A geladeira era minúscula, bem como a chaleira elétrica, que um dos policiais tinha doado quando a grande quebrou. Yale era um homem enorme e, dentro daquela cozinha, ficava parecendo um urso em um chalezinho de bonecas. Ele misturou o leite no chá, segurando delicadamente uma colher com os dedos roliços que pareciam salsichas.

– Eu tinha que tentar salvar um policial, senhor. Espero que faça o mesmo se estiver naquela situação – disse Erika.

O superintendente pegou a caneca e saiu da cozinha. Ela o seguiu pelo corredor.

– Preciso discutir alguns detalhes com o senhor. Fui realocada. Vou precisar passar o serviço para a pessoa que me substituir...

– Erika, você nunca gostou de trabalhar aqui. Sempre desafiou minha autoridade e passou por cima das ordens. Combinou um trabalho na Equipe de Investigação de Assassinatos sem nem falar comigo. Portanto, acho melhor você simplesmente ir embora – ele disse e saiu caminhando em direção à porta dupla. Erika abriu a boca para rebater, mas, pelo menos dessa vez, permaneceu calada.

Ela subiu para a salinha que havia ocupado relutantemente e ficou observando o espaço. Não havia nenhum toque pessoal, nenhum pertence, a não ser um carregador de celular que ela tirou da tomada e um biscoito ainda equilibrado na beirada do teclado. Erika deu uma mordida nele, mas já estava murcho, então o cuspiu e jogou o resto no lixo.

Ouviu uma batida na porta, John pôs a cabeça na fresta.

– Licença, chefe. Só estou dando uma passada aqui para ver se conseguiu dar uma lida...

– Não.

– Oh. Okay. Fiquei sabendo do Superintendente Sparks. Sinto muito.

– Obrigada.

– A vida é muito curta, não é? Nossa, morrer no trabalho... Eu quero partir dessa mandando ver, praticando algum esporte radical, rindo, ou na cama com a minha namorada... Não quero faltar com o respeito, chefe, mas eu já pedi tantas vezes que lesse a minha solicitação e a senhora ficou me enrolando. Se não quer ler o formulário, tudo bem, só, por favor, não minta para mim.

John ficou parado à porta e Erika viu que ele estava tentando manter a compostura, mas suas mãos tremiam.

– Fui transferida para a Equipe de Investigação de Assassinatos que trabalha na West End Central.

– Oh... – ele soltou, tentando esconder o desapontamento.

– Gostaria que você fosse trabalhar comigo no caso, o assassinato de Lacey Greene. Pode ser a oportunidade de mostrar que está pronto para ser promovido. Gostei do seu desempenho no caso de Jessica Collins no

ano passado. Posso usar seus instintos agora, além de você ser mais um rosto amigo. – John ficou surpreso. – Posso te dar um tempo para pensar.
– Não. Eu vou adorar. Quer dizer, vai ser bom, ótimo. E o Yale?
– Fui autorizada a montar minha equipe. Isso não deve ser problema, mas, se for, é só me avisar. Preciso que se apresente na West End Central amanhã às 9 horas.
– Obrigado, chefe – ele disse antes de se aproximar depressa e surpreendê-la com um abraço.
– Okay, calma lá, tigrão – disse Erika, mas por dentro sentia-se satisfeita por ter alguém que acreditava nela, ainda que fosse alguém com o excesso de confiança típico da juventude.

Estava chovendo novamente quando saiu pela portaria principal da Delegacia de Polícia Bromley. Foram poucas as despedidas, e Erika ficou satisfeita ao fechar a porta de um período difícil de sua carreira. Atravessou a rua para pegar o trem e não olhou para trás.

CAPÍTULO 19

Na manhã seguinte, Erika se encontrava de novo na antiga sala de Sparks, na delegacia West End Central. Bateu na porta entreaberta e olhou lá dentro. Melanie Hudson estava à mesa dele, falando ao telefone, e fez sinal para que se aproximasse. Erika entrou na sala desviando-se um pouco da parte do carpete em que Sparks havia desabado. Quase nada tinha mudado em quatro dias. A vista era a mesma: céu cinzento e telhados cobertos de neve. Melanie era a "Superintendente Interina", tinha escrito isso em um papel e o colado com fita adesiva na plaqueta sobre a mesa com o nome de Sparks. Não havia malícia nisso, e Erika provavelmente teria feito o mesmo, mas aquilo realçava a natureza fria da corporação.

– Certo, Erika, espero que já possa começar a dar prosseguimento às coisas – disse Melanie, desligando o telefone e esfregando as têmporas. – Sparks me deixou com uma tonelada de casos bagunçados, documentos faltando, promessas de recursos que não devia ter feito... – ela baixou a voz. – Desculpe, deve ser difícil voltar aqui. Ficaram te olhando esquisito quando chegou?

– Não. – Vários policiais desviaram o olhar enquanto ela caminhava até a sala. Não os culpava, provavelmente teria agido da mesma forma.

– Que bom. Organizei uma vaquinha para o Sparks: procure o balde amarelo. Vamos comprar uma coroa de flores chique e, hã, o resto vamos doar para a caridade.

– Já sabem quando vai ser o funeral? – perguntou Erika. Melanie negou com um movimento de cabeça. – Que tipo de instituição de caridade?

– Alguma coisa relacionada com necessidades especiais, eu acho. Está escrito num papel grudado no tal balde. Recebeu as minhas anotações sobre o caso de Lacey Greene e de Janelle Robinson?

– Recebi e estou me atualizando...

O telefone de Melanie tocou e ela atendeu:

– Só um momento... – Ela pôs a mão sobre o bocal. – Erika, eu aconselharia um pouco mais de investigação antes de ligar os dois assassinatos.

– Os indícios estão lá. Não quero tornar isso público ainda, mas precisamos começar a fazer perguntas.

– Faça perguntas, sem dúvida, mas faça com um pouco de bom senso... Você organiza tudo e vai tocando o barco, estou de acordo com qualquer pessoa que queira solicitar para a equipe.

– Eles vão trabalhar bem com o pessoal daqui e...

– Feche a porta quando sair – Melanie falou, antes de retornar à ligação.

Pelo menos ela não me pediu que a chamasse de senhora, pensou Erika ao sair da sala. Ficou satisfeita por Melanie estar lidando bem com as novas diretrizes e não ter demonstrado hostilidade. Erika se perguntou se ela estava assumindo o cargo de Superintendente Interina com a intenção de assumir o posto permanentemente, porém decidiu que não pensaria naquilo agora.

As várias equipes no escritório de plano aberto estavam ocupadas, e burburinho de conversas e dos telefones tocando era alto. Ao fazer o percurso inverso pela sala, viu a área que lhe foi designada: uma pequena e apertada seção com mesas espremidas entre dois painéis de vidro. O teto baixo aumentava ainda mais a sensação de claustrofobia.

Moss e Peterson foram os primeiros a chegar, alguns minutos depois.

– Tudo certo, chefe? – cumprimentou Moss, livrando-se de seu enorme casaco de inverno. – Então este aqui é o nosso novo cafofo?

– É um pouco menor do que eu imaginava – comentou Erika.

– Estamos no Soho. Tudo gira em torno do preço do metro quadrado – comentou Peterson.

– Obrigada a vocês dois por se juntarem à equipe.

Moss e Peterson se entreolharam.

– O quê?

– Queremos saber se está tudo bem com você, chefe – disse Moss. Ela baixou a voz. – Ninguém queria o Sparks morto mais do que eu, mas há uma grande diferença entre querer e a coisa realmente acontecer... – Depois de um silêncio constrangedor, Peterson meneou a cabeça. – O quê? Só estou sendo honesta.

– Agradeço pela preocupação, eu estou bem. Só quero dar prosseguimento ao caso – disse Erika.

Moss foi pendurar o casaco em um canto.

— Tudo bem entre a gente? — perguntou Peterson, aproximando-se.
— Claro.
— Você não ligou — ele disse, analisando o rosto de Erika.
— Eu falei que ia ligar?
— Não, mas achei que ia me ligar para avisar pessoalmente que eu vinha para a equipe.
— Eu estava agindo profissionalmente — falou Erika, olhando para a sala ao redor, sentindo-se constrangida.
— Quer você goste ou não, Erika, a gente tem alguma coisa. Não sei o que é, mas vai além do nosso relacionamento profissional.

Erika viu que Moss estava se ocupando com sua bolsa lá no canto, dando espaço a eles de propósito.

— Temos, sim, James. Mas muita coisa aconteceu, e preciso me concentrar neste caso. Okay?

Ele não pôde falar mais nada, pois John apareceu à divisória de vidro levemente ofegante, todo embrulhado em um casaco, de gorro e luva.

— Bom dia, chefe — cumprimentou ele e, ao ver Moss e Peterson, abriu um grande sorriso. — Que beleza, fico muito feliz de trabalhar com vocês de novo. — Ele e Peterson trocaram um aperto de mão, e John foi até Moss para dar-lhe um abraço.

— Okay, volto às 8h50. Preciso dar um telefonema. Mais cinco agentes devem se juntar a nós para a reunião — disse Erika antes de sair da sala.

Moss olhou para Peterson, que dobrava o casaco e ocupava uma das mesas.

— Vai ficar tudo bem. Ela não teria te chamado para a equipe se não te quisesse aqui.

— Quero ter certeza de que estou aqui pelas razões certas — ele afirmou.

— Você está. Ela enxerga além do que está acontecendo com vocês do lado pessoal, e vê o que eu vejo: um policial brilhante. — Moss sentou-se na beirada da mesa, que tombou de lado e o monitor do computador começou a deslizar. — Opa, alerta de bunda gorda! — Ela riu, descendo da mesa e segurando o monitor pouco antes de ele bater no carpete. — Balança muito, não tem firmeza nenhuma.

— Ainda está falando da sua retaguarda? — perguntou Peterson, abrindo um sorrisão. Moss pegou uma pasta na mesa e a sapecou na cabeça dele.

Às 9 horas, a equipe de Erika estava reunida, e ela se levantou para se dirigir a eles. Além de Peterson, Moss e John, ela havia solicitado o

Sargento Crane, um policial de cabelos loiros e sorriso maroto, com quem tinha trabalhado no caso de Andrea Douglas-Brown, em Lewisham. Havia mais dois detetives na equipe, Andy Carr e Jennifer House, ambos vestidos elegantemente e ávidos para impressionar. Além disso, a equipe contava o apoio de três funcionárias civis: mulheres na faixa dos 20 anos com igual entusiasmo. Quando abriu a boca para falar, Erika se deu conta de que Andy, Jennifer e as três funcionárias de apoio tinham 4 ou 5 anos quando ela se formou em Hendon. Melanie Hudson tinha se formado dez anos depois dela, e em breve deveria se firmar como sua oficial superior. Não deu vazão a esses pensamentos e se virou para os quadros-brancos, onde as fotos da cena do crime de Lacey Greene e de Janelle Robinson estavam coladas.

– Bom dia a todos. Obrigada pela pontualidade. – Ressoaram murmúrios de apreço. – Para aqueles que precisam se inteirar sobre o caso, o Sargento Crane passará as informações que temos até agora. – Ela deu um tapinha nas fotos do cadáver das duas garotas nas caçambas de lixo. – Janelle Robinson, 20 anos, e Lacey Greene, 22. O corpo de Janelle foi encontrado na segunda-feira, dia 29 de agosto, em uma caçamba de lixo adjacente a uma pequena estamparia, na Chichester Road, em Croydon, South London. Lacey Greene foi encontrada na segunda-feira, dia 9 de janeiro, em uma caçamba de lixo adjacente a uma loja de cozinhas planejadas, na Tattersall Road, em New Cross... De acordo com o que sabemos até agora, as vítimas não têm nenhuma ligação com os estabelecimentos, mas as mortes apresentam similaridades. Há indícios de que ambas foram torturadas durante um período de três a cinco dias e agredidas sexualmente com um bisturi. A artéria femoral de ambas as vítimas foi cortada, o que teria resultado em perda de sangue rápida e fatal. Não há vestígio de tamanha perda de sangue em nenhum dos locais. O corte da artéria femoral teria resultado em um derramamento de 3,5 a 4 litros de sangue rapidamente expelidos.

Erika pegou as fotos do passaporte de Janele e Lacey, ambas jovens viçosas, encarando a câmera.

– Deram queixa do desaparecimento de Lacey Greene na quinta-feira, dia 5 de janeiro. Ela morava em North London e não retornou depois de ter saído à noite no dia 4 de janeiro. Ela tinha um encontro às escuras com uma pessoa às 8h da noite no pub Blue Boar na Widmore Road, em Southgate. As filmagens das câmeras de segurança foram solicitadas, mas estão demorando.

Crane estava espremendo-se por entre as mesas, distribuindo relatórios com o resumo dos casos.

– As circunstâncias do caso de Janelle Robinson não são claras. Ninguém prestou queixa do desaparecimento dela no mês de agosto, por isso não temos nada sobre seus últimos passos. Ela morava e trabalhava em um hostel perto do complexo de prédios de Barbican Estate e, de acordo com as informações da primeira investigação, não era incomum ela passar um tempo afastada...

– O que isso quer dizer? "Um tempo afastada"? – perguntou Peterson.

– Acho que é uma forma gentil de dizer que ela sumia, que não aparecia para trabalhar nem dava satisfação, principalmente quando estava com um namorado novo. Me pediram para ter cautela antes de ligar esses dois assassinatos, mas as circunstâncias das mortes têm similaridades extraordinárias.

Houve um momento de silêncio enquanto a equipe folheava o relatório com as informações sobre o caso.

– Steven Pearson foi preso pelo assassinato de Lacey Greene, mas teve de ser liberado alguns dias atrás por insuficiência de provas. Steven é um viciado em drogas que vive sem as condições básicas mínimas e que tem frequentado abrigos para sem-teto nos últimos três meses. Não creio que teria os recursos nem o discernimento necessário para planejar um sequestro. Ele estava terminando de cumprir uma longa pena em Pentonville quando o corpo de Janelle foi encontrado, e só saiu da prisão no dia 15 de setembro. Não é possível, portanto, que ele tenha matado Janelle, e estou convencida de que foi a mesma pessoa que matou Lacey e Janelle... Precisamos partir do início. Quero um perfil detalhado das duas garotas, tudo que pudermos descobrir. Quero informações detalhadas sobre os locais onde foram encontradas, quero filmagens das câmeras de segurança para reconstituirmos os movimentos finais das duas garotas. E quero o telefone delas, o computador, qualquer informação da internet. O notebook de Lacey está no Departamento de Computação Forense e por triangulação descobriram que o último sinal emitido pelo celular dela foi perto do local do sequestro, mas ainda não encontraram o aparelho... Andy e Jennifer, quero que trabalhem nisso com Crane. Peterson, quero que você e John deem uma conferida no hostel em Barbican, começaremos a recolher informações de Janelle por lá. Moss, você vem comigo. Vamos visitar os pais de Lacey Greene. A gente se reúne aqui de novo às 4 da tarde.

CAPÍTULO 20

Uma hora depois, uma viatura aguardava por Erika e Moss assim que desembarcaram na estação Southgate do metrô, em North London. A estrutura circular de concreto e vidro parecia flutuar acima do cruzamento movimentado, e a luz fraca do sol de janeiro filtrada por ela era de uma estranha beleza. A família de Lacey Greene morava a alguns quilômetros da estação, em uma casa grande em uma tranquila rua arborizada.

Erika tocou a campainha e ouviu o barulho de trancas e fechaduras antes de a porta ser aberta.

Charlotte Greene, mãe de Lacey, tinha cerca de 50 anos e uma semelhança impressionante com a filha. No entanto, seu comprido cabelo escuro estava permeado de partes grisalhas, e seus olhos eram nebulosos. A Detetive Melissa Bates, responsável por intermediar a relação da família com a polícia, apareceu atrás dela.

– Olá, Sra. Greene. Podemos entrar, por favor? – perguntou Erika quando ela e Moss mostraram seus distintivos.

Charlotte concordou com um inexpressivo movimento de cabeça. Seguiram-na até uma sala muito bem decorada, com janelas que davam vista para o jardim e o quintal. Ao lado de uma ampla lareira de tijolos, havia uma grande árvore de Natal, ainda decorada, porém seca, as folhas pontiagudas e ressecadas formavam um grosso círculo no carpete. Um homem estava ajoelhado diante da brasa moribunda, colocando mais lenha e reanimando o fogo com um atiçador. Era corpulento e seu cabelo escuro raleava no alto da cabeça. Quando se levantou, elas viram que usava óculos e tinha barba.

– Olá, Sr. Greene – cumprimentou Erika.

Ele deu um aperto de mão em Moss e Erika depois de limpá-la.

– Podem me chamar de Don – ele disse. Tinha o mesmo olhar sem brilho que a esposa.

Todos se sentaram e Erika explicou que tinha assumido a investigação no lugar da Detetive Inspetora Chefe Hudson.

– Por que Melanie teve que sair? Gostávamos dela. Ela pegou *aquele sujeito* – disse Charlotte, olhando para Erika depois para Moss.

– Infelizmente, as investigações policiais passam por mudanças de equipe tanto quanto em outros locais de trabalho – comentou Erika, percebendo que a justificativa soava ridícula assim que saiu de sua boca.

– Por que vocês o soltaram? – perguntou Don, passando o braço ao redor dos ombros da esposa.

– Não acreditamos que Steven Pearson seja o responsável pela morte de sua filha.

– Como pode ter tanta certeza?! Você está no caso há o quê? Cinco minutos?

– Acreditamos que a morte da sua filha e a morte de outra jovem estejam ligadas – explicou Erika.

– O que quer dizer com "outra jovem"? Quem? – perguntou Don, olhando de uma detetive para outra, empurrando os óculos para cima.

Erika resumiu rapidamente os detalhes da morte de Janelle, porém omitiu o nome da garota e o local onde o corpo tinha sido encontrado.

– Estou contando isso a vocês em caráter confidencial. Ainda não divulgamos essa informação, e não o faremos por enquanto, porém quero explicar os motivos pelos quais soltamos Steven Pearson.

Don inclinou o corpo para a frente, tirando o braço do ombro de Charlotte.

– Então o que está dizendo é que vocês sabem desse desgraçado desde agosto e mesmo assim não fizeram nada?

– Sr. Greene – interveio Moss –, a outra jovem era uma garota da rua, não tinha família e, lamentavelmente, ninguém prestou queixa do desaparecimento dela. O corpo não foi identificado durante um bom tempo...

Ela omitiu que a investigação anterior tinha sido relapsa e relatado incorretamente informações cruciais.

– Estamos fazendo tudo o que podemos, Sr. Greene. Sei que isso soa meio sem sentido, mas queremos conversar com vocês para que nos ajudem a reconstituir os acontecimentos que levaram ao desaparecimento de Lacey – acrescentou Erika.

– Já contamos tudo à Melanie, e agora vocês nos fazem passar por tudo isso de novo! – reclamou Charlotte.

Don ergueu a mão para tranquilizá-la.

— Quarta-feira, 4 de janeiro. Lacey saiu às 7h da noite para se encontrar com um camarada, um encontro às escuras, segundo o que ela nos disse. Estava conversando com o sujeito pela internet havia algumas semanas. Falou que o nome dele era Nico — Don explicou.

— Ela conheceu esse Nico pela internet? — perguntou Erika.

— Isso, encontros pela internet, um site... — respondeu Don.

— Don, era um aplicativo de encontros. *Aplicativo* não é *site* — ralhou Charlotte.

— Aplicativo, site, que importância tem isso?

— Como assim "que importância tem isso"? Eles precisam das informações corretas! Match.com, esse é o nome do aplicativo.

— Ela já tinha se encontrado com alguém usando esse aplicativo ou alguma outra rede social? — interrogou Erika.

— Não, nunca — respondeu Charlotte.

— Esse... Nico. Sabem quantos anos ele tinha? Onde morava? Têm o sobrenome ou o endereço? — questionou Moss.

— Não, e vocês deviam saber disso, a gente contou tudo para Melanie — reclamou Charlotte. — Eu fui contra a Lacey ir, mas esse camarada parecia bom, eles tinham conversado pelo telefone. Ele tinha um perfil no Facebook.

— Eu também fui contra ela ir... — falou Don.

— Você estava ocupado demais vendo TV para dar importância!

— Ela... Ela tinha 22 anos! — gemeu Don, com lágrimas nos olhos, antes de suspender os óculos para enxugá-los.

— *Eu* não queria que ela fosse — afirmou Charlotte com um tom venenoso e acusatório. — Mas ela argumentou que era logo ali na esquina, no pub Blue Boar, e que eles iam se encontrar em um lugar público... A princípio, achei que ela só estava demorando para chegar, o que não era incomum. Mas aí deu duas, três, quatro da manhã e ela ainda não tinha chegado em casa... Fiquei olhando pela janela. Sempre faço isso perto do horário que ela vem para casa, e sempre a vi. Mas dessa vez, não. Tentamos ligar para o celular dela, mas estava desligado... e... — Ela aconchegou-se no marido novamente.

Don passou o braço ao redor dela e a puxou para junto de si, lutando para conter as emoções.

– Foi aí que a gente percebeu que tinha que ligar para a polícia – disse ele. – Ela tinha se formado no último verão, na Universidade Northumberland. E se formou com louvor. Tinha um montão de amigos lá, foi uma ótima fase para ela. O choque de voltar para cá, para o mundo real, é que foi difícil. Chamávamos nossa casa de Hotel Papai e Mamãe. Ela nos pagava um pouquinho para contribuir com as despesas da casa e ficava no seu antigo quarto, mas estava impaciente, ansiosa para ver a vida decolar. Isso não devia ter acontecido. Sempre pensamos que esse tipo de coisa só acontece com as outras pessoas.

Erika e Moss deram-lhes um momento para se recompor.

– Lacey estava trabalhando? – perguntou Moss.

– Conseguia trabalhos temporários por intermédio de uma agência. Toda semana um diferente. Trabalhos administrativos e coisas do tipo, sabe? – informou Don.

– Tinha alguém novo na vida dela? Amigos novos de quem ela tenha falado? – perguntou Erika.

– Ela não tinha nenhum amigo aqui – respondeu Charlotte. – Ela sofreu muito bullying no ensino médio e ficou feliz quando deixou Southgate para trás. A universidade foi onde ela se encontrou, onde desabrochou. Ela mantinha contato com todos os amigos da universidade pela internet. Tinham marcado de se encontrar no mês que vem. – Ela levantou os olhos inchados para Erika. – Estão todos vindo para o funeral. Estão ligando para perguntar quando vai ser... Querem que transformemos o perfil dela no Facebook em um memorial... Não consigo, não aguento isso. – Ela desabou novamente e escondeu o rosto no peito de Don.

– Lacey não tinha um ex-namorado de escola, antes de ir para a universidade? – perguntou Erika.

– Não. *Já te falei*, ela não era feliz aqui. Tinha um rapaz na universidade, ele era simpático, ficou aqui uma vez, mas o lance esfriou. Ela se concentrou nos estudos, se formou com louvor, tinha a vida inteira pela frente... a vida inteira – disse Charlotte antes de morder o lábio. – Você acha que ela sofreu?

– Vocês viram o corpo de Lacey? – perguntou Erika.

Eles fizeram que sim com a cabeça.

– Então sabem o que aconteceu. Tenho uma equipe brilhante de policiais. Dou a minha palavra a vocês que vou encontrar quem fez aquilo. Essa pessoa não vai sair impune.

Charlotte continuou a chorar, e Don, com as lágrimas ampliadas por trás dos óculos, a puxou para mais perto. Elas olharam para a Detetive Melissa Bates, que tinha permanecido calada. Ela movimentou sutilmente a cabeça para Moss e Erika.

– Vocês se importariam se déssemos uma olhada no quarto de Lacey? – pediu Moss.

– Por favor, não baguncem nada. Lacey tinha arrumado tudo antes de sair, então mantenham do jeito que ela deixou – pediu Charlotte.

– É claro – concordou Erika, antes de ela e Moss saírem da sala no exato momento em que as chamas brotaram na lareira.

CAPÍTULO 21

O quarto de Lacey ficava nos fundos da casa e tinha vista para um elegante quintal com deque de madeira. Uma mesa de madeira e cadeiras empilhadas estavam encostadas no muro da casa, e os pés prateados de uma grande churrasqueira a gás apareciam por baixo de uma lona de plástico bege. Mais no fundo do quintal havia uma piscina com telhado retrátil recurvado e, atrás dela, um muro alto de pedra a separava de uma faixa de mata.

– Eles são ricos, não são? – questionou Moss. – Olha o guarda-roupa. Isso não chegou aqui desmontado. Nem a cama, nem aquela mesa ali debaixo da janela.

O quarto parecia congelado no tempo, na época em que Lacey tinha 15 ou 16 anos. Havia uma fileira de bichinhos de pelúcia na cama e, na parede, pôsteres das cantoras Lily Allen e Duffy. Maquiagem e alguns frascos de perfume cobriam a mesa e um espelho grande estava preso na parede.

– Quero muito saber o que está no notebook dela – disse Erika, apontando para uma marca retangular na poeira sobre a mesa. – Precisamos continuar a pressionar o Departamento de Informática.

– Se ela estava usando um aplicativo de encontros, vai estar no celular – disse Moss.

Erika se aproximou do guarda-roupa espelhado e o abriu. Havia uma quantidade enorme de roupas apinhadas, uma mistura de trajes casuais e roupas curtas, tudo de qualidade, algumas de grife. Moss foi a uma das prateleiras com livros, pegou um pesado álbum de fotos marrom e começou a folheá-lo. Erika olhou pela janela novamente. Charlotte tinha saído com uma comprida jaqueta preta de poliéster e estava jogando migalhas de pão na neve. Um bando de passarinhos desceu apressado para comer.

– Chefe, olhe isso...

Erika foi até Moss, que estava sentada na beirada da cama. O álbum estava aberto em uma página de polaroides. Em todas as fotografias, Lacey estava com a mesma garota de longos cabelos loiros-escuros e lábios proeminentes. Na primeira, estavam de biquíni ao lado da piscina do jardim em um dia ensolarado; em outra, faziam pose em frente à estátua de Eros na praça Piccadilly Circus. A terceira foi tirada embaixo d'água – elas estavam sorrindo com os olhos bem abertos, os cabelos espalhados como se fossem halos ao redor das cabeças e muitas bolhas de ar saindo dos narizes.

– Não parece que elas são mais do que amigas? – desconfiou Moss. Ela virou a página, o papelão estalou e havia mais polaroides das meninas cantando com escovas de cabelo nas mãos como microfones na frente de um espelho e, deitadas em uma cama, a garota de cabelo loiro-escuro estava aninhada no ombro de Lacey.

– As polaroides estão mais grossas aqui, não acha? – perguntou Erika, passando os dedos nas bordas da fotografia protegida pela película de celofane.

Moss retirou cuidadosamente o papel celofane, levantou a foto e sentiu que ela realmente estava mais grossa do que o normal. Por baixo dela, havia uma foto polaroide das duas garotas nuas. Estavam de frente uma para a outra, com os corpos colados e as cabeças viradas para a câmera, e debaixo dessa havia mais uma foto em que olhavam para a câmera completamente nuas com os braços sobre os ombros uma da outra.

– Esta foi tirada em frente ao guarda-roupa, neste quarto – comentou Moss. – Por que Charlotte e Don não mencionaram isso quando perguntamos sobre relacionamentos? Parece que isso aqui era mais do que amizade.

Erika olhou novamente para a foto das duas garotas pressionadas uma na outra.

– Precisamos descobrir quem é essa garota e se Lacey ainda mantinha contato. Ela deve saber alguma coisa.

CAPÍTULO 22

— Consigo entender porque dizem que essa arquitetura é brutalista – comentou John, olhando para Peterson por baixo de seu gorro de lã. Tinham saído da estação de metrô perto do Barbican Housing Estate, que era destituído de cor e cujas torres de concreto combinavam com o céu acinzentado. A Blake's Tower erguia-se bem diante deles: um prédio de dezessete andares que abrigava o hostel, uma academia e uma pequena cafeteria.

Passaram pelas portas do hostel e apreciaram o calor lá de dentro. O interior era sossegado e muito bem iluminado. A recepção tinha paredes de concreto nuas e um comprido balcão de fórmica lustrado, atrás do qual uma mulher de cerca de 20 anos estava sentada. Seu cabelo vermelho era comprido e desgrenhado, e o brilho do computador refletia em seus grossos óculos pretos. O local tinha um cheiro de tênis de academia velho, misturado com produto de limpeza e cera. Atrás da garota, havia fileiras e mais fileiras de pequenos guarda-volumes, muitos deles entreabertos, com as chaves penduradas nas fechaduras.

– Oi, você é Sada Pence? – perguntou Peterson.

– A pronúncia é *Shaday* – corrigiu a garota, desinteressada, sem tirar os olhos da tela do computador.

Peterson e John sacaram seus distintivos, se apresentaram e explicaram que queriam conversar com ela sobre o assassinato de Janelle Robinson.

– Já falei com a polícia – ela respondeu sem parar de digitar. Tinha um leve sotaque do norte.

– Gostaríamos de falar com você de novo – insistiu Peterson.

– Então falem – disse ela, cruzando os braços e recostando-se na alta cadeira de escritório, que rangeu ao movimento da moça.

– Quanto tempo Janelle Robinson morou aqui?

– Nove meses, uns dez, talvez. – Sada deu de ombros.

– Então ela se mudou para cá... no final de 2015?
– Deve ser isso mesmo: por volta de novembro. Ela começou pagando, depois ficou sem dinheiro perto do Natal e perguntou se podia trabalhar em troca de acomodação.
– Isso é normal? – perguntou John.
– Depende da sua noção de normal. Vocês me parecem caras que conseguem bancar a vida em Londres.
– Moro perto de Bromley – comentou John.
– Apenas responda às perguntas, por favor – disse Peterson.
– Eu não tive nada com isso. Foi o cara que gerencia este lugar que tomou a decisão. Ele gostava dela e ficou com pena... – Ela se inclinou para a frente com os olhos arregalados e ampliados por trás dos óculos. – Corre um boato de que ela pagou um boquete para ele, mas eu sei lá.
– Janelle ficou trabalhando aqui até o dia em que desapareceu?
– Não, só na época do Natal, depois voltou a pagar a estadia.
– E como ela fazia isso? – perguntou John.
– Quando o clima melhorou, ela voltou para a bike de café.
– *Bike de café*?
– É, uma bicicleta com aquelas maquininhas de café atrás. Ela rodava de bicicleta por aí vendendo café. Fazia uma grana boa.
– Você sabe onde ela vendia café?
– Em tudo quanto é lugar. Covent Garden, London Bridge, Embankment... Ela não tinha licença, então rodava muito.
– Onde ela conseguiu a bicicleta? – perguntou John.
A garota sorriu. Seu dente da frente era cinza.
– Não perguntei. Quem não faz pergunta não escuta mentira. E era uma bike legal, cromada e classuda. O sonho dela era ter a própria cafeteria.
– Você acha que ela a roubou?
A garota abriu um sorriso de novo e deu de ombros.
– O gerente deixava Janelle guardar a bike no bicicletário daqui quando o movimento ficava fraco.
– Você chegou a conhecer algum amigo ou familiar dela?
Sada negou com um gesto de cabeça e completou:
– Família, não. A mãe morreu quando ela era pequena. Janelle não conheceu o pai. Foi criada em um orfanato, mas fugiu antes do aniversário de 16 anos.
– Por que ela fugiu?

— Uns caras que trabalhavam lá tinham a mão boba – disse ela, torcendo os lábios diante da pergunta de John.

— Ela falava alguma coisa sobre os homens com quem saía? – perguntou Peterson.

— Às vezes, por alto. Mas eram muitos homens. Ela gostava de homem, e de sexo. Estava sempre saindo com alguém novo.

Peterson recebeu uma mensagem de texto, pegou o celular e viu que era Erika.

— Alguma vez Janelle mencionou um homem chamado Nico?

Sada negou.

— Quando foi a última vez que você a viu?

— A gente teve uma briga. Foi no dia 23 ou 24 de agosto. Tínhamos recebido um grupo grande de ciclistas da Holanda, e eu falei que ela não podia deixar a bike de café aqui porque o bicicletário ia ficar cheio. Ela mandou eu me foder, pegou a bicicleta e foi embora naquela manhã. Foi a última vez que a vi. – Uma lágrima se formou no canto de seu olho, e ela a enxugou. – Ainda consigo ver Janelle empurrando a bike pelo pátio, ali fora. Era um dia bonito de verão.

— Então isso foi no dia 24 de agosto. Você se lembra do horário?

— Sei lá, umas 9 horas da manhã.

— Ela não falou para onde estava indo? – perguntou John.

— Já te falei, a gente teve uma briga.

— O que você fez quando viu que ela não tinha voltado? E as coisas dela?

— Janelle não tinha muita coisa e geralmente carregava tudo consigo. Como falei, achei que ela tinha vazado por que estava puta comigo.

Sada pegou um lenço e assoou o nariz.

— Vocês estão meio perdidos, né? Só conseguiram me localizar porque a Janelle costumava doar sangue numa daquelas vans que ficam no estacionamento de bibliotecas. Ela tinha colocado o meu nome no formulário de parentes próximos... Quando fui ver o corpo dela no necrotério, parecia que tinham tirado todo o sangue da garota. Que não tinha sangue nenhum, parecia de cera. Até os cortes e arranhões no corpo dela estavam desbotados. Fiz uma vaquinha para pagar o funeral.

— Obrigado – disse Peterson. – Só mais umas coisinhas. Ela usava redes sociais?

— Acho que sim.

— Você usa redes sociais?

– Não.
– Sério? Nem Facebook?
A garota negou com a cabeça.
– Acho que o Facebook é uma ferramenta de vigilância... Um amigo meu tem um iPhone e usa redes sociais. Ele fala que quando conversa sobre alguma coisa com os amigos dele, tipo sobre televisão de tela plana ou um tipo de cerveja que gostam, começa a aparecer propagandas relacionadas. E não são coisas que ele pesquisou no Google nem nada. Por isso eu tô fora. – John e Peterson se entreolharam. – Bom, a não ser quando estou no trabalho – ela emendou, apontando para o computador na mesa diante de si.
– Pode nos dar uma lista de todas as pessoas que ficaram aqui no mês até o dia em que Janelle desapareceu?
– O quê? Isso vai levar uma eternidade...
– Mas precisamos disso com urgência, ou vou ter que solicitar um mandado e o seu chefe não vai gostar nada disso – pressionou Peterson, deslizando seu cartão pelo balcão.
Sada o pegou, acenando positivamente.

Uma hora depois, John e Peterson saíram e foram envolvidos pelo ar frio.
– Qual é a ligação? Não há nada que ligue Lacey e Janelle – comentou John.
– As duas eram bonitas – opinou Peterson – e tinham trabalhos que as levavam a muitos lugares de Londres. Lacey tinha empregos temporários, Janelle tinha a bike de café. Ele podia estar em qualquer lugar, pode ter visto essas garotas em qualquer lugar...
– Em uma cidade com nove milhões de pessoas – acrescentou John. Começou a nevar de novo e uma rajada gelada de vento soprou pelo austero concreto. – Anda, vamos pegar um café e sair daqui.

CAPÍTULO 23

Erika e Moss vivenciaram uma cena tensa ao voltarem para a sala e perguntarem a Charlotte e Don sobre a garota com Lacey no álbum de fotografia. Para surpresa delas, Charlotte saiu correndo e se trancou no banheiro. Sobrou para Don confirmar que o nome da menina era Geraldine Corn.

– Nós dois sabíamos que Lacey e Geraldine eram próximas – ele disse. – Elas se conheceram no ensino médio, Lacey odiava a escola, e aparentemente, Geraldine era sua única amiga... Durante algum tempo, ela vinha muito para cá depois das aulas ficava para jantar e... dormia aqui.

– Quando descobriram que elas eram mais do que só amigas? – perguntou Moss.

Don tirou os óculos e esfregou o rosto.

– Certo dia, Charlotte entrou no quarto à noite e as pegou... juntas na cama.

– O que aconteceu?

– Ela pirou. Proibiu Geraldine de vir aqui e disse que teria feito o mesmo se tivesse pegado Lacey com um garoto, mas o fato de ter sido uma menina incomodou demais.

– Lacey continuou em contato com Geraldine? – perguntou Erika.

– Acho que sim. Ela não podia trazê-la para cá, mas se encontravam na escola, tenho certeza de que nos fins de semana também. Charlotte não queria saber daquilo, e simplesmente varria tudo para debaixo do tapete, contanto que Geraldine não viesse aqui. Falei para Charlotte que era só uma fase, e eu estava certo. Quando Lacey foi para a universidade, ela se distanciou de Geraldine e até arranjou um namorado por lá, era um rapaz legal, mas a coisa esfriou.

– E você tem certeza de que esse encontro às escuras era com um homem? – perguntou Moss.

Don ergueu o rosto para elas e pôs os óculos de volta.

– Tenho, sim. Bom, foi o que ela falou. Vocês acham que pode ter sido algo diferente?

– Não sabemos. Ainda estamos esperando o telefone de Lacey e as informações do computador. Obrigada, Sr. Greene – falou Erika. – Só perguntamos sobre isso porque precisamos falar com Geraldine. Estou desapontada por não terem dado essa informação antes. Enfatizamos a necessidade de nos falarem das pessoas que Lacey conhecia.

– Mas isso foi anos atrás!

– Precisamos saber. Quando vocês mentem, estão nos impedindo de fazer o nosso trabalho. Prometi que vou encontrar quem fez isso, mas preciso que sejam honestos e abertos conosco.

Don concordou, pôs a cabeça nas mãos e começou a chorar. Erika colocou a mão nas costas dele brevemente, e as detetives partiram em silêncio.

– Não devia fazer essas promessas, chefe – disse Moss, quando saíram da casa e entraram na viatura que as aguardava.

– Promessas?

– Prometer a eles que vai achar o assassino de Lacey.

– Faço isso para firmar um compromisso comigo mesma – disse Erika. – Eu nunca quebro uma promessa.

– Mas essas promessas quase quebraram você.

Erika ficou encarando Moss por um momento, então seu celular tocou. Era Peterson. Ela o ouviu repassar as informações que conseguiram com Sada no hostel do Barbican. Quando desligou o telefone, contou tudo a Moss.

– Vamos entrar em contato com a polícia responsável pelos transportes... parece que a Janelle "adquiriu" uma bike de café, talvez alguém tenha prestado queixa de roubo. E isso põe Janelle em um monte de locais em Londres antes de ter desaparecido – finalizou Erika.

– Consegui informações sobre Geraldine Corn – disse Moss, consultando o celular. – Ela trabalha em uma farmácia na região, fica a pouco menos de dois quilômetros daqui.

– Bom, vamos ver se ela pode nos dar alguma coisa – disse Erika.

CAPÍTULO 24

Elas encontraram a pequena e velha farmácia no final de uma calçada cheia de lojas. Um sino ressoou quando abriram a porta. Lá dentro, o ambiente era bem-cuidado, e a atmosfera, sossegada. As prateleiras estavam abarrotadas e um cheiro de antisséptico e poeira pairava no ar. Elas reconheceram Geraldine atrás de um balcão de madeira todo arranhado, atendendo uma idosa que tinha um curativo em um dos olhos. Geraldine agora era uma mulher de aparência séria, em comparação com a adolescente no álbum de fotos. Seu uniforme branco estava engomado e impecável, sua pele era muito branca e perfeita, e o comprido cabelo loiro-escuro estava preso para trás, na altura da nuca.

Por uma portinhola atrás dela, ouvia-se o retinir de comprimidos sendo despejados em uma bandeja metálica e as detetives vislumbraram um pequeno homem indiano. Erika e Moss aguardaram a senhora ir embora, depois foram até o balcão e se apresentaram, mostrando os distintivos.

– Já não era sem tempo – disse Geraldine.

– Você estava nos esperando? – perguntou Moss.

– Eu fiquei sabendo pelo jornal da região. Eu era a melhor amiga dela... – disse Geraldine com raiva, como se seu status de melhor amiga tivesse sido renegado.

O sino tocou quando a porta foi aberta e um idoso entrou.

– Esperem um momento – disse Geraldine indo atendê-lo.

– Não. Ele espera. Queremos falar com você, agora – ordenou Erika.

Geraldine olhou para o homem atrás dela pela portinhola, e ele gesticulou com a cabeça.

Erika e Moss a seguiram por entre as prateleiras cheias até uma portinha que dava em um depósito igualmente lotado, onde havia uma mesa, cadeiras e uma pequena pia com uma chaleira.

– Sentimos muito pela Lacey – disse Erika quando acomodaram-se à mesa. – Vocês duas eram próximas.

Geraldine se remexeu na cadeira e deu de ombros.
– Dois minutos atrás, você disse que eram melhores amigas – acrescentou Moss.
– Nós éramos. De vez em quando. Era complicado.
– Sabemos que vocês tiveram um relacionamento. Achamos as polaroides escondidas no álbum de fotos – revelou Moss.
– Escondidas... Na verdade, isso resume tudo. Quando Lacey foi para a universidade, praticamente me dispensou.
– Você não quis fazer faculdade?
– Meus pais não tinham como pagar um curso superior. Mas este trabalho é bom, seguro. As pessoas ficam sempre doentes, não ficam? – a voz dela falhou, melancolicamente.
– O que você sabe sobre as amizades e os relacionamentos de Lacey? – perguntou Erika.
– Tinha eu. Mais uns três ou quatro caras da Universidade Northumberland. Ela era meio rodada – disse Geraldine com um tom de desaprovação. – Lacey era uma garota muito bonita, isso é o que que as garotas bonitas fazem.
– Quando o relacionamento de vocês terminou? – perguntou Moss.
– Nunca acabou de verdade. Sempre que ela vinha para casa, nas férias, ficava muito deprimida, me ligava e a gente se encontrava.
– Onde?
– Na minha casa. Minha mãe é tranquila com essas coisas. Acho que Lacey gostava de lá porque podia relaxar. Charlotte é histérica e vive humilhando Don.
– Só o que vimos foram dois pais arrasados – comentou Erika.
– Eles me apagaram da vida de Lacey – disse Geraldine, cruzando os braços.
– Você se encontrou com Lacey nos meses anteriores ao desaparecimento?
– Encontrei. A gente ficou de novo em setembro do ano passado.
– O que você quer dizer com "ficou"?
– Éramos amigas... e nossa amizade de vez em quando era colorida. Mas não foi igual. Ela estava concentrada em outras coisas. Eu era só... um passatempo para ela.
– Em que outras coisas ela estava concentrada? – perguntou Moss.
– Estava procurando emprego; queria trabalhar no Arts Council ou para alguma instituição de caridade africana. Típica bobagem de menina

rica. E ela se inscreveu em um aplicativo de namoro na esperança de encontrar o Sr. Perfeito. – Geraldine estremeceu, como se as palavras tivessem um gosto amargo.

– As pessoas não têm como se inscrever em um aplicativo – disse Moss. – Podem baixar um aplicativo ou se inscrever em um site de namoro.

– Não uso redes sociais. Só estou respondendo às perguntas.

– Você acha que foi por isso que perderam contato? Isso pode acontecer, se você não está nas redes sociais e os seus amigos, sim. Muita interação acontece pelas mídias – disse Erika.

– Eu sei como funcionam – irritou-se Geraldine.

– Você acha que Lacey era lésbica? – perguntou Moss.

– Você é, obviamente. O que acha? – devolveu Geraldine.

– Estou perguntando a você – retrucou Moss.

Geraldine deu de ombros.

– Às vezes acho que ela foi colocada nessa terra só para me fazer sentir todas as emoções possíveis.

– Você a amava?

– Amava, odiava... mas acho que a amava mais, agora que ela se foi... Queria ter falado para ela não ir se encontrar com aquele cara.

Geraldine pegou um pacotinho de lenços no bolso do avental, tirou um e esfregou nos olhos.

– Que cara? – perguntou Erika, trocando um olhar com Moss.

– Na última vez em que vi Lacey, ela me pediu conselho sobre um encontro com um cara. Achei que ela estava perguntando aquilo só para me magoar, então falei para ela ir em frente – respondeu, limpando as lágrimas dos olhos.

Erika e Moss se entreolharam.

– Quando foi isso? – perguntou Erika.

– Entre o Natal e o Ano-Novo. Lacey estava conversando com ele pela internet havia algumas semanas. O sujeito queria um encontro. Ela o achava bonito, para mim ele era meio seboso.

– Como assim? Você viu uma foto dele? – perguntou Erika.

– Vi, ela me mostrou no celular.

– O que você quer dizer com "seboso"?

– Ele era moreno. Tinha o cabelo preto ensebado, penteado para trás cheio de gel e um rosto fino de pele escura. Em várias fotos, ele estava

despido da cintura para baixo. – Ela revirou os olhos. – Acho que ela queria me fazer ciúme, então era provável que ainda gostasse de mim.
– Quando exatamente foi isso? – perguntou Erika.
– Na sexta-feira antes do Ano-Novo, dia 30. A gente se encontrou para tomar um café. Ela me contou que ia se encontrar com esse tal de Nico na quarta-feira.
– O nome dele era Nico? – questionou Erika.
Geraldine esfregou os olhos com o lenço embolado.
– Tentei contar isso à polícia.
– Como? – perguntou Moss.
– Liguei para o número de emergência da polícia, mas fui orientada a ligar para outro número, um para chamadas comuns, o que eu fiz e deixei uma mensagem. Isso foi há duas semanas – disse Geraldine. – Duas semanas!
– E os pais de Lacey? Você contou a eles alguma coisa sobre isso? – perguntou Erika.
– Liguei para eles, mas Charlotte desligou na minha cara.
Erika olhou para Moss, teriam que seguir aquela pista.
– Geraldine, se trouxermos alguém para fazer um retrato falado, você acha que consegue nos ajudar a fazer uma imagem desse tal de Nico que viu no celular da Lacey?
– Consigo, sim, claro... Como ela morreu?
– Não podemos revelar detalhes, sinto muito – disse Erika.
– Mas foi violento, não foi? O jeito como ela morreu?
Erika confirmou com um gesto de cabeça. Geraldine desabou novamente, e dessa vez Moss se aproximou para consolá-la.

CAPÍTULO 25

Algumas horas depois, Geraldine estava trabalhando com um artista forense no pequeno depósito nos fundos da farmácia. Na rua, Erika conversava com Peterson ao celular. O céu começava a ganhar uma tonalidade mais forte de cinza e as luzes tinham sido acesas na velha lavanderia ao lado da farmácia.

— Moss vai voltar para a delegacia para se encontrar com vocês, ela está tentando agilizar a análise do notebook e a busca pelo celular de Lacey.

— Você acha uma boa ficar aí? — perguntou Peterson. Ele também tinha voltado para West End Central, e Erika ouvia a voz de Crane ao fundo.

— Já faz duas semanas que Lacey desapareceu — disse Erika. — E só hoje fiquei sabendo que a amiga mais próxima dela estava tentando entrar em contato. E ela é a única pessoa que viu uma foto do cara com quem Lacey saiu para se encontrar. Se tivéssemos um retrato falado dele duas semanas atrás, imagine...

— Agora não adianta ficar fazendo suposições.

— Dei sorte de conseguir um artista forense para vir aqui tão rápido. Assim que tiver alguma novidade, mando por e-mail na mesma hora. Como estão as buscas com as filmagens das câmeras de segurança?

— Tem um caixa-automático do outro lado do pub Blue Boar, onde Lacy marcou de encontrar o tal de Nico. Crane está tentando descobrir se tem alguma filmagem. Estamos partindo do pressuposto de que Lacey foi raptada dentro ou nos arredores do pub, por isso pode haver outros locais onde câmeras de segurança tenham capturado alguma imagem. Estamos investigando as diferentes rotas para se afastar do pub.

— Ótimo. O que me diz das bikes de café?

— Entrei em contato com a polícia britânica responsável pelos transportes para ver se encontraram alguma ou se alguém prestou queixa de roubo — respondeu Peterson. Erika ouviu alguém bater em um vidro e se virou para ver o que era. O artista forense, um jovem de cabelo escuro na faixa de 30 anos, estava à janela da farmácia, acenando para que ela entrasse.

– Desculpe, tenho que ir – disse Erika.

Erika entrou na farmácia, apreciando o ambiente aquecido. O gerente a observou passar pela portinhola, um pouco desnorteado pela polícia ter se apropriado da farmácia para conduzir um inquérito. Geraldine estava sentada à mesa do depósito, atrás do notebook do artista forense. Parecia exausta, mas deu um sorriso tímido para Erika.

– Okay, esta é a pessoa que temos – disse o artista, virando o notebook para a detetive.

O rosto na tela era de uma pessoa de uns 20 e tantos, 30 e poucos anos. Era comprido e magro, tinha um nariz largo, maçãs do rosto proeminentes e olhos castanhos. A pele era lisa e a barba estava começando a crescer. O cabelo preto era comprido e penteado para trás com entradas grandes. Um rosto sinistro, levemente borrado e um tanto irreal.

– Você tem certeza de que é ele? – questionou Erika.

– Tenho – respondeu Geraldine, retorcendo as mãos no colo. – Essas coisas costumam funcionar? Vai mesmo ajudar a pegar o cara?

O artista forense encarou a moça.

– Ajudam, sim – respondeu Erika. – Obrigada por fazer isso, Geraldine.

Quando saiu novamente e se aproximou da viatura que a aguardava, Erika foi atingida pelo vento forte e cortante que soprava. Ligou para Peterson novamente.

– Acabei de mandar a imagem. Assim que recebê-la, quero que a encaminhe para as delegacias do maior número possível de distritos, e quero que chegue à imprensa também. Vamos pegar esse filho da mãe.

CAPÍTULO 26

A viagem de Darryl de volta para casa foi um pesadelo. Não havia assento disponível quando embarcou no trem em Waterloo East e teve que ficar prensado contra a porta em meio a pessoas tossindo e espirrando durante quase uma hora. Havia começado a nevar quando saiu da estação de trem e pegou seu carro, o que atrasou ainda mais sua chegada.

Eram 7h30 da noite quando, do alto da ladeira que descia até a fazenda, viu um par de faróis prestes a sair pelos portões. Reduziu a velocidade, achando que passariam por ele, contudo, estavam parados e, ao chegar mais perto, viu que um dos grandes portões de ferro tinha emperrado. Parou o carro e desceu. Nevava muito forte, e ele disparou na direção de uma pessoa de azul-escuro, pelejando para abrir o portão. Somente quando chegou perto e olhou além do brilho do farol, Darryl percebeu que era uma viatura aguardando para sair enquanto um policial tentava puxar o portão.

– Boa noite, quer ajuda? – ofereceu Darryl, com a mão suspensa na frente do rosto por causa da neve e do farol da viatura. O policial olhou para ele.

– Quem é você?

– Essa fazenda é dos meus pais.

– Acho que o mecanismo emperrou – comentou o policial. Era jovem, tinha cara de menino e um cavanhaque escuro.

– Isso acontece de vez em quando. Vivo falando para o meu pai consertar – disse Darryl. – Se a gente pegar bem na parte do meio, acho que conseguimos suspender e soltar o portão.

Darryl posicionou-se ao lado do portão, pediu ao policial que ficasse do outro lado e juntos o suspenderam alguns centímetros para forçar a dobradiça. O mecanismo começou a zumbir e tiveram que se afastar de costas rapidamente quando o portão passou a se mover para dentro.

– Obrigado – agradeceu o policial, olhando para as mãos imundas e meladas, limpando-as na calça. – Você tem que falar com o seu pai para consertar isso. Pode dar problema em uma situação de emergência. Eles pesam uma tonelada.

– Sim, vou falar com ele. Está tudo bem? – perguntou Darryl, dando uma olhada para a viatura. Viu outro policial no banco do passageiro e a silhueta de uma pessoa sentada atrás.

– Tivemos que prender um homem que trabalha para o seu pai.

– Quem?

– Morris Cartwright.

O coração de Darryl disparou.

– Coisa séria?

O policial suspendeu as sobrancelhas.

– Pode-se dizer que sim. Não tenho autorização para entrar em detalhes, mas seu pai provavelmente vai te contar. Mais uma vez, obrigado.

O oficial correu de volta para o carro, desviando-se de um buraco coberto de gelo na estrada. Darryl ficou aguardando na lateral da entrada enquanto o carro passava. Viu Morris atrás, com as mãos algemadas no colo. Ele encarou Darryl com seu rosto comprido, fino e os olhos pretos destituídos de emoção.

Darryl aguardou a viatura chegar à metade da ladeira, depois voltou para o seu carro e entrou pelo portão. Seu coração ainda estava acelerado quando passou pelo casarão da fazenda e viu as luzes na sala da frente acesas. Estacionou na garagem atrás do carro de Morris. Desceu, foi até o veículo e tentou abrir o porta-malas. Estava trancado. Deu a volta até a frente do carro e pôs a mão no capô. Estava frio.

Grendel o recebeu à porta dos fundos com uma saraivada de latidos e lambidas. Darryl pendurou o casaco no vestíbulo e escutou a mãe e o pai conversando com vozes abafadas. Entrou e os encontrou no escritório.

John estava sentado à mesa bagunçada e dominada por um enorme computador antigo. Mary estava em pé, ao lado dele, e apoiava-se com a mão na mesa. Os dois pareciam preocupados. As paredes eram lotadas de prateleiras que iam do chão ao teto, abarrotadas de documentos. Havia um mapa aéreo na parede de trás, levemente desbotado, mostrando como o terreno era doze anos antes. As árvores ao redor da piscina tinham acabado de ser plantadas e ainda não haviam ficado gigantescas.

– Acabei de cruzar com a polícia. O que Morris fez? – perguntou Darryl.

John meneou a cabeça.

– Idiota do cacete. Ele estava surrupiando fertilizante da gente e tentando vender nas fazendas vizinhas... – Mary pôs a mão no ombro dele, mas o marido a tirou com um safanão. – O problema é que quando alguém tenta vender a combinação de fertilizante químico que Morris afanou, o pessoal fica de orelha em pé. Orientaram os fazendeiros a entrar em contato com a polícia. Terroristas podem fazer bombas com esses produtos químicos.

– Eles acham que Morris é uma ameaça para a segurança nacional? – disse Darryl, incapaz de conter um sorriso.

– Isso não tem graça, Darryl! – esganiçou a mãe.

– Qual é, é claro que tem graça. A polícia acha que Morris é um terrorista? Ele não consegue estourar um balão sem fazer merda – disse Darryl, tentando não rir.

– Ele ia conseguir ganhar umas duzentas pratas no máximo. Devia ter me procurado. Agora perdi um bom ordenhador – reclamou John.

– Ah, John, isso deve ser só durante um tempo – disse Mary, pondo de novo a mão no ombro dele.

– Anda, vai pôr o jantar na mesa. Darryl já chegou – ralhou ele, dando outro safanão na mão dela. Mary concordou com um movimento de cabeça obediente e saiu para a cozinha.

– O que vai acontecer agora? – perguntou Darryl.

– Morris tem antecedentes, e eles gostam de pegar pesado com esse tipo de coisa. Ele pode se dar mal.

Darryl teve uma visão repentina do magrelo Morris na cela da prisão, implorando e gritando estridentemente enquanto era rendido e estuprado por três grandalhões. Uma gargalhada lhe escapuliu ruidosa pelo nariz, e John olhou feio para ele.

– Desculpe, pai... vou lavar as mãos para o jantar.

Darryl atravessou a cozinha e foi até seu quarto, onde acendeu a luz, fechou a porta e explodiu em gargalhadas. Isso durou alguns minutos, até conseguir enxugar os olhos e se controlar.

Foi à janela diante da mesa e fechou as cortinas. Deu uma sacudidela no mouse para ligar o computador, sentou-se e digitou uma senha. A área de trabalho apareceu com uma imagem enorme de Grendel de papel de parede. Ele acessou a rede virtual privada, que mascarava sua localização, depois acessou o perfil novo que havia criado no Facebook. Um som baixinho indicava que ele tinha recebido uma mensagem, e ficou satisfeito ao ver que era da garota com quem estava flertando. Ela dizia que tinha gostado muito da foto, que ele estava lindo.

Darryl tinha decidido que depois de Lacey e Janelle, não usaria mais o perfil que havia criado com o nome de Nico. Duas vezes tinha sido arriscado o bastante, e não queria tentar marcar três gols com o mesmo jogador. Não sabia se a polícia já o tinha identificado, até então pareciam não ter pista alguma e, além disso, Darryl se deu conta, naquele momento, de que a foto era um pouco parecida com a de Morris. Não o suficiente para que as pessoas ligassem uma coisa a outra, porém tinha tomado um susto mais cedo, quando viu Morris no banco de trás do carro de polícia.

O coitado do idiota do Morris. Visualizou de novo Morris na cela da prisão, e dessa vez acrescentou outros dois caras na fila para comer aquela bundinha magrela que não parava de se contorcer.

Darryl recostou-se na cadeira e começou a escrever uma resposta para a mensagem da garota. Seu nome era Ella, e ele precisava preparar o terreno antes de propor que se encontrassem.

CAPÍTULO 27

Erika acordou no sofá, desorientada. Instintivamente, sentou-se e então foi tomar um banho, depois viu que a televisão estava na BBC News e que eram 2h16 da madrugada. Foi à cozinha, bebeu um copo de água e conferiu o celular. Havia ligado para o Comandante Marsh mais cedo naquela noite e deixou um recado, contudo ele ainda não tinha respondido. Não era comum ele não retornar as ligações de Erika.

Voltou para o sofá e pegou o notebook na mesinha de centro. O retrato falado de Nico já estava no site da Polícia Metropolitana de Lewisham e de Croydon, e estavam pedindo à população para dar qualquer tipo de informação. O retrato também tinha sido divulgada pelo Twitter deles. Ela conferiu se tinham retuitado e olhou as respostas. Havia apenas uma, na conta de Lewisham, de uma jovem que escreveu o seguinte:

@MPSCroydonTC Eu não o chutaria para fora da minha cama!!

– Que inferno! – murmurou Erika.

Clicou na imagem novamente para abri-la na tela inteira. Era um rosto arrepiante. Determinado. Implacável. Um pouco bruto. O rosto tinha uma origem mista, britânico ou francês com sul-americano, talvez. Será que se mesclaria com outros retratos falados? Todos os rostos eram únicos, mas os retratos falados pareciam ter uma expressão levemente vazia e sinistra. Ela sempre se questionava se colocar um rosto sorridente ao lado da expressão neutra ajudaria, particularmente no caso de agressores sexuais.

Afinal, eles frequentemente começavam tentando jogar um charme em suas vítimas. Apenas quando isso fracassava é que a máscara deles caía.

Erika o encarou durante um longo momento, depois fechou o notebook com força e seguiu com passos arrastados na direção do quarto para dormir um pouco.

Mais tarde naquela manhã, a equipe se reagrupou na Delegacia West End Central. Crane tinha conseguido localizar algumas filmagens da câmera de segurança do caixa eletrônico em frente ao pub Blue Boar em Southgate. As luzes na seção deles estavam apagadas para assistirem ao vídeo preto e branco de imagem granulada projetado em uma parte do quadro-branco.

– O problema é que a câmera montada no caixa automático filma de cima para baixo – disse Crane. – As pessoas do outro lado da rua, onde fica o pub, só aparecem inteiramente visíveis quando estão chegando, depois a metade superior dos corpos desaparece da imagem. – Eles observaram um homem com um cachorro passar e a parte superior do corpo dele desapareceu quando chegou ao pub, deixando o labrador preto trotando ao lado de um par de pernas em movimento.

– Então, em outras palavras, é inútil – suspirou Erika.

– Não totalmente – discordou Crane. – Temos a filmagem de quarta-feira, dia 4 de janeiro, com registro de horário. Lacey Greene tinha marcado de se encontrar com o tal Nico às 8 horas da noite... – Ele avançou bastante o vídeo até o período do início da noite e então reduziu a velocidade. O horário na tela mostrava que eram 6 horas da tarde. – Okay, vamos assistir ao vídeo com uma velocidade 12 vezes mais rápida das 7 horas da noite em diante. Vejam, não havia ninguém por lá. Só alguns carros passando, o horário do *rush* já estava terminando. Entretanto, esse carro passa ali três vezes em um intervalo de cinco minutos... – Ele pausou em um carro pequeno, movendo-se da direita para a esquerda. – Olhem só, a primeira vez é às 7h55 da noite. – Ele passou o vídeo para a frente de novo. – Um minuto depois, vejam, volta a aparecer na outra direção... Aí vem ele de novo, aparece mais uma vez às 7h58 da noite, passa pelo pub e desaparece da imagem...

Na tela, surge a imagem borrada de uma garota caminhando pela rua, na direção do pub, com o cabelo esvoaçando à brisa. Crane pausou o vídeo. Ela estava com uma bota escura na altura do joelho e uma jaqueta também escura.

– E aqui temos Lacey Greene.

Ver Lacey bem e viva fez Erika perder o fôlego por um segundo. Ali na sala de investigação, todos sabiam o que aconteceria, porém, a garota na tela não tinha a menor ideia do que a aguardava. Muito provavelmente, estava empolgada com o que poderia acontecer no encontro. Crane apertou o play e Lacey voltou a andar, porém, ao chegar ao pub, a metade superior dela foi cortada da imagem.

– Tem certeza de que essa é Lacey? – questionou Erika.

– É a única mulher jovem com altura e aparência compatíveis com as dela que passou pelo pub a noite inteira – confirmou Crane.

Na tela, as pernas de Lacey tinham desaparecido da imagem.

– Não dá para ver a porcaria da entrada do pub, então não sabemos se ela realmente entrou – disse Erika.

– Ela não entrou – interferiu Jennifer. – Conversei com um rapaz que estava trabalhando no bar na quarta-feira, dia 4 de janeiro. Ele falou que o movimento estava muito tranquilo, porque era logo depois do Ano-Novo. E só apareceram por lá meia dúzia de fregueses regulares a noite inteira. Lacey não era um deles. Outra garota que trabalha lá confirmou a história.

– Então ela desapareceu do vídeo assim que passou pelo pub ou em frente a ele, às 7h59 da noite – concluiu Erika. – E o carro? Essa porcaria de vídeo está embaçado pra cacete e é em preto e branco. Dá para ver o número da placa?

–.Não. Já perguntei para os garotos da Computação Forense. Eles conseguem melhorar uma imagem, mas ela já tem que estar nítida. A gente só vai conseguir um mingau de pixels. Também não dá para descobrir de que cor é o carro – informou Crane.

– E o modelo? – Erika olhou ao redor da sala de investigação.

– Parece um Fiat ou um Renault – disse John.

– Ou um daqueles Ford Ka, talvez um Citroën – acrescentou Crane.

– Precisamos de mais do que isso – zangou-se Erika. – O que já conseguiram das câmeras de segurança da aérea próxima de onde o carro passou?

– Conseguimos esse vídeo ontem, tarde da noite – explicou Crane. – As únicas outras câmeras de segurança que existem na área ficam perto do metrô Southgate; claro que eu as solicitei e já estamos de olho nelas.

– E o celular de Lacey?

– Recebemos os dados das torres – disse Moss. Ela reacendeu as luzes, foi à sua mesa e pegou um documento. – A área do pub Blue Boar tem três torres de telefone, e triangulamos o último sinal do aparelho de Lacey, que foi às 8h21 da noite do dia 4 de janeiro. Depois disso, não houve mais nada.

– Qual é a distância entre essas torres? – perguntou Erika.

– Todas ficam a um quilômetro e meio do pub.

– Okay. Quero outro porta a porta nessa área. Quero saber se viram alguma coisa. Lá tem casas, lojas...

– Tem um estacionamento grande ao lado do pub Blue Boar. Ele é mal iluminado e atrás dele há uma garagem de ônibus – disse Crane, mexendo em seu notebook e projetando uma foto nos quadros-brancos. Dessa vez, era uma boa imagem do estacionamento ao lado do pub, disponível no Google Street View. Havia sido tirada em um dia de verão. A rua estava movimentada e as árvores ao redor, verdes.

– Ele pode ter pegado Lacey aí – disse Peterson. – Estava escuro.

– E desligado o celular dela para que os movimentos não pudessem ser rastreados – acrescentou Erika. Ela olhava a imagem do Google Street View enquanto Crane a movimentava pela Widmore Road. Um ônibus estava passando em uma foto. – Ônibus têm câmeras de segurança. Descubra quais fazem essa rota e consiga as filmagens com o Departamento de Transportes de Londres. É um tiro no escuro, mas talvez uma daquelas câmeras tenha filmado alguma coisa. – E o notebook de Lacey?

– Estão dando prioridade para ele, mas me pediram mais 24 horas – respondeu Jennifer.

– Deixe que eu vou conversar com eles... – Erika viu que a equipe estava desanimada. – Precisamos continuar fazendo perguntas, por mais idiotas que pareçam: respostas solucionam casos. Este diabo, quem quer que seja, vai ser encontrado nos detalhes. Vou conversar com a Superintendente Interina e tentar conseguir um reforço de agentes para fazermos o porta a porta. E checar se podemos divulgar esse retrato falado para o público em geral. Ele está no site dos distritos, mas isso não é o suficiente. Também quero soltar o vídeo de Lacey da câmera de segurança e fazer um apelo para que qualquer testemunha que a tenha visto ou o carro se apresente na delegacia... E quanto a Janelle Robinson, alguma filmagem de câmera de segurança no local em que ela foi encontrada em Croydon?

– Sinto muito, chefe. É um ponto cego para as câmeras de segurança. É uma rua residencial, não tem lojas e nenhum ônibus passa ali.

– Okay. Vamos seguir em frente. Vamos apertar o cerco em cima desse cara, tenho certeza disso.

CAPÍTULO 28

Era hora do almoço no grande escritório coletivo onde Darryl trabalhava, o que significava que entre 11h30 da manhã e 2 horas da tarde a atmosfera silenciosa ficava brevemente agitada quando as pessoas desembrulhavam e admiravam seus almoços e discutiam quais eram os melhores lugares para comer.

A expectativa em relação à comida e o que estava passando na televisão eram os principais tópicos das conversas durante o dia. O trabalho era quase sempre deixado em segundo plano.

Darryl trabalhava em uma equipe de introdução de dados com três outras pessoas: Terri, uma mulher loira anêmica beirando os 40 anos e permanentemente resfriada; Derek, um homem tedioso, que estava ficando careca e tinha quase 60 anos; e Bryony, a líder da equipe. Era uma mulher grande, na faixa dos 30 anos que, fizesse sol ou chuva, usava legging preta e uma blusa grossa de tecido acrílico estampada. Seu amor por tecidos sintéticos, no entanto, não era correspondido por sua higiene pessoal. Um encorpado e forte odor corporal pairava permanentemente sobre a seção deles, composta por um quadrante de cubículos no centro do escritório.

Darryl trabalhava nessa empresa havia quase três anos e, na maior parte do tempo, não era de muito papo. Começou como temporário, e a ociosidade e o sossego do dinheiro na conta tinham feito o tempo passar rápido. Não tinha feito universidade e, após várias tentativas desastrosas de trabalhar com o pai na fazenda, aquele emprego foi uma fuga e um ato de desobediência. Desde que seu irmão Joe tinha morrido, Darryl era o único herdeiro da fazenda, mas estava determinado a nunca ser fazendeiro.

Darryl tinha passado a manhã inserindo os resultados de uma pesquisa com clientes e, ao ver que faltavam sete minutos para a uma da tarde, minimizou a tabela. Sempre almoçava à uma da tarde, dividindo o dia de trabalho ao meio, com precisão. Do outro lado da divisória baixa, Bryony estava sentada à mesa, com um Big Mac em uma mão e um copo de café fumegante na outra, mastigando ritmicamente como uma vaca. Estava lendo algo no computador.

Uma garota alta e atraente aproximou-se do cubículo ao lado dela, tirou o casaco, balançou o comprido cabelo escuro e pôs uma sacola de papel de uma *delicatessen* dali de perto sobre a mesa. Seu nome era Katrina, a nova funcionária temporária que havia começado na semana anterior.

– Isso é sobre a coitadinha que foi encontrada na lixeira? – perguntou Katrina, apontando para a tela.

– É. – Bryony engoliu. – Soltaram um retrato falado do suspeito que estão procurando – respondeu ela antes de empurrar o resto do hambúrguer para dentro da boca.

– Onde você viu isso? – perguntou Darryl, tentando manter a voz calma.

Bryony virou-se para ele, com a boca cheia.

– No site da BBC, na metade da página – respondeu Katrina.

Darryl entrou no site. Foi um choque ver o retrato falado e os detalhes do caso. A impressão dele era de que a polícia não tinha dado importância para aquilo durante muito tempo. Ver tudo ali na tela o deixou amedrontado e... um pouco excitado. *Como chegaram ao Nico?*, pensou ele. Era cuidadoso, usava uma rede virtual privada para mascarar suas pegadas na internet. Não havia nada que pudessem rastrear até ele. Será que tinham achado o telefone de Lacey? Ou entrado no notebook dela? Respirou fundo. Estava tudo bem. Se aquilo era tudo o que tinham, tranquilo. Leu atentamente o restante do artigo.

– Eles prenderam um homem, mas o soltaram... – dizia Bryony, esfregando a blusa para limpar as migalhas. – Nossa, eu moro bem perto de New Cross.

– Mora? Onde? – perguntou Katrina, inclinando a cabeça, com uma afeição simulada.

– A alguns quilômetros. Numa rua perto de Bermondsey.

– Não se preocupe, não acho que ele vai atrás de você – respondeu Katrina, dando um tapinha no ombro dela. Bryony deu a ela um patético olhar de agradecimento.

Pelo artigo, Darryl soube que uma amiga de Lacey tinha ajudado a polícia a fazer o retrato falado. Informava que Lacey tinha lhe mostrado o perfil de Nico.

– Onde você mora, Katrina? – perguntou Bryony.

— West London — ela respondeu, sentando-se e pegando uma caixinha de salada e uma garrafa de água.

— Assim você me humilha — disse Bryony, olhando para a sacola do McDonald's manchada de gordura.

— Não seja boba. Eu também me empanturro de comida direto — disse Katrina, jogando o cabelo imaculado para trás.

Que mentirosa, pensou Darryl.

— Ouvi falar que West London é muito legal — comentou Bryony.

Katrina confirmou com um movimento de cabeça.

— Você tem que pegar a linha District do metrô para vir trabalhar, então? — perguntou Darryl. Katrina olhou para o outro lado da divisória, como se tivesse acabado de notá-lo ali.

— Hã... Às vezes — respondeu ela, enfiando uma comprida e brilhante mecha de cabelo atrás da orelha e abrindo a salada. Ele manteve contato visual com ela e sorriu.

— Darryl, já é uma hora. Você não está no horário de almoço? — disse Bryony, dando um tapinha no relógio.

— Ah, estou, sim, McDonald's ou salada... McDonald's ou salada? — disse ele. — Você é o que você come.

Desligou o computador, levantou e vestiu o casaco. Tinha uma foto de Grendel pregada na parte inferior do monitor. Ajeitou-a antes de pegar a carteira e o celular, prestando atenção em Katrina de canto do olho. Sabia exatamente onde ela morava: em um pequeno apartamento logo depois da saída da Chiswick High Road. Ela tinha um perfil público no Facebook, também usava Instagram e Foursquare. Sabia que ela era solteira e que teve dois encontros desastrosos no mês anterior: no primeiro foi assistir a um filme com um cara que parecia ter "mãos de polvo", o segundo foi com um cara rico, em um bar em Canary Wharf. Bebeu dois Long Island Iced Teas, um às 7h30 da noite, o segundo às 7h53, se o horário de seu Instagram estivesse correto, e ela postou que estava decidindo se pedia uma terceira bebida, porém não queria que o sujeito pensasse que ela era fácil. Contudo, a julgar pelas centenas de fotos que Darryl havia baixado da página dela no Facebook para o HD de seu computador em casa, Katrina *era* fácil.

Ele tinha passado umas duas horas na noite anterior se masturbando com fotos dela vestida com uma fantasia de colegial no Halloween e de biquíni em uma praia de Ibiza.

Katrina pegou Darryl olhando-a e sorriu constrangida. Ele devolveu o sorriso e saiu.

– É 1h02 da tarde. Não se esqueça de colocar isso na sua folha de ponto – disse Bryony atrás dele.

Darryl saiu do escritório e se juntou à multidão em horário de almoço perto do Borough Market. Com um terno decente e um casaco preto, ele se misturou aos vários funcionários dos escritórios da região procurando um lugar para almoçar. Não estava interessado em Katrina. Bem, estava, sim, mas como colega era próxima demais. Poderiam ligá-la a ele.

Estava de olho em Ella. Darryl a descobriu alguns meses antes. Trabalhava no Bay Organic Café, na mesma rua do Borough Market, porém um pouco mais adiante. Na primeira vez em que a viu, tinha entrado para comprar o almoço. Era bonita, tinha uma beleza natural, cabelo escuro comprido, pele morena e um corpo maravilhoso.

Passou a almoçar ali regularmente, para ver com que frequência a jovem trabalhava. Fez um grande progresso na sexta vez em que foi lá, no momento em que pagou a salada. Era um dia tranquilo e Ella estava trabalhando no caixa, absorta em seu telefone.

A garota abriu um grande sorriso para ele e pôs o celular virado para cima no balcão enquanto cobrava o almoço. O Facebook estava aberto e, com uma olhadinha, descobriu que seu nome era Ella Wilkinson.

Pagou em dinheiro, e a jovem sorriu novamente, mas era o tipo de sorriso que se dá a um irmãozinho, e Darryl a odiou por isso. Mais tarde naquela noite, de volta à fazenda, ele se trancou no quarto, encontrou Ella no Facebook e arrastou a imagem do perfil para seu desktop. Depois abriu o programa Reverse Image Search, da Social Catfish. Era um software extraordinário, e em alguns minutos ele tinha o e-mail dela, uma lista de todas as redes sociais de que fazia parte e onde morava.

A garota estudava Artes meio período na St. Martins e morava em North London. Ela também tinha um perfil no Match.com, o que o fez pensar que as coisas não poderiam ser melhor.

Ele passou os dois meses seguintes fabricando um perfil novíssimo no Facebook, adicionando amigos, posts e uma história crível. Também criou um perfil no Match.com, alinhando suas preferências às dela. Tinha sido uma escolha difícil: como escolher a identidade a se roubar? Só depois de muita pesquisa acabou se dando conta de que perfis de pessoas mortas era o melhor caminho. O perfil novo que estava fabricando era de Harry Gordon, um loiro bonito que tinha acabado de voltar de viagem. Na realidade, a foto era de uma pessoa chamada Jason Wynne, da África do Sul, que havia morrido um ano antes, fazendo *base jumping*.

Depois de várias semanas trabalhando no perfil falso de Harry Gordon, Darryl começou a infiltrar-se no mundo de Ella Wilkinson. A jovem tinha 650 amigos no Facebook, e ele analisou todos para encontrar aqueles dos quais podia se tornar amigo sem parecer suspeito. Duas pessoas aceitaram sua solicitação de amizade, dando a ele e Wilkinson amigos em comum.

Logo depois do Natal, Darryl, como Harry Gordon, enviou uma mensagem pelo Match.com. A garota mordeu a isca e ele começou a recolher a linha, lentamente, a princípio, batendo papo com ela pelo sistema de mensagens do Match.com, sem nunca insistir demais e deixando intervalos entre as respostas. Soube que a tinha capturado quando a jovem enviou uma solicitação de amizade no Facebook. O flerte se intensificou, e agora só lhe restava dar o último e crucial passo: Harry Gordon precisava conversar com Ella pelo telefone.

Darryl chegou ao Bay Organic Café e viu que estava lotado por causa do movimento do horário de almoço. Ella estava no caixa e uma fila enorme de pessoas aguardavam. Ele a observou por um momento, depois seguiu caminhando, pensando que, naquele dia, comeria um sanduíche do Sainsbury's. Isso mesmo, queijo e salada cairiam bem. Não se importou com o grande movimento na cafeteria. Conversaria com Ella mais tarde e depois a teria inteiramente para si.

CAPÍTULO 29

Na quinta-feira de manhã, Erika e sua equipe estavam de volta à sala de investigação. Crane, com um tom cansado, tinha acabado de informar a ela que, apesar da exaustiva busca feita em horas de filmagens das câmeras de segurança de diversos locais, não conseguiram rastrear os movimentos do carro depois que saiu do pub Blue Boar.

– Meu Deus do Céu! – exclamou Erika. – Esse filho da mãe é muito sortudo. Já perdi pontos na carteira duas vezes por causa de câmeras de segurança que fizeram imagens precisas minhas invadindo a faixa de ônibus.

– Nem me fale! – concordou Peterson. – Pegaram minha mãe na faixa de ônibus com a mão fora do volante segurando uma lata de Pringles. Ela perdeu três pontos e recebeu uma multa de 120 libras. E na imagem ainda dava para ver que era sabor sal com vinagre.

Apesar de tudo, Erika sorriu.

– Fala sério!

– É, sim! Se algum dia conhecer minha mãe, você vai acreditar – disse ele, recostando-se na cadeira e esfregando os olhos cansados. Houve um silêncio constrangedor.

– Agradeço por dedicar seu tempo à investigação, Crane, mas ainda não temos nada sobre o carro do assassino – falou Erika. – Alguém pode me dar uma notícia boa?

John se levantou e foi ao quadro-branco segurando alguns documentos.

– O retrato falado deu resultado. Geovanni Manrique, de nacionalidade equatoriana, residente em Ealing, nos deu uma informação... – John grudou a foto de um jovem quase idêntico ao do retrato falado. Na imagem, ele sorria com uma praia ao fundo. – Este é Sonny Sarmiento, 19 anos, fanático por esportes radicais, natural de Ambato, uma cidade na região central do Equador. Sonny morreu em um acidente durante uma escalada dois anos atrás. Geovanni é um amigo da família e sempre volta ao país. Ele reconheceu o retrato falado.

– Também recebemos material do Departamento de Informática. Eles investigaram o notebook de Lacey Greene e o histórico do Facebook dela.
– O detetive grudou uma impressão da foto de um perfil do Facebook: o nome na imagem era "Nico Brownley". – Como podem ver, o assassino estava usando a foto de Sonny Sarmiento no perfil. Ele roubou outras dezesseis fotos, a maioria de Sonny com amigos em uma viagem a Londres. O perfil de Nico Brownley foi criado no último verão. Parece que muito tempo foi investido na fabricação de amigos e de um histórico para dar legitimidade ao perfil.

– Eles conseguem acessar o perfil de Nico Brownley?
– Não. Ele foi desativado. O endereço de IP usado era um VPN, uma rede virtual privada, o que torna impossível rastrear o local em que o perfil foi criado.

A sala ficou em silêncio. Um telefone começou a tocar e Moss atendeu.
– E os registros do celular de Lacey? – perguntou Erika.
– Devem mandar para nós depois do almoço – respondeu John.
– Okay, já é um começo. Quero que procure no histórico de posts e nas mensagens do Facebook de Lacey qualquer pista que possa nos aproximar de quem quer que tenha criado o perfil falso de Nico Brownley. Descubra de quem mais ele era amigo, entre em contato com essas pessoas.
– Chefe – disse Moss, desligando o telefone –, era o Departamento de Transporte da Polícia. Acharam uma bike de café abandonada perto de London Bridge. Parece algo incomum, estão achando que pode ser a que pertencia à Janelle.

CAPÍTULO 30

Uma hora depois, Erika e Moss chegaram à estação London Bridge. Alan Leonard, um dos gerentes de projetos da restauração da London Bridge, encontrou-se com elas no átrio em frente à estação. Era um homem de rosto jovem, agasalhado por causa do frio e trazia um capacete pendurado no cinto para ferramentas. Era o meio da manhã e o átrio encontrava-se relativamente vazio, poucos passageiros entravam e saíam da estação. Erika se apresentou.

– E o que a restauração inclui?
– Uma estação de trem nova, o reforço dos arcos subterrâneos e, é claro, o The Shard – respondeu Alan.

Inclinaram a cabeça para trás. Acima deles erguia-se o enorme arranha-céu de vidro e uma de suas gigantescas pernas de ferro forjado estendia-se firme na beirada do átrio.

– Noventa e cinco andares – gritou ele por causa do barulho de uma furadeira que tinha sido ligada. Eles não conseguiam discernir de onde o som vinha, poderia vir debaixo deles ou dos arredores. – São 309,6 metros, 1.016 pés de altura – finalizou.

– E a maior parte do prédio ainda está vazia. E vai continuar assim, já que foi todo comprado por investidores estrangeiros – gritou Moss.

– É sempre bom encontrar uma socialista em pessoa – comentou Alan.
– Detetive Inspetora Kate Moss – apresentou-se, estendendo a mão.
– É, minha mãe sempre dizia isso de mim, e ela nunca se equivocou a meu respeito...

Ele abriu um sorrisão:
– Pode ter certeza de que vou falar para os meus amigos que conheci a Kate Moss... Vocês gostariam de ir lá no alto?

Erika percebeu que Alan estava prestes a guiá-las em um passeio turístico, então redirecionou a conversa para o motivo pelo qual estavam ali.

– Obrigada, mas precisamos ver essa bike de café.

– Vamos conversando enquanto caminhamos – ele sugeriu, atravessando o átrio com elas, dando a volta no canto da estação e entrando na Tooley Street. – A maioria das empresas já desocupou. – A parte principal do trabalho estrutural agora está sendo feita no subsolo... Este é um dos maiores projetos de engenharia civil da Europa.

Passaram sob a baixa ponte ferroviária perto do Borough Market, em seguida tiveram uma visão clara da Southwark Bridge, onde o trânsito intenso atravessava os semáforos e seguia em frente ou virava nas ruas laterais.

A Catedral Southwark erguia-se ao lado da ponte, espremida ali como se não pertencesse ao lugar.

– Trabalhamos em condições muito rigorosas aqui – ele disse. – Quando demolimos, limpamos ou escavamos, temos que catalogar tudo o que encontramos e descartar da maneira adequada. A bike de café que estão procurando está parada lá há uns meses...

– Lá onde? – perguntou Erika quando pegaram um desvio inclinado para atravessar uma escavação que se estendia pela rua e calçada, que deixava expostos um buraco enorme e uma antiga rede de canos enferrujados.

– No cenário do London Dungeon, em sua localização antiga. Agora a atração mudou para South Bank – Alan informou.

Continuaram pela Tooley Street, atravessando rampas acima da calçada escavada. A rua vazia também estava fechada e cheia de escavadeiras, cabos elétricos e operários gritando para vencer o barulho. Passaram por uma das entradas da estação London Bridge, depois chegaram a uma grande porta selada com tábuas, onde, acima de duas colunas de pedra, liam-se as seguintes palavras desbotadas:

Entre por sua conta e risco.

– Essa era a entrada principal do Dungeon, mas o único acesso é um pouco mais embaixo – gritou Alan.

Continuaram caminhando, passaram por um bar e uma loja de bicicleta, ambos abandonados e com tapumes. Chegaram a uma via de acesso que emergia de um túnel, e o trecho de obras terminou. Alan abriu a barreira e eles voltaram à calçada.

– Fica ali no meio do caminho – ele informou.

Começaram a percorrer o túnel úmido e vazio, que tinha argila no concreto manchado e uma fileira de lâmpadas penduradas. Somente uma pessoa passou por eles: um homem com roupa de inverno em uma *mountain bike*.

Alan parou abruptamente em uma saída de emergência enferrujada e pegou uma chave no cinto de ferramentas. Destrancou-a ruidosamente e entraram na escuridão sombria. Lá dentro, a imagem era sinistra: uma rua vitoriana de calçamento de pedra estendia-se por todo o espaço, que tinha aproximadamente doze metros de extensão, e havia um poste de ferro fundido junto a um meio-fio. O poste aceso lançava no lugar uma fraca e bruxuleante luz. Ao lado dele, havia uma bike de café. Uma geringonça cromada com uma caixa de madeira montada atrás. Na frente dela, no centro dos paralelepípedos, havia um monte que parecia ser um saco de lixo.

– Capacetes, por favor – pediu Alan, pegando dois em uma pilha no canto e os entregando às policiais.

Uma porta grande à esquerda estava trancada com ferrolho. A temperatura era de congelar. Ele também entregou a cada uma delas uma lanterna.

– Jesus Cristo! – disse Moss, assim que a luz da lanterna atingiu o monte que elas tinham achado que era lixo.

Era o corpo de uma mulher, envolvido em roupas imundas, com a aflição ainda estampada no rosto. Instintivamente, Moss levou o braço ao rádio para chamar reforço, mas Erika pôs a mão no ombro dela e apontou sua lanterna para a mulher.

– Moss, não é de verdade. Olhe. É uma figura de cera.

Eles se aproximaram.

– Nossa, é tão realista – comentou Moss, baixando os olhos na direção do rosto aflito e notando os detalhes: o dente manchado projetando-se da boca, o cabelo saindo por baixo de uma boina acinzentada.

– Esta era a seção de Jack, o Estripador, do London Dungeon – explicou Alan. – Um ator vestido de policial conduzia os visitantes aqui para dentro e contava tudo sobre a primeira vítima do Estripador. Este é o corpo de Mary Nichols, encontrado na Buck's Row, em Whitechapel.

Erika apontou a lanterna para a parede e eles viram uma placa sinistra pintada em preto. Apesar de saber que aquilo tudo era uma ilusão, um cenário, Erika sentiu o coração começar a dar solavancos.

– Ela não é real, só que é. Era uma pessoa real – afirmou Moss. – Tão real quanto Lacey Greene e Janelle Robinson.

– Por que isso tudo ainda está aqui? – questionou Erika.

– Esta região está sendo remodelada, por isso o London Dungeon foi para South Bank. O interior deste local está programado para ser arrancado na semana que vem.

Erika sentia o corpo arrepiar e se forçou a manter a concentração na bicicleta apoiada no descanso ao lado do poste.

– Entro em contato com o departamento de polícia responsável pelo trânsito todo dia – Alan prosseguiu –, porque o metrô e as estações de trem têm que permanecer abertos durante toda essa obra. Ouvi falar que estavam procurando uma bike de café e me lembrei desta.

Erika e Moss pegaram luvas de látex e se aproximaram da bicicleta para dar uma olhada. Alan apontou sua lanterna. A caixa de madeira atrás estava trancada com cadeado.

– Você tem um alicate grande? – Erika perguntou.

Alan foi a um canto e encontrou um. Erika o pegou e cortou o cadeado. Moss o tirou e as duas abriram cuidadosamente a caixa de madeira. A tampa ficou apoiada sobre o banco da bicicleta e as laterais da caixa caíram, ficando dependuradas por cima da roda traseira. A lista de preços estava impressa no interior. Dentro da caixa, havia um pequeno compartimento com uma cafeteira de metal, uma geladeira minúscula, copos de papel, condimentos e uma caixinha de dinheiro.

– Jesus Cristo! – disse Moss, abrindo a geladeira e a fechando depressa. – Esse leite está aí há muito tempo.

O cheiro repugnante de leite azedo contaminou o ar e Erika sentiu o estômago revirar. Engoliu em seco, passou as mãos nas laterais da cafeteira e encostou em alguma coisa. Delicada e lentamente, tirou dali um iPhone.

– Será que era de Janelle? – perguntou Moss com os olhos iluminados.

Havia um compartimento sob a cafeteira com roupas muito bem organizadas. Uma calça jeans, algumas blusas, sutiãs e calcinhas, além de um nécessaire.

– Será que essa chave é da caixinha de dinheiro? – perguntou Moss, suspendendo-a. – Meu Deus, tem que ser de Janelle.

Alan ficou observando do local em que estava, ao lado da saída de emergência.

– Quem tem acesso a este lugar? – perguntou Erika.

– Temos uma equipe de segurança que faz ronda a cada 24 horas, mas aqui é bem estranho. Ainda tem largado por aí todo tipo de objetos de cena da época em que a atração funcionava. Eles achavam que a bicicleta era parte do cenário, como o corpo e a rua de calçamento.

– Eles acham que na época de Jack, o Estripador, as pessoas podiam pedir um *macchiato* para viagem? – questionou Moss.

Ele concordou com a cabeça, meio sem jeito:

– Temos muitos operários estrangeiros.

– Você consegue descobrir quando a bicicleta apareceu aqui? – perguntou Erika.

– Não sei. A rotatividade de pessoal é enorme, usamos várias agências. Vou tentar.

– Obrigada.

Erika olhou para aquele lugar sombrio ao seu redor, depois para o corpo de cera de Mary Nichols caído ao pé da escada.

– Vamos isolar o local. Quero que procurem impressões digitais em toda a área e que passem um pente-fino na bicicleta.

CAPÍTULO 31

Erika tinha voltado à delegacia West End Central e foi à sala de Melanie. Estava escuro lá fora.

– A bike de café pertence à Janelle Robinson – confirmou Erika. – Uma amiga que trabalha no hostel do Barbican em que ela morava a identificou. Também achamos o telefone celular de Janelle na bicicleta, além de roupas e produtos de higiene pessoal.

Melanie recostou-se na cadeira. Aparentava cansaço.

– Calma aí, calma aí – disse ela, suspendendo a mão. – Por que ela estava guardando as roupas e os produtos de higiene na bike de café?

– Bom, de acordo com a amiga...

– Cujo nome é...

– Sada Pence. Ela contou que Janelle era muito cismada em sair sem suas coisas. Isso começou quando estava no orfanato.

– Okay. Você conseguiu alguma informação no celular de Janelle?

– A equipe técnica está fazendo a análise o mais depressa possível... Além disso, acabaram de me avisar que acharam o celular de Lacey Greene.

– Onde?

– Num lote vago a 500 metros do pub Blue Boar. Parece que o jogaram lá. Estava desligado. Estamos procurando digitais nele.

– Você ainda acha que esses casos estão ligados? – perguntou Melanie.

– É lógico – respondeu Erika. Estava exausta, tanto por causa dos últimos dias quanto por Melanie ainda achar que tinham que provar a ligação entre os casos.

– Você tem alguma coisa para respaldar essa teoria?

– Agora estamos trabalhando com a teoria de que Janelle foi raptada perto do túnel da Tooley Street – explicou Erika.

– Mas você tem algo concreto para provar isso? Alguma imagem de câmera de segurança, alguma testemunha ocular?

– Ainda não.

– Essa bike de café poderia ter sido roubada. Janelle poderia ter largado no túnel.

– Era a principal fonte de renda dela.

– Sim, mas a não ser que tenhamos provas concretas de que Janelle foi raptada...

– Ela *foi* raptada, Melanie. Janelle e Lacey morreram exatamente do mesmo jeito. Os ferimentos indicam que elas foram torturadas durante dias. Ambas perderam peso e morreram por uma catastrófica perda de sangue após um corte na artéria femoral... Preciso de mais policiais nisto. Se eu tivesse conseguido um reforço, o telefone de Lacey Greene podia ter sido encontrado dias atrás. Ele só foi achado porque um policial prendeu dois adolescentes que estavam usando drogas em um terreno baldio. Tive que ficar implorando aos outros distritos para fazerem um porta a porta em Croydon e Southgate.

– Erika, você tem seis policiais e quatro funcionários de apoio trabalhando diretamente para você...

– Não é o suficiente.

– Você tem alguma ideia de como é este trabalho? – perguntou Melanie, incapaz de esconder a raiva. – Os recursos são limitados. Você acha que estou contra você, mas não estou. Briguei para que você ficasse com John McGorry.

– John? Por quê? O que aconteceu?

– Recebi uma ligação do Superintendente Yale dizendo que o queria de volta. Está tudo bem, ele não vai a lugar nenhum, mas você tem que trabalhar com o que tem.

– E se essa pessoa raptar outra mulher?

– Se ele fizer isso, aí, é claro, Erika, que vou direcionar todos os recursos para você – disse Melanie antes de retornar o trabalho em seu computador. – Está dispensada.

Erika começou a sair, mas aproximou-se novamente da mesa.

– Melanie, eu trabalhei em um monte de casos como esse. Não estou dizendo que temos um *serial killer*, mas há um padrão. Dois assassinatos, com um intervalo de quatro meses. Pode haver outros de que não temos conhecimento...

– E nós duas sabemos como esses casos funcionam. Ele pode desaparecer, pode ficar sem matar novamente durante um ano... Sim, talvez ele aja novamente, mas não posso planejar meus orçamentos com "talvez isso" e "é possível que aquilo".

– Isso é ridículo! A unidade contraterrorismo inteira trabalha com esse princípio!

– É, Erika, mas a gente não.

Erika ficou andando de um lado para o outro em frente à janela.

– Quero autorização para fazer um apelo na imprensa.

– O retrato falado já está nas agências de notícias e no Twitter.

– Quem entra na porcaria do Twitter para ajudar a polícia a solucionar crimes?! – gritou Erika.

– Lembre-se com quem você está falando. Sou uma oficial superior a você. Posso ser Superintendente Interina...

– Desculpe, a senhora pode, por favor, considerar a possibilidade de fazermos um apelo na imprensa.

– Para quem? – questionou Melanie.

– Janelle e Lacey. Não estou falando de uma reconstituição no programa Crimewatch, e sim de uma coletiva de imprensa em rede nacional. Se não temos os recursos, vamos deixar o povo trabalhar para nós. Colocar o desaparecimento delas na cabeça das pessoas, colocá-las para vigiar.

– O que significa abrirmos a possibilidade de haver um *serial killer* à solta, e a mídia cair matando em cima disso.

– Não vou mencionar *serial killer* e acho que tem muitas outras merdas acontecendo na imprensa agora. As pessoas estão mais preocupadas com o presidente dos Estados Unidos. Será que outro bicho-papão vai perturbá-las? – Melanie se inclinou para a frente na cadeira e riu. Erika prosseguiu: – Sei que está tomando porrada de todos os lados, mas lembre-se de que parte do dever policial é evitar crimes. Me ajude a evitar que esse desgraçado ataque de novo.

– Okay, Okay, vou ver o que posso fazer.

– Obrigada.

– A propósito, Erika. O funeral do Sparks é na próxima quarta-feira, às 2 horas da tarde. Achei que gostaria de saber. Vai ser na igreja St. Michael, em Greenwich.

– Ele era religioso? Achei que seria só o enterro.

– Era, sim. Católico. Parece que vai ter muita gente, muitas pessoas estão pedindo para tirar folga. Você vai?

– Vou pensar – respondeu Erika, evitando olhar para a parte do carpete em frente à mesa. – Mais uma coisa: você tem notícia do Comandante Marsh?

– Não. Tenho falado com o Comandante Interino Mason, é ele que está no cargo por enquanto.

– Como assim "está no cargo"?

– Desde que Marsh foi suspenso... Você não sabia?

– Não. Tenho tentado ligar para ele. Por que ele foi suspenso?

O telefone de Melanie tocou.

– Sinto muito, não sei. Tenho que atender. Pode fechar a porta quando sair?

Do lado de fora da sala de Melanie, embora já fosse tarde, a agitação ainda era grande. Então Marsh estava suspenso, por que não tinha lhe contado? Erika pegou o celular e tentou ligar para ele novamente, mas a chamada caiu na caixa postal.

CAPÍTULO 32

Era sábado à noite. As coisas tinham acelerado com a jovem Wilkinson depois que Darryl conversou com ela pelo telefone. A garota acreditava ter falado com Harry Gordon e disse que adoraria marcar um encontro. Darryl sabia que o entusiasmo dela devia ter vida curta e que, enquanto estivesse entusiasmada, seria mais facilmente manipulada. Marcou o encontro próximo de onde ela morava, perto do bairro de Angel, em North London. Era um local bom, abarrotado de bares agitados e restaurantes e perto de uma região cheia de ruas residenciais. Agir em um lugar tão central envolvia riscos enormes, mas para Darryl era uma questão de perspectiva. Havia manipulado a situação de modo que Ella acreditasse estar no controle: a jovem tinha solicitado amizade no Facebook, proposto conversarem por telefone e sugerido o encontro... e encontrá-la no território dela a deixaria ainda mais relaxada.

Às 7h40 da noite, Darryl virou na Weston Street e sentiu-se aliviado ao ver que não estava movimentada. Era uma via tranquila, algumas ruas atrás da estação de metrô Angel, e havia um bar *indie* descolado no final dela – exatamente o tipo de lugar a que uma pessoa sexy como Harry Gordon levaria alguém em um primeiro encontro. O clima havia esquentado um pouco e ele ouvia o som das rodas do carro sobre a neve parcialmente derretida. Tinha verificado na internet onde as câmeras de segurança estavam localizadas, e evitou a maioria delas. Só não havia conseguido escapar das câmeras da zona onde se cobrava uma taxa de congestionamento, na entrada de Londres, mas isso só teria importância se o estivessem procurando. O local marcado para se encontrar com Ella não possuía câmeras de segurança em um intervalo de algumas ruas e, contanto que ninguém o visse agarrá-la, estaria são e salvo.

Passou de carro em frente ao bar, que ficava na esquina da rua principal com uma tranquila via residencial. Pouquíssimas casas estavam com as luzes acesas, mas era uma noite fria, um sábado, e as pessoas tinham mais o que fazer do que ficar espiando pela janela. Darryl reduziu a velocidade quando um táxi apareceu no retrovisor e encostou para deixá-lo passar. A rua ficou deserta novamente. Agarrou o volante com as mãos cobertas por luvas de couro e respirou fundo várias vezes.

Só tinha uma chance de fazer aquilo. Deu a volta na quadra algumas vezes, depois parou a cem metros do bar, apagou os faróis e desligou o carro. Havia música no bar, mas ele parecia pouco movimentado. As janelas fumês tinham um brilho vermelho que se derramava na calçada coberta de neve. Havia um segurança imenso posicionado do lado de fora, usando um casaco enorme e gorro de lã, porém estava absorto em seu celular.

Os minutos seguiam tiquetaqueando enquanto Darryl aguardava sentando no escuro. O carro esfriava, sua respiração começava a condensar, e então ele a viu.

Ella Wilkinson apareceu no final da rua. Estava com um longo casaco, sapatos de salto alto e tinha uma bolsa pendurada no ombro. Enquanto andava com determinação na direção do bar, seu comprido cabelo escuro balançava para trás. Não estava de cachecol nem gorro, obviamente queria que seu corpo fosse visto e apreciado.

Darryl estendeu a mão na direção da ignição, ligou o carro, arrancou e passou pelo bar na esquina onde Ella parou para aguardá-lo. Seu coração acelerou um pouco. *Ela veio! Ela está aqui para se encontrar comigo!*, pensou. Mas então sentiu uma onda de raiva. A garota estava ali para se encontrar com Harry Gordon. Ele deu seta, reduziu a velocidade, virou à direita em uma rua pequena e estacionou ao meio-fio. A entrada do bar agora encontrava-se logo depois da esquina, onde Ella aguardava na calçada dura de gelo suavemente iluminada pela luz vermelha que escapava da janela. A garota trocou a perna em que estava apoiada e conferiu o relógio. Sua beleza estonteante deixou Darryl sem fôlego, e ele começou a suar, apesar do frio no carro.

Outro táxi virou ruidosamente na esquina e seguiu sem pressa. Aproveitou esse tempo para estender a mão até o porta-luvas e pegar um mapa. Debaixo dele havia um pequeno cassetete de couro com costura branca. Sentiu o peso dele na mão. Depois que o táxi passou, conferiu a rua. Estava estacionado nas sombras a apenas alguns metros da esquina. Não havia luz acesa nas casas em nenhum dos dois lados.

Respirou fundo. Não era muito tarde... Só lhe restava agir. Seu coração disparou, teve vontade de vomitar, sentiu o estômago embrulhar, mas a adrenalina latejava por seu corpo e ele olhou novamente para Ella, aguardando por ele. Escondeu o cassetete debaixo do mapa, abriu a porta e saiu.

CAPÍTULO 33

Ella Wilkinson conferiu o relógio. Eram 8h15. A pessoa com quem se encontraria, Harry, tinha dito que chegaria às 8h. Congelava de frio esperando na calçada em frente ao bar, e a atmosfera estava assustadoramente sossegada. Atrás dela, o segurança alto de cabelo escuro alternava o peso do corpo de uma perna para a outra, continuava absorto em um jogo no celular. O burburinho das conversas e os estalos das bolas de sinuca ecoavam para fora do pub. A garota olhou ao redor e viu que o segurança a olhava de cima a baixo, apreciando a blusa preta decotada e a calça jeans *skinny*. Ela virou novamente e abotoou o casaco, sentindo um desconforto crescendo dentro de si.

Quando saiu de casa, a garota que dividia a casa com Ella, Maggie, estava deitada em frente à TV de pijama xadrez, pronta para ver *The Voice*.

– Ella, pelo menos põe um cachecol e um gorro. Não vale a pena pegar pneumonia por homem nenhum – disse, olhando por cima de seus pequenos óculos redondos.

– Esta é a primeira vez que ele vai me ver direito, e não por fotos da internet. Quero ficar ainda mais bonita em carne e osso – respondeu, rodopiando a mão por cima do decote da blusa. – As primeiras impressões são importantes.

– A primeira impressão vai ser de que você é fácil. Me manda uma mensagem quando chegar lá, e outra se for passar a noite fora?

– Lógico que mando.

– Promete?

– Prometo.

Sentindo o olhar do segurança nas costas, Ella abriu a bolsa e revirou-a em busca do celular.

– Oi, com licença – alguém disse. Ela se virou. Um cara estranho com aparência nerd e cabelo castanho estava de pé nas sombras, logo depois da esquina. Usava um terno preto que não lhe caía bem e uma gravata-borboleta de bolinha. A jovem o ignorou e virou-se novamente para o celular.

– Desculpe o incômodo, oi? Você pode me ajudar? – ele perguntou. Ella se virou de novo quando ele se aproximou da área iluminada pelos postes. O rapaz estava levantando um mapa com os olhos semicerrados. Ella o ignorou e olhou novamente para o celular.

– Estou tentando achar o pub Hooligans? Vou cantar lá hoje em um aniversário.

Você parece mais um comediante ruim do que um cantor, pensou.

– O Hooligans é mais lá na frente, na direção do metrô Angel – disse a garota, apontando com desdém. Suas mãos tinham ficado dormentes por causa do frio. Voltou-se para o celular uma vez mais e abriu as mensagens.

– Olha só, me desculpe por amolar você, mas não conheço nada em Londres, pode me mostrar no mapa? – pediu o rapaz. Ele tinha aberto o mapa em cima de um carro ao meio-fio e lutava comicamente com o papel na brisa fria. – Tenho que estar no palco daqui a alguns minutos em um aniversário de 90 anos... Preciso chegar lá antes que a idosa bata as botas! – Ele olhou na direção dela e abriu um sorrisão.

Apesar de tudo, Ella devolveu o sorriso.

– Está bem. Vamos fazer isso rápido, estou congelando – disse, pondo o celular de volta na bolsa e se aproximando. – Você não tem GPS?

– Deveria ter... Mas sou um pouco tecnófobo – ele respondeu, começando a dobrar o mapa. – Não sou daqui. Se puder me mostrar rapidinho, estou ficando meio atrasado.

– Por que você está guardando o mapa?

Ele o dobrou até o último quadrado e o pôs no teto do carro.

– Harry não vem te encontrar – revelou ele.

– O quê?

Ele a estava encarando atentamente e o amigável rosto nerd se fechou em uma expressão dura. Antes que Ella pudesse falar mais alguma coisa, Darryl levantou o braço e a jovem sentiu o golpe na parte de trás da cabeça. Tudo ficou escuro.

CAPÍTULO 34

Darryl a segurou antes que caísse entre o carro e o meio-fio. Rapidamente, arrastou o corpo bambo até o porta-malas e o abriu, então a colocou com cuidado sobre as toalhas de banho verde-escuras que tinha esticado ali. O bar perto da esquina permanecia sossegado, mas a rua atrás dele foi iluminada pelo farol de um carro e ele fechou depressa o porta-malas. O carro passou ruidosamente e deu seta para a direita no cruzamento antes de virar. Darryl avistou um par do salto alto de Ella jogado ao meio-fio do lado da roda de trás. Pegou-o e jogou no carro.

Sentiu-se dividido: sabia que tinha que agir rápido, apagá-la e colocá-la no carro, mas a jovem estava tão linda. Era a primeira vez que a via tão de perto, seus olhos verdes pareciam de gato, e o cheiro do perfume com o aroma do xampu tinham flutuado até ele. Manga. Ella realmente tinha se produzido para Harry.

Darryl ligou o carro, arrancou, passou por uma via pequena, depois entrou à esquerda em uma tranquila rua sem saída onde havia uma fileira de garagens de aluguel. Parou nas sombras e desceu. Quando abriu o porta-malas, Ella estava deitada de lado, gemendo e revirando os olhos. Ele esmurrou o rosto dela, uma, duas vezes e teve que se segurar para não dar um terceiro soco quando o nariz da garota começou a sangrar. Pegou uma flanela clara com suas iniciais bordadas em vermelho e a enfiou na boca da jovem. Em seguida, passou fita adesiva larga por cima e deu duas voltas por trás da cabeça. Conferiu os bolsos do casaco da garota e pegou a bolsa ainda enganchada no braço dela. Encontrou o telefone e o desligou, depois o enfiou de volta na bolsa. Atou os pulsos e as pernas da jovem com força, por fim pôs um saco de pano na cabeça e o amarrou frouxamente ao pescoço. Cobriu-a com um cobertor e fechou o porta-malas, sem se esquecer de deixar ali o sapato que tinha caído.

Darryl deu uma conferida no final da rua sem saída. As luzes estavam acesas no andar de cima de uma casa. Ele passou por todas as garagens de aluguel e arremessou a bolsa em um beco de lixo minúsculo.

Entrou novamente no carro, ajeitou o retrovisor, manobrou e iniciou o longo caminho de volta à fazenda.

CAPÍTULO 35

A neve começou a cair quando Darryl chegou à M25 e, apesar de ser tarde, o trânsito estava intenso. Manteve distância do carro da frente, porém um pequeno Honda azul permanecia colado na traseira, tão impaciente quanto ele para chegar em casa. Toda vez que o trânsito fluía um pouco, Darryl se preocupava com a possibilidade de o motorista calcular mal a velocidade e as condições da estrada, e bater nele.

Só relaxou quando pegou a saída para a M20. A estrada estava vazia, com exceção do caminhão barulhento na pista contrária que jogava sal para derreter a neve. Ele passou pelos portões da fazenda e percorreu a estradinha deserta durante alguns minutos. Estava com o limpador de para-brisa ligado, mas nevava tão forte que quase passou direto por um portão entre duas cercas-vivas. Virou rápido demais e teve que meter o pé no freio com força. O carro diminuiu a velocidade, mas acabou batendo nas barras de metal, o que fez um barulho desagradável.

– Merda! – gritou, descendo do veículo. Deu a volta até a frente do carro. O capô estava levemente amassado e a pintura, arranhada. – Merda! – Ele abriu o portão, entrou com o carro no início de uma estradinha coberta de neve, depois o fechou.

Sua ideia era desligar os faróis na metade da trilha de um quilômetro e meio, mas a visibilidade estava péssima e não queria arriscar cair em uma vala. A estradinha parecia não ter fim, o carro rangia e sacolejava, e as rodas agarravam de vez em quando e patinavam na neve. Por fim, a Oast House apareceu atrás de um grupo de árvores sem folhas. Iluminada pelo farol do carro, a torre redonda com a chaminé em forma de funil adquiriu uma aparência acinzentada e hostil. Passou pelas árvores, seguiu na direção da torre, apagou os faróis e desligou o carro.

O vento que rugia pelo campo aberto açoitava o carro e, quando desceu, Darryl o escutou uivar ao passar pela chaminé em forma de pico. Esperou os olhos se acostumarem com a escuridão, foi ao banco de trás do carro e pegou uma trava de volante. Janelle Robinson o havia surpreendido com chutes e arranhões quando foi tirá-la do porta-malas. Em agosto, ele a raptou de maneira improvisada, sem plano. Ela lutou bravamente e quase conseguiu fugir.

Darryl se aproximou do porta-malas, limpou a neve e inclinou-se para escutar. Nada. Segurou com força a maçaneta e o abriu. Imediatamente, a neve começou a cobrir o cobertor sobre Ella. Descobriu-a e não soube dizer se o peito se mexia. Tirou o saco de pano do rosto e viu que estava muito pálida. Pressionou a trava de volante nas costelas da garota, que deu um fraco gemido. *Ainda estava viva.*

– Vou te tirar daí agora – ele disse, tendo que falar alto para superar o barulho do vento e a lamúria da torre. – Se você se comportar, vai ter abrigo e pode beber um pouco de água.

Inclinou-se para dentro do carro, enganchou uma mão por baixo do pescoço e a outra por baixo das pernas e a suspendeu. Era mais alta e pesada do que esperava. Caminhou com passos arrastados pela neve até uma grande porta metálica de correr na base da torre. Colocou-a no chão, pegou um molho de chaves, encontrou a certa e abriu o cadeado. Deslizou a porta para abri-la e pegou Ella no chão. Estava frio lá dentro, mas não gelado. A luz elétrica não passava de uma lâmpada encaixada na parede e ele a acendeu com uma leve cotovelada no interruptor.

No centro do espaço circular havia uma pequena câmara onde, no passado, o fogo era aceso. Havia uma pequena porta e as paredes elevavam-se mais ou menos dois metros antes de se abobadarem como um funil invertido até o teto. Darryl empurrou a porta com o pé. O interior da fornalha era um quadrado de tijolos vermelhos sem janelas, de três por três metros e chamuscado pelo fogo que havia queimado ali durante anos.

No centro da fornalha havia uma gaiola grande, que a princípio era usada para transportar Grendel ao veterinário, com cobertores estendidos no fundo. Ele se abaixou, colocou Ella dentro da gaiola e tirou a fita da sua boca. Na penumbra, só conseguiu ver que o nariz da jovem estava cheio de sangue seco. Ela gemeu.

Duas correntes e cadeados estavam enganchados em um lado da gaiola. Ele enrolou uma no pescoço da jovem, passou pelas grades da gaiola antes de prendê-la com um cadeado. Em um canto da gaiola havia uma garrafa de dois litros de água, que Darryl colocou ao lado das mãos da garota.

Ele saiu da gaiola e foi a uma mesa em um canto onde havia uma caixinha alaranjada de plástico. Abriu-a e preparou uma seringa com 10 ml de sedativo. Voltou lá para dentro e viu que os olhos dela estavam abertos e corriam para todos os lados, confusos. A garota tentou falar, mas sua boca estava seca. Darryl abriu a garrafa de água e lhe ofereceu um pouco.

– Beba... é água – ofereceu.

Ella deu um gole.

– Quem é você? – gemeu. – Onde estou?

– Só vou dobrar esta manga para cima – informou, suspendendo a manga grossa do casaco de pele.

– Onde estou? – gemeu. – Por favor. Por que está fazendo isso?

Ele se ajoelhou nas pernas atadas da garota, que soltou um grito estridente. Com a mão livre, prensou-a contra as grades da gaiola, enfiou a agulha no braço nu e injetou lentamente a droga na veia. Tirou a agulha e fez pressão com o dedão. Ella gemeu, seus olhos reviraram para trás, e perdeu os sentidos.

Darryl retirou o polegar e chupou a gotinha de sangue na ponta dele. Pegou a segunda corrente, enrolou-a ao redor dos pulsos da jovem e os prendeu com cadeado nas grades da gaiola. Pôs a fita de volta na boca e ajeitou os cobertores ao redor dela.

– Pronto. Descanse um pouco. Você vai precisar estar com o espírito preparado... Este é o seu encontro com Harry. Harry Gordon – disse e sorriu.

Ele saiu da fornalha e fechou a porta. Em seguida, apagou a luz, saiu da Oast House e deslizou a porta, que fez um barulho metálico ao ser fechada. Trancou o cadeado e foi embora de carro na direção da estrada.

Estava quente quando entrou no vestíbulo. Grendel o recebeu saltitando e lambeu sua mão. Seus pais estavam na sala assistindo à televisão quando Darryl enfiou a cabeça pela porta. O pai estava sentado com o corpo ereto em sua poltrona à janela e a mãe, deitada no sofá com um gim-tônica grande. Assistiam a um episódio de *Inspector Morse*, no canal ITV4.

– Tudo certo, meu amor? – cumprimentou Mary sem tirar os olhos da tela. O fogo artificial ondulava na lareira elétrica, lançando uma luz avermelhada na parede da televisão. A imagem desapareceu na grande tela plana da TV e ficou preta. – Pelo amor de Deus! – ela exclamou.

– Opa, vamos ver quem é – disse John, pegando o controle remoto e se inclinando para a frente, ansioso.

Mary levantou-se desequilibrada e, com passos arrastados, foi ao pequeno bar na parte de trás da sala, ao lado da janela. As câmeras de segurança no portão da frente e no terreno eram acionadas por movimento, e a imagem, diretamente transmitida para a TV da sala.

– Você enche isso para mim, meu amor? – pediu Mary, estendendo a mão com o baldinho de gelo para Darryl.

Na tela, uma van branca tinha parado perto da entrada. Avançou alguns centímetros para a frente e os portões começaram a se abrir. A câmera deu um close na lateral da van e os dois rapazes lá dentro olhavam para a estrada que levava à casa, ponderando as opções. Devido à visão noturna da câmera, seus rostos eram de um verde fantasmagórico e os olhos, dois círculos brancos.

– Eles vão picar a mula se souberem o que é melhor para eles – comentou John.

Na televisão, a van ficou um momento parada, depois deu ré, foi embora e os portões começaram a se fechar. A televisão voltou para o episódio de *Inspector Morse*.

– Esses ciganos – falou John. – Devem estar tramando alguma coisa.

– Talvez estejam perdidos – Mary falou arrastado, acomodando-se novamente no sofá.

– Você não viu nada estranho quando chegou de carro? – perguntou John, olhando de lado para trás enquanto Darryl saía para buscar o gelo.

– Nada...

– Tomou uma no pub? – perguntou Mary.

– Tomei. Encontrei com uns amigos...

Não se preocupou em continuar, ambos estavam absortos pelo *Inspector Morse*. Darryl os observou por um momento, banhados pela luz da televisão, perdidos no mundo ficcional do assassinato, alheios à realidade no fundo do jardim.

CAPÍTULO 36

O celular de Erika tocou cedo na manhã de domingo. Ela abriu os olhos, desorientada, e viu as costas lisas e musculosas de Peterson ao seu lado. Tinha passado a noite no apartamento dele e levou um minuto para lembrar que o celular não estava carregando ao lado da cama, mas na cozinha. Caminhou com passos silenciosos e chegou ao aparelho no momento em que parou de tocar. Era Crane e ela retornou a ligação.

– Chefe? – ele atendeu. – Consegui uma filmagem de câmera de segurança de Janelle Robinson. Acho que é da noite em que ela desapareceu.

– Onde você está?

– Estou na delegacia, virei a noite aqui.

– Okay, vou levar um café da manhã para você e chego aí o mais rápido possível – disse antes de desligar.

Peterson apareceu na porta com os olhos turvos, vestindo um roupão.

– Quem era?

– Crane acha que tem um vídeo da noite do rapto de Janelle. Tenho que correr – disse Erika, aproximando-se da pia e abrindo a torneira. Encheu um copo e estava dando um gole quando percebeu as cortinas abertas. Duas idosas no ponto de ônibus na rua em frente olhavam lá para dentro e balançavam a cabeça em desaprovação. Erika olhou para baixo e viu que estava só de calcinha. – Cacete! – xingou, se abaixando. Peterson foi até as cortinas, as fechou e começou a rir. – Não tem graça.

– É a Sra. Harper. Mora no apartamento ao lado – disse ele. – Provavelmente está indo arrumar as flores da igreja.

– Que beleza, agora não posso mais mostrar a cara por aqui – reclamou Erika.

– Mas você já mostrou a ela praticamente tudo! – Riu ele, se aproximando de Erika, pegando o copo e lhe dando um beijo. – Estou feliz por você ter ficado.

– Eu também – ela falou, expulsando da cabeça o sempre presente fantasma da culpa. A culpa por ter gostado. Culpa por, durante algumas horas, não ter pensado em Mark. Ergueu os olhos para Peterson e viu que ele estava lendo seus pensamentos.

– Vamos indo, então – falou o detetive.

Erika e Peterson chegaram à sala de investigação na delegacia West End Central uma hora depois com café quente pães e bolinhos. Crane estava desgrenhado e não fazia a barba havia um dia.

– Obrigado! Estou faminto – agradeceu, pegando um croissant de chocolate e dando uma mordida enorme. Levou-os ao notebook em sua mesa e abriu um arquivo de vídeo. – Há uma câmera de vídeo no teto de um prédio na Bermondsey Street que pega o outro lado da Tooley Street. Achei esse registro da quarta-feira, dia 24 de agosto.

Ele clicou no "play": a rua permaneceu vazia um instante, depois apareceu a imagem das costas de uma mulher de cabelo castanho comprido em uma bike de café entrando no túnel, onde foi engolida pela escuridão. O horário indicado no vídeo era 7h32 da noite. Momentos depois, um carro vermelho a seguiu.

– Volte um segundo – pediu Erika.

Crane voltou para a parte em que o carro estava se aproximando do túnel.

– Pare. Olhe.

– Merda! As placas estão sujas – reclamou Peterson.

– É. O carro está imundo, cheio de barro – disse Crane.

– Que inferno! – xingou Erika. – E ninguém o parou?

– Espere. Vamos continuar assistindo – disse Crane, ampliando outra tela ao lado do carro entrando no túnel. – Aqui temos uma câmera de segurança do outro lado do túnel. Vou rodar os dois vídeos a partir das 7h31...

Na esquerda da tela, Janelle entrou de bicicleta no túnel, seguida pelo carro. Eles olharam para a tela na direita. Crane passou os dois vídeos para a frente até as 7h48. O carro vermelho emergiu do túnel. Sozinho.

Erika olhou para as duas telas, sentindo um arrepio.

– Quanto tempo depois disso você assistiu às imagens das duas câmeras?

– Vinte e quatro horas, chefe. Nenhuma garota de bicicleta apareceu em nenhum dos dois lados do túnel.

– Para onde o carro vai? – perguntou Peterson.

– Ele evita as câmeras da zona da taxa de congestionamento. Vou ver o quanto consigo segui-lo por Londres. Vai demorar um pouco. Ele pode ter sido parado pela polícia por causa da placa suja.

– Foi em uma noite de quarta-feira – disse Erika.

– Estaria registrado... Ele teria recebido uma multa – disse Crane.

– É praticamente impossível evitar as câmeras de segurança no centro de Londres – afirmou Erika.

– Mas ele entrou e saiu duas vezes sem que nós conseguíssemos pegar a placa – comentou Peterson.

– Ele sujou as placas de barro de propósito, não foi? – disse Erika. – Arriscado.

– Mas ele está raptando mulheres. O nível de risco envolvido deve aumentar a adrenalina. E o cara deu sorte até agora – comentou Peterson.

– Mas uma hora a sorte acaba. E, quando isso acontecer, temos que estar preparados para dar o bote.

Crane passou novamente o vídeo de Janelle entrando de bicicleta no túnel, seguida de perto pelo carro, e Erika ficou assistindo. Jamais saberiam o que aconteceu com Janelle naqueles 17 minutos.

Era como se a jovem tivesse evaporado.

CAPÍTULO 37

Maggie, a garota que morava com Ella Wilkinson, acordou tarde na manhã de domingo. Tinha ido para a cama cedo e dormiu até o meio da manhã. Quando saiu do quarto e pisou no patamar da escada, estava tudo sossegado. Isso não era incomum no domingo de manhã, mas seu celular não tinha nenhuma chamada perdida nem mensagem, e a porta do quarto de Ella estava entreaberta. Maggie passou diante do corrimão de madeira em que as toalhas ficavam alinhadas, prontas para que as pegassem a caminho do banho. O quarto de Ella ficava ao lado do banheiro; Maggie bateu na porta e espiou pela fresta. Sobre a cama feita estavam espalhadas todas as roupas que havia experimentado na noite anterior. A outra pessoa que dividia a casa com elas, Doug, tinha viajado com a namorada, e a porta do quarto dele também estava aberta. Maggie ficou parada no alto da escada, sentindo-se inquieta. Deixou isso para lá e desceu para a cozinha.

No decorrer da manhã e da tarde, ligou várias vezes para o telefone da amiga e, como ninguém atendia, a inquietação virou pânico. Ella estava sempre grudada no celular. Teria mandado uma mensagem para avisar que não voltaria para casa.

Às cinco da tarde, assim que começou a escurecer, Maggie pegou seu grosso casaco de inverno e foi até o bar. A porta estava trancada, mas espiou pela janela e viu uma mulher de vestido florido amarelo, passando pano no chão, e um rapaz colocando garrafas em uma geladeira. Maggie bateu na janela. A princípio, eles a ignoraram, porém ela insistiu e a mulher acabou se aproximando e abrindo a porta.

— O que foi? — perguntou zangada.

— Desculpe o incômodo. Moro ali na esquina... Minha amiga veio aqui ontem à noite e ainda não voltou para casa...

— Quantos anos a sua amiga tem? — perguntou a mulher. Ela tinha um rosto enrugado de fumante e cabelos grisalhos e eriçados na altura do ombro.

– Vinte.

A mulher deu um sorriso malicioso.

– Ah, ela provavelmente conheceu algum cara. Agora, eu tenho trabalho a fazer.

Quando começou a fechar a porta, Maggie suspendeu a mão.

– Não. Preciso saber de mais alguma informação. Posso perguntar para o barman? Tenho uma foto da minha amiga.

A mulher a encarou de maneira suspeita, mas acabou decidindo que uma garota gordinha com um casaco grosso e a calça do pijama xadrez aparecendo na parte de baixo não representava uma ameaça. Ela abriu a porta.

Era um bar popular, mas tinha uma aparência triste à luz fraca do fim do dia. As cadeiras estavam empilhadas sobre as mesas e um cheiro forte de desinfetante pairava no ambiente.

– Sam, essa garota quer te perguntar uma coisa – ralhou a mulher, pegando um balde e saindo por uma porta atrás do balcão.

Sam era bonito, tinha uma argola no nariz e um volumoso cabelo tingido de louro. Ele deu um sorriso cordial.

– Quem é a sua amiga? – ele perguntou. Tinha um leve sotaque australiano.

– É esta aqui, Ella Wilkinson – respondeu Maggie, mostrando o celular aberto na foto do Facebook da amiga. Sentiu-se boba, de casaco e pijama, falando com o barman gostosão. – Ela marcou de vir aqui ontem por volta das 8 horas. Você viu se ela esteve aqui?

Ele olhou para a foto e negou com um gesto de cabeça.

– Não. Ela é bonita, eu me lembraria desse rosto.

– Tem mesmo certeza de que ela não veio aqui ontem à noite?

– Tenho... – Ele notou a expressão preocupada de Maggie. Assustada até... – O segurança que trabalhou aqui ontem à noite acabou de chegar. Espere aí que vou dar um toque nele.

Sam foi à porta por onde a faxineira havia saído e gritou por um homem chamado Roman. Momentos depois, um homem corpulento de cabeça raspada e monocelha apareceu, segurando um copo de macarrão instantâneo fumegante.

– O que é? – perguntou ele com um pesado sotaque russo.

Sam explicou a situação e o levou até Maggie. Roman pegou o celular com a mão peluda e analisou a foto.

– Sim... ela estava esperando alguém lá fora, ontem à noite – revelou ele.

– Ela não entrou? – perguntou Maggie.
– Não. Ela apareceu lá, depois desapareceu.
– Para onde ela foi? – perguntou Maggie.
– Como é que vou saber? Estava trabalhando – respondeu, enfiando uma garfada cheia de macarrão na boca e indo embora.

Sam sorriu sem graça.

Maggie saiu do bar. Estava escurecendo rápido. Olhou para os dois lados da rua e sentiu-se desanimada. Tentou ligar para Ella novamente, mas caiu direto na caixa postal. Viu que a rua ao lado do bar não tinha saída. Entrou nela e foi até o final, onde havia uma fileira de garagens de aluguel, todas fechadas. A rua estava vazia. Caminhou na direção de uma fileira de pequenos arbustos ao lado da última garagem. Suspendeu a gola do casaco para proteger-se do vento.

– Que idiotice! Ela provavelmente está transando o dia inteiro – murmurou Maggie, virando-se para ir embora. Nesse momento, um brilho marrom e branco no pequeno beco entre a última garagem e a fileira de arbustos chamou sua atenção.

Maggie se esforçou para entrar, pisando sobre tijolos e lixo, e viu uma bolsa. A bolsa da amiga. Tinha respingos de sangue na frente. Ao abri-la, encontrou a carteira, as chaves e o celular de Ella.

Abraçando a bolsa junto ao peito, começou a chorar.

CAPÍTULO 38

Darryl acordou cedo na segunda-feira de manhã e levou Grendel para passear. Estava escuro e o vento soprava forte, suspendendo espirais de poeira ressecada pelos campos. Quando chegou à Oast House, destrancou o cadeado da porta e abriu-a com um puxão. Grendel entrou primeiro, farejando o ar gelado e a porta na fornalha. O vento uivava lá no alto da chaminé.

Ele acendeu a luz e abriu a porta da fornalha. Ella se remexeu na gaiola, ficou piscando e começou a uivar em consonância com o vento. Ela tremia, acorrentada à gaiola pelos pulsos e pescoço. Um de seus olhos estava fechado de tão inchado. Grendel deu a volta na gaiola, farejando a parte de trás da cabeça da garota. Ella tentou afastar a cabeça das grades e o animal deu um rosnado baixo e ameaçador.

– Por favor, por favor...

– Está tudo bem. Grendel não vai te machucar – disse Darryl. Ella mantinha os olhos nele, virando a cabeça dolorosamente, acompanhando-o passar por trás dela para acariciar a cabeça do cão.

– Ponha as mãos para cima – disse ele.

– Não, não, não, não, chega, por favor...

– Não vou te machucar. Ponha as mãos para cima. Agora.

Ela suspendeu as mãos ensanguentadas com as unhas sujas, e estremeceu quando ele pôs uma pequena garrafa de água entre as grades.

– Pegue e beba. – Ella segurou a garrafa entre as mãos atadas. Darryl ficou observando-a conferir tudo e, ao ver que estava atada, colocou a garrafa entre os joelhos nus e, fazendo as correntes retinirem, abriu-a, levou as mãos à boca e bebeu.

– Obrigada – disse sem fôlego. Darryl deu a volta na gaiola novamente para ficarem de frente. – Meus pais têm dinheiro. Eles vão te pagar.

Ele se abaixou e ficou de cócoras, olhando-a, notando como a luz de fora da fornalha lançava no rosto dela os quadrados das grades.

– Não quero dinheiro... A sua amiga está preocupada com você.
– Amiga?
– Uma das vadias loiras com quem você trabalha na cafeteria. A que tem tatuagens de vagabunda nos pulsos.
– Cerys? Você conhece a Cerys?
– Conheço a Cerys porque *conheço você*. Ou acha que te peguei só por diversão? Você não se lembra mesmo de mim, né?

O olho bom dela vagou de um lado para o outro tentando puxar na memória onde o tinha visto.

– Fui à cafeteria tantas vezes, almocei um monte de vezes lá, você sempre sorria para mim, perguntava como eu estava...
– Ah, é. Isso mesmo, eu me lembro.
– Qual é o meu nome?
– Eu, eu... – Ela balançou a cabeça e novas lágrimas apareceram em seus olhos inchados.
– Qual é, Ella. Você escreveu meu nome no copo tantas vezes...
– Eu sei seu nome, é só que estou cansada e com fome...
– MENTIROSA! – gritou ele, dando um murro no alto da gaiola.
– MENTIROSA do caralho! Você não me conhece. Não está nem aí para mim.

Grendel começou a latir e rodear a gaiola, agitada.

– Estou, sim, posso te conhecer e gostar de você se me der a chance. Posso, sim, tenho certeza...

Darryl se levantou e começou a andar ao redor da gaiola. Grendel, do outro lado, fazia o mesmo.

– A gente conversou, Ella. Te contei que eu morava em uma fazenda e que o nosso leite era orgânico... Te contei do meu cachorro... Só que você é igual a todas elas.

– Não. Eu juro, não sou, não!
– É, sim! Outra putinha bonita. Uma puta que brinca com os homens, que nos faz achar que gosta da gente, mas não gosta. Só quer brincar. Usar a gente! – Nesse momento, Darryl estava gritando, com os olhos de porco arregalados. Grendel se juntou a ele com uma rajada de latidos. Darryl parou e se recompôs. Agachou-se novamente ao lado da gaiola. Calmo. Inclinou-se. – Ella, se você tivesse conseguido pelo menos se lembrar do meu nome, eu teria deixado você ir embora. Só que não. Você vai morrer.

Ela cuspiu na cara dele.

– Você não passa de uma aberração repugnante. Nenhuma mulher chegaria nem perto de você! – gritou.

Darryl foi nas costas da jovem, agarrou a corrente e a puxou para trás, prendendo o pescoço da garota nas grades, que começou a sufocar. Ella fazia força para suspender as mãos, mas as correntes prendendo seus pulsos as travavam a centímetros do peito. Finalmente, quando seu rosto estava ficando azul, Darryl soltou, e Ella caiu para a frente, tossindo e com ânsia de vômito.

Ele abriu a porta da fornalha e Grendel saiu trotando.

– Ninguém está te procurando, ninguém está nem aí – disse antes de sair e apagar a luz.

Puxando a grande porta de correr, fechou-a, passou o cadeado e seguiu Grendel na direção do lago.

Darryl retornou para a fazenda às 7 horas, tomou café, depois pegou o trem das 8 para Londres.

Na hora do almoço, foi ao Bay Organic Café. Estava cheio de funcionários dos escritórios da região, que se serviam no bufê de saladas. Ficou enrolando perto das cestas de pão, ouvindo Cerys, que trabalhava no caixa, conversando com um homem que ele presumiu ser o gerente.

– Não custa nada atender o telefone, né? – dizia a jovem, que era um pouco parecida com Ella, embora não tão bonita. O gerente era bonito, tinha cabelo escuro desalinhado e estava pelejando para trocar a bobina do caixa. Ele murmurou algo para desconversar, mas Cerys continuou:

– Ella não tem compromisso. Estudantes vivem em um mundo de fantasia de festas e bebida. Já a ouvi falar até em drogas.

A garota estava com a mão na cintura, girando uma mecha de seu comprido cabelo loiro enquanto falava. A única prioridade dela é *ir para a cama com o gerente*, pensou Darryl. Ele se aproximou do balcão em que ficava o caixa. O gerente tinha acabado de trocar a bobina.

– Um amigo dos pais de Ella que a recomendou. Vou dar uma ligada para ele. – Cerys virou-se para Darryl, mas seus olhos estavam no gerente, que se retirava por uma porta nos fundos do estabelecimento.

– Um cappuccino pequeno, por favor? – pediu ele.

– Nome? – perguntou, pegando um copo de papel e uma canetinha preta.

– Vadia.

Ela começou a escrever, hesitou e ergueu os olhos para ele:
— Desculpe, qual é o *seu* nome?
— Sobrenome Vadia, nome Cerys... — A garota ficou confusa, finalmente prestando atenção nele, com a canetinha parada sobre o copo. Darryl prosseguiu: — Ah não, eu me enganei, esse é o *seu* nome. Cerys Vadia. O gerente daqui é casado, Cerys. Tem dois filhos pequenos... Pense nisso.

Darryl a largou ali boquiaberta e saiu na Borough High Street. Sabia que o que tinha acabado de fazer era idiotice, mas valeu a pena ver a expressão no rosto dela. Todas as mulheres eram putas e era preciso saber como tratá-las. Pensou em Ella lá na fazenda, sabia que aquela seria a grande noite.

CAPÍTULO 39

Haviam designado para Erika uma pequena sala na ponta do escritório na delegacia West End Central. Mal cabia uma mesa, uma cadeira e um arquivo, e ela tinha uma janelinha que dava para os fundos do prédio. No entanto, quase não a usava, pois preferia ficar com a equipe na seção com divisórias de vidro. Mas naquela tarde, com a aproximação da coletiva de imprensa, precisava de tempo e espaço para preparar o que falar. Preocupava-se profundamente com as vítimas e, como em muitos outros casos nos quais havia trabalhado ao longo dos anos, não eram apenas as terríveis circunstâncias das mortes que a assombravam, mas as vidas que haviam sido ceifadas tão prematuramente. Mulheres jovens com tanta vida pela frente: carreiras, filhos, férias e todas essas alegrias foram negadas a elas.

Após bater na porta, Peterson entrou. Ele viu o rosto de Erika e a mesa cheia de documentos.

– Ei, acabei de falar com Colleen, a assessora de imprensa da polícia, pelo telefone. Muita gente deve participar da coletiva, por isso ela quer usar a sala de conferência do Thistle Hotel, em Marylebone.

– Obrigada.

Peterson fechou a porta, contornou a cadeira e começou a massagear o pescoço de Erika.

– Isso é bom, mas não agora – falou ela, empurrando as mãos do detetive.

– Erika, você está tensa.

– E você está no trabalho. *Nós* estamos no trabalho. – Ela abaixou o corpo, livrando-se das mãos dele e girou a cadeira para encará-lo.

Peterson semicerrou os carinhosos olhos castanhos.

– Estamos na sua sala, com a porta fechada.

Ele girou a cadeira dela de novo e voltou a massagear seus ombros.

– É a sua cama... Não estou acostumada a dormir em colchão muito macio – disse, inclinando a cabeça para trás e aproveitando o relaxamento nos ombros tensos.

– Erika, é um colchão de espuma caríssimo.

Moss bateu na porta e entrou bem no momento em que Erika estava falando:

– Tá, mas não é duro o suficiente para mim...

– Desculpem, cheguei em uma hora ruim? – disse Moss, olhando para eles. Peterson baixou as mãos.

– Não, a gente estava... Está tudo bem – disse Erika, remexendo nos papéis diante de si.

– E estávamos falando do meu colchão, do meu colchão não ser duro... – explicou Peterson, dando a volta na mesa.

– É espuma. O colchão. Muito mole – acrescentou Erika. Houve um silêncio constrangedor.

– Graças a Deus que é isso. – Sorriu Moss. – Embora eu tenha um amigo que experimentou Viagra e disse que mudou a vida dele... Outro amigo diz que o riso é o melhor remédio, mas imagino que não seja muito útil quando as coisas estão ficando moles.

– Colchão mole faz muito bem para a coluna – disse Peterson, um pouco na defensiva. Erika e Moss começaram a rir. – Faz, sim!

– Qual é, só estou te provocando – disse Moss, dando uma cutucada em Peterson.

– Idiota. – Ele sorriu. Erika gostou da oportunidade que tiveram para rir, ainda que apenas por um breve momento. Tinha quebrado a tensão.

– Okay, estamos no trabalho. Vamos nos comportar – disse ela.

– É claro, desculpe – disse Moss. – Certo. Vim aqui perguntar se Sada Pence, a amiga de Janelle do hostel, vai participar do apelo na imprensa.

– Quando falei com ela, tive a impressão de que era o mais próximo que Janelle tinha de uma família – comentou Peterson.

– Colleen acabou de descobrir que Sada tem outro trabalho, ela é dançarina de *striptease* em uma das boates mais inferninho do Soho – revelou Moss.

– Droga! – xingou Erika. – Se a colocarmos em frente às câmeras, a imprensa pode investigar e distorcer essa informação.

– Nós já temos que nos preocupar com o relacionamento passado com Geraldine Corn – acrescentou Moss. – Você sabe como isso funciona. Se ela fosse lésbica, não teria tanto problema assim, mas o fato de que ela saía tanto com homens quanto com mulheres, bom, isso é demais para uma imprensa que, de repente, ficou toda cheia de moral e passou a julgar tudo.

– Okay. Eu posso acrescentar algo e eu mesma fazer o apelo em favor de Janelle – disse Erika. – Diga à Colleen que devo mandar um e-mail para ela nos próximos vinte minutos.
– Sim, chefe – falou Moss e saiu da sala.
Erika se virou e olhou pela janela minúscula para o pequeno quadrado de concreto no pátio lá embaixo.
– Janelle não tinha ninguém. Ninguém na vida e ninguém na morte – comentou Erika. – Como isso pode acontecer? A vida de algumas pessoas ser tão cheia de familiares e amigos e outros caminharem por ela sozinhas.
– Você tem a mim – disse Peterson. – Sabe disso, não sabe?
– Não estava falando de mim...
– Eu sei.
– Obrigada, James... mas preciso continuar o trabalho – disse ela, com o rosto ainda virado para a janela.
Peterson saiu e fechou a porta. Só então Erika virou-se e enxugou uma lágrima.

CAPÍTULO 40

Naquela tarde, Erika foi à sala de conferência do Thistle Hotel, onde aconteceria o apelo à imprensa. Da fileira de enormes janelas, via-se o céu acinzentado e o trânsito fluindo lentamente ao redor do Marble Arch. Levaram-na para se encontrar com Charlotte e Don, os pais de Lacey, que aguardavam em uma sala adjacente menor. Sentados à mesa com Colleen, uma mulher robusta de cabelo escuro curto, a impressão era de que a estatura deles havia diminuído. Colleen era excelente em seu trabalho, contudo, parte dessa excelência vinha da sua capacidade de se desconectar da situação, removendo dela o elemento humano.

Quando Erika se aproximou da mesa, estavam olhando um iPad e a assessora passava fotos de Lacey que escolheriam para usar durante o apelo. Eram imagens inocentes de quem amava se divertir. Lacey segurando um gato malhado no jardim, ao lado de um canteiro de narcisos; a foto da formatura em que estava radiante, olhando para a câmera com um sorriso brilhante; e outra de Lacey no sofá, descalça e com um roupão azul-claro.

— Esta é linda — disse Colleen, olhando com mais atenção. — Eu mataria para ter cabelos fartos e sedosos assim... — Ela viu Erika e deu um "oi", então seu celular tocou e ela pediu licença.

Don e Charlotte ficaram olhando Colleen se afastar.

— Essa mulher tem modos lastimáveis — reclamou Charlotte.

— Sim, vou conversar com ela — disse Erika. Eles escutavam Colleen ao celular no corredor, falando para um jornalista que deveria se apressar, porque ela tinha guardado um lugar para ele na "primeira fileira".

— Obrigada por fazerem isso, Sr. e Sra. Greene — agradeceu Erika, sentando-se na cadeira que Colleen havia deixado vaga. — Não vou perguntar como estão, porque sei que deve ser terrível.

— Isso é só um espetáculo para todo mundo? — questionou Don. — Não consigo deixar de pensar que somos só um entretenimento.

– Posso garantir que nada disso é entretenimento – afirmou Erika. – O jeito de Colleen trabalhar pode não ser muito solidário com as pessoas, mas ela está fazendo tudo isso para garantir que as informações sobre a morte de sua filha tenham a maior exposição e o maior alcance possível.

Eles absorveram aquilo um momento.

– E a outra garota? Onde está a família dela? – perguntou Charlotte. Erika explicou rapidamente a situação de Janelle. – Sei que parece terrível, mas eu estava ansiosa para me encontrar com a mãe de Janelle. Sinto que ninguém entende pelo que estou passando. Imaginei que ela poderia...

– Você falou que vai pegar quem fez aquilo com Lacey – cobrou Don. – O que está acontecendo?

– Não vou mentir para vocês. Essa pessoa é boa em apagar rastros. Parece que ele conhece Londres, e até agora a sorte esteve do lado dele...

– Você tem certeza de que é "ele"? – questionou Charlotte.

– Tenho. Acabei de receber notícias das amostras de DNA colhidas em Lacey e em Janelle.

– Que tipo de DNA? – perguntou Charlotte. Seu rosto era uma máscara de horror.

– Cabelo. Duas pequenas amostras. Fizemos as análises e podemos afirmar que pertencem a um homem branco, que não está no banco de dados de DNA... Mas já trabalhei em um monte de casos como este, e eles sempre cometem um deslize. Temos o DNA do sujeito. Sabemos que ele tem um Citroën C3, ele o usou duas vezes e camuflou a placa.

– Por que não pegam o nome de todas as pessoas que têm esse carro? – esbravejou Don.

– Até podemos, mas é um modelo muito comum. Há milhares dele no Reino Unido.

– Ele não merece viver neste mundo depois do que fez! – disse Don, batendo na mesa.

– Não suporto a ideia de que ele pode estar nos vendo na televisão. Eu vou chorar. Não quero dar essa satisfação a ele – engasgou Charlotte. Don pôs o braço ao redor dela.

– Deixe que eu falo, amor. – E então ele voltou sua atenção para Erika. – Você acha que isso vai funcionar?

– No passado, apelos públicos nos trouxeram pistas-chave que nos fizeram avançar muito em casos como este – respondeu Erika.

– "Casos como este." Você quer dizer *serial killers*, não é?

– Não estou falando isso. *Serial killers* são muito raros e não queremos tirar conclusões precipitadas. Queremos nos ater aos fatos do caso.

– Não venha me enrolar com essa bobagem – disse Don, olhando-a no fundo dos olhos.

– Eu nunca faria isso – afirmou Erika.

Colleen terminou a ligação e voltou.

– Certo, Sr. e Sra. Greene, temos aproximadamente vinte minutos antes do início. A imprensa está quase toda aqui e a casa deve ficar cheia.

Ela saiu atabalhoada, deixando os pais de Lacey digerindo a expressão "casa cheia".

O celular de Erika tocou, ela pediu licença e se retirou. Percorreu o corredor e encontrou um canto afastado do fluxo de pessoas que andavam para lá e para cá. Um técnico passou com meia rosquinha na boca e um refletor em um suporte.

– Tudo certo, chefe, pode falar? – perguntou John.

– Rapidinho. O que foi?

– Recebemos a queixa do desaparecimento de uma pessoa. Ele chamou a atenção porque soa familiar.

– Familiar em relação ao cara que estamos procurando?

– Isso. A pessoa desaparecida é uma estudante de 22 anos chamada Ella Wilkinson. A jovem marcou um encontro às escuras com um cara em um bar perto da estação Angel, em North London, no sábado à noite. Saiu de casa sozinha por volta das 8 horas da noite. Não voltou. A garota que mora com ela achou sua bolsa jogada em um beco perto do bar. Ella vinha batendo papo com um cara pela internet. O segurança da boate disse que a viu, e pouco depois um Citroën C3 passou pela rua ao lado do bar. Ele estava distraído e alguns minutos depois a garota tinha desaparecido.

– Puta merda! – xingou Erika, sentindo um aperto no coração. Conferiu o relógio: faltavam menos de dez minutos para o início da coletiva de imprensa. – Ela já tinha desaparecido antes? Algum histórico?

– Não. Wilkinson estuda na St. Martins, é uma funcionária séria no trabalho e de família estável. Acabei de mandar um e-mail com a foto dela e os detalhes. Acha que deveria mencioná-la também?

– Mencionar?

– Na coletiva de imprensa, chefe. Veja a foto: ela se parece muito com Janelle Robinson e Lacey Greene. Mencionaram um carro vermelho...

– E a placa?

– Nada... Chefe, ela desapareceu há três dias. Oficialmente, já é considerada uma pessoa desaparecida há 24 horas. Se estamos trabalhando com a suposição de que esse cara mantém as garotas em algum lugar durante um período de três a cinco dias...

Colleen apareceu na ponta do corredor e acenou para Erika.

– John, não tenho tempo, estamos prestes a entrar ao vivo... – Erika protegeu o celular quando dois rapazes passaram fazendo barulho, arrastando uma mesa grande.

– Mas e se essa for a terceira vítima, chefe? Ela ainda pode estar viva...

Erika sentiu-se entre a cruz e a espada. Vindo do final do corredor, a detetive ouvia o barulho das pessoas conversando na sala de conferência, e Colleen cumprimentava um jornalista de meia-idade acompanhado por um cameraman grisalho.

– Porra! – xingou Erika. – Já informaram a família?

– Os policiais já estão a caminho para contar oficialmente, mas parece que a garota que divide a casa com ela já conversou com eles.

Erika sentia o coração martelar no peito: não havia tempo.

– John, a coletiva de imprensa foi estruturada de acordo com as vítimas confirmadas. Para falarmos de outra garota raptada, temos que ter certeza. Onde está Melanie? O que ela acha disso?

– Deixei um recado, mas ela está participando de uma conferência hoje.

Os jornalistas já tinham ido para a sala de conferência, e Colleen se aproximava dizendo:

– Erika, precisamos passar um pouco de base em você, para não ficar abatida na filmagem...

– John, descubra o máximo que puder e localize Melanie. Tenho que ir.

Erika desligou, respirou fundo e seguiu Colleen até a sala, sentindo o estômago revirar.

CAPÍTULO 41

O apelo na imprensa havia terminado às 3 horas da tarde. A *BBC News* ficou responsável pela transmissão ao vivo, mas a cobertura principal seria feita pelos jornais da TV e pelas edições noturnas dos jornais impressos gratuitos de Londres.

Erika retornou para a Delegacia West End Central sentindo-se esgotada e encontrou a equipe empenhada em reunir informação sobre a última pessoa desaparecida, Ella Wilkinson. Crane aproximou-se e a detetive viu que Moss, Peterson, John e o restante dos policiais estavam atendendo telefonemas.

– Tudo certo, chefe. Bom trabalho na coletiva – elogiou.

– Gerou alguma pista boa? – perguntou Erika. A divisória de vidro ao lado de onde eles trabalhavam era oficialmente, e muito ambiciosamente, chamada de "núcleo", e tinha sido preparada para acomodar quatro policiais responsáveis por atender as ligações relacionadas ao apelo na mídia. Estavam todos sentados em silêncio e trabalhando em seus computadores.

– Nada ainda. Não sei se vamos conseguir alguma coisa antes da *reprise* mais tarde com o telefone de contato.

– Me avise se surgir alguma novidade – disse Erika, indo em direção à sua sala para fazer algumas ligações e tentar localizar Melanie Hudson no curso em Birmingham. Mas a superintendente ainda não estava atendendo o telefone.

Pouco antes das 5 horas, Crane bateu na porta.

– Um cara ligou para o telefone de contato divulgado na coletiva e quer falar com você. Disse que é o pai de Ella Wilkinson.

Erika largou a caneta e o seguiu até o núcleo de telefones. Dois policiais estavam sentados trabalhando e olharam para cima quando ela chegou. Um policial loiro entregou um fone à detetive, que o colocou.

– É Erika Foster? – esbravejou uma voz que pronunciava as palavras com um sotaque do norte que encurtava as sílabas.

– Sim. Posso perguntar quem é?

– Aquela menina não te falou? Sou Michael Wilkinson. Ella Wilkinson é minha filha.

– Olá, Sr. Wilkinson. Sinto muito pelo desaparecimento da sua filha.

Erika viu que a notícia havia se espalhado e que Moss, Peterson e John tinham ido ao lado da divisória de vidro para observarem a ligação. Ela sinalizou para Moss, que pegou outro fone e o plugou no telefone.

– Assisti ao seu apelo na imprensa, Detetive Inspetora Chefe Erika. O que não consigo entender é o motivo pelo qual não incluiu Ella.

– Sr. Wilkinson, ainda estamos tentando confirmar se o desaparecimento de sua filha está ligado com...

– Não minta para mim, mulher! – berrou ele. – Sou Detetive Superintendente Chefe aposentado!

Erika olhou para Moss, que puxou o teclado do computador e começou a digitar.

– Não sabia disso, senhor. Sinto muito...

Moss apontou para a tela do computador, onde havia aberto uma foto do Detetive Superintendente Chefe Wilkinson, um homem magro, grisalho, de olhos castanho-claros. Estava de *smoking* em um evento oficial. Erika falou sem emitir som: *Puta merda*.

– Passei as últimas horas tentando descobrir *alguém* na Polícia Metropolitana que soubesse o que estava falando! Ficaram me transferindo de um lado para o outro... – a voz dele falhou. – Isso aí virou uma zona! Como último recurso, tive que ligar para o telefone de contato que apareceu no jornal.

– Posso retornar a ligação para o senhor caso...

– Por que eu ia querer que você me retornasse? Já estamos conversando! Agora me conte tudo o que sabe.

– Senhor, não estamos...

– Me poupe da enrolação. Dei uma olhada nos casos das duas garotas e tenho a informação sobre o desaparecimento da minha filha. Me conte a verdade. É só isso que quero, e acho que mereço!

Erika olhou ao redor e viu que os dois policiais tinham finalizado as ligações e a encaravam.

– O senhor pode aguardar trinta segundos? Quero transferir a ligação para a minha sala para que possamos conversar com privacidade.

Erika, Moss e Peterson foram depressa para a sala dela e fecharam a porta, e a detetive atendeu a ligação novamente. Explicou o que sabia e lhe disse que tinha recebido a informação do desaparecimento de Ella minutos antes de falar com a mídia.

Ele deu uma leve acalmada.

– A polícia daqui fez um contato rápido comigo... Dois policiais vieram aqui em casa bem na hora em que o apelo na imprensa foi ao ar. Parece que Ella foi inserida na longa lista de pessoas que fugiram de casa ou que estão desaparecidas... Tive que chamar um médico para a minha esposa... Passei anos trabalhando na corporação e agora eu me encontro do outro lado da situação. Impotente.

Erika lhe passou o seu telefone direto e prometeu que escalaria um detetive para mediar a relação da família com a polícia e que o mandaria à casa dele. Quando desligou o telefone, houve silêncio. Moss estava sentada à mesa da detetive usando o computador.

– Coitado – disse Peterson.

Erika concordou com um gesto de cabeça.

– Ele tem todo o direito de gritar. Não tenho nada para informar a ele, não sabemos de nada. Esse homem, quem quer que seja, deve estar rindo da nossa cara. – Erika sentou-se na ponta da mesa e esfregou os olhos. – Eu devia ter incluído Ella na coletiva de imprensa e ligado o "foda-se" para as consequências.

– Ainda não temos certeza de que a jovem foi capturada pelo mesmo homem – argumentou Moss. – Crane está providenciando mais filmagens de câmeras de segurança, mas isso pode demorar.

– Precisamos avançar, quero que levantem nome e endereço de todo mundo que tem um Citroën C3 vermelho em Londres e South East – ordenou Erika.

– Isso pode chegar às centenas, se não aos milhares – disse Peterson.

– O que mais nós temos? É o único dado consistente em todos esses casos. Sigam em frente e entrem em contato com a Agência de Licenciamento de Motoristas e Veículos.

– Okay, deixa comigo – prontificou-se Peterson.

Erika pegou o casaco no encosto da cadeira e saiu da sala. Desceu a escada até o térreo e saiu pela portaria principal. Uma das mulheres do Departamento de Investigação Criminal estava na calçada, fumando.

– Com licença... será que você poderia me arrumar... – começou Erika. A mulher ergueu os olhos sem dizer nenhuma palavra e ofereceu o maço. Erika pegou um cigarro, se inclinou para a frente e a mulher o acendeu. – Obrigada – agradeceu, exalando fumaça no ar frio. O céu estava nebuloso e marrom à luz da cidade. Elas ouviam, na rua próxima, o barulho das pessoas se movimentando entre os pubs para beber. – É meu primeiro cigarro em meses.

A mulher terminou o dela, jogou na calçada e brasas subiram antes de ela esmagá-lo.

– Já que vamos morrer, podemos pelo menos ter prazer no processo – disse ela antes de sair, subir a escada e voltar para dentro.

As palavras não saíram da cabeça de Erika até terminar de fumar. O cigarro saciou sua vontade, mas a deixou revoltada. Ela tirou o celular do bolso e ligou para Marsh. Dessa vez, a mensagem informou que o número não estava mais disponível. Procurou na agenda o telefone de Marcie, ex-esposa de Marsh, mas não o tinha. Pensou em ir à casa dele, mas era tarde e não tinha mais nenhuma energia para lidar com tudo aquilo.

– Onde você está, Paul Marsh? – perguntou-se Erika, olhando para o celular e o colocando de volta no bolso.

CAPÍTULO 42

No meio da tarde, Darryl observava os colegas silenciosos e concentrados no escritório. Sabia que pouca coisa estava sendo produzida, mas todos, assim como ele, encenavam muito bem que estavam ocupados.

– Já pode começar a juntar suas coisas – disse uma voz atrás de Darryl, que se virou e viu Bryony em pé ali, segurando uma pilha de pastas de arquivo.

– Okay, obrigado. E obrigado por me deixar sair um pouco mais cedo, Bryony.

– Você tem banco de horas. Está planejando fazer alguma coisa legal?

O rosto dela ficou totalmente inexpressivo. Sempre ficava com aquela cara enquanto aguardava uma resposta. Ele tinha ouvido alguns caras da outra ponta do escritório tirando sarro que aquela também devia ser a cara dela durante o sexo. Darryl engoliu uma risada.

– Nada de mais. Uma noitada de televisão. A gente acabou de assinar a Netflix – disse. Na verdade, passaria a noite com Ella.

Sua última noite.

Seu último suspiro.

– A gente? – perguntou Bryony com um interesse repentino.

– Eu, minha mãe e meu pai. Ainda moro na casa deles.

– Então você não tem namorada?

Sua expressão agora era de curiosidade, e ela trocou o peso de seu volumoso corpo para a outra perna.

– Não, não tenho namorada – confirmou. Bryony permaneceu ali um momento, mas logo se virou para desligar o computador.

Darryl chegou em casa pouco antes das 4h30 da tarde e, ao passar pelos portões da fazenda, notou que começava a escurecer. Foi recebido por Grendel quando chegou ao vestíbulo. Agachou-se e deu um abraço nela, de modo que pudesse lamber seu rosto, e em seguida foi à cozinha.

Fazia calor ali, e sua mãe estava com o rosto vermelho depois de ter assado uma porção de bolinhos de fruta chamados *rocks cakes*.

– Tudo certo, meu amor? Quer um chazinho? – perguntou ela, quando Darryl se abaixou para lhe dar um beijinho. Ele sentiu cheiro de gim no hálito da mãe e aceitou com um gesto de cabeça. – Vou levar para você com uns bolinhos.

Darryl foi para a sala, acendeu a lareira elétrica, ligou a televisão e ajeitou-se na puída poltrona vermelha. Estava passando pelos canais quando Mary apareceu com uma xícara cheia tilintando na mão.

– Quero ver *Eggheads* às 6 horas – disse ela, sentando-se ao lado dele com um prato de bolinhos quentes.

– Cadê os programas infantis? – ele perguntou.

– Eles passaram para o canal infantil alguns anos atrás... Quer ver *Blue Peter*?

– É claro que não quero ver a porcaria do *Blue Peter*. Só estava perguntando – zangou-se. Ele pegou a xícara e viu que a mãe havia entornado chá no pires.

– Parece que foi ontem que você e o Joe vinham para cá e se sentavam aqui... Lembra que vocês brigavam para ver quem ficava na poltrona?

– Não mais – respondeu Darryl, bebendo ruidosamente o chá no pires.

Os olhos de Mary marejaram e ela saiu da sala. Voltou mais tarde, ainda mais bêbada, cambaleando um pouco, e eles assistiram ao programa de perguntas e respostas *Eggheads*.

Quando o programa estava terminando, às 6h30, o pai de Darryl entrou na sala. Vestia a melhor camisa e calça que tinha, o cabelo branco estava impecavelmente penteado para trás e fedia a Old Spice.

– Então... vou encontrar um cara para ver o negócio de um cachorro – disse ele.

Darryl olhou para a mãe, cujos olhos vidrados observavam os créditos passando na tela.

– Dá um oi para a *cadela*, e um tapinha na cabeça dela por nós – disse Darryl.

Seu pai olhou feio para ele, mas saiu sem dizer uma palavra. A *cadela* em questão era Deirdre Masters, uma mulher casada que morava em uma fazenda vizinha. O caso de seu pai já durava anos. Quando criança, ele vivia se perguntando por que o pai ficava fora a noite inteira, já que os bares serviam a última bebida às 10h45 da noite. Então um dia Joe disse que tinha ouvido uma conversa do pai com Deirdre ao telefone.

– O papai vai lá na casa dela e eles trepam a noite inteira – Joe disse. – Você sabe o que é trepar?

Darryl respondeu que não. E, quando Joe explicou, ele teve que correr para o lavabo no vestíbulo para vomitar.

Sua mãe nunca deixou transparecer que sabia das noites de segunda-feira do marido com Deirde, mas ela devia saber, porque ao longo dos anos as pessoas comentavam e, depois que ele saía, Mary fazia iscas de peixe, batata frita e feijão para Darryl e Joe, e eles comiam em bandejas na sala assistindo à TV.

Havia anos que as segundas-feiras eram iguais. Porém, no momento em que Darryl e Mary estavam se ajeitando no sofá com suas bandejas de comida, o *Channel 4 News* começou a transmitir um apelo da polícia por testemunhas do assassinato de Lacey Greene e Janelle Robinson.

Darryl soltou seu garfo, cuspindo comida no carpete. Ele tinha mantido aquilo em segredo durante tanto tempo que era surreal ver uma policial alta, de cabelo loiro curto, sentada a uma mesa comprida, com os pais de Lacey Greene ao lado. Viu que o nome dela era Detetive Inspetora Chefe Erika Foster.

– A Polícia Metropolitana gostaria de fazer um apelo por informações de testemunha desses assassinatos brutais – dizia ela, com o logo da Polícia Metropolitana brilhando atrás de si.

O coração de Darryl começou a martelar quando viu que possuíam imagens em baixa resolução de câmeras de segurança do carro dele pegando a Tooley Street no dia do rapto de Janelle, e no pub Blue Boar quando tinha pegado Lacey. O sangue latejou nas orelhas de Darryl, e suas pernas começaram a tremer. Não conseguia manter os pés parados no carpete. O vômito lhe chegou à garganta, mas ele se conteve e o engoliu de volta. Estendeu a mão e deu um gole no suco de laranja que estava na bandeja.

O som voltou aos seus ouvidos e ele escutou a mãe dizendo:

– Esse pessoal gasta todo o dinheiro dos nossos impostos em câmeras de segurança para nos vigiar, mas não conseguem nem ler os números de uma placa... De acordo com o que sabem, poderia ser o seu carro. – Ela olhou para Darryl um momento, depois levantou-se com dificuldade do sofá e foi ao bar.

– O quê? – questionou ele.

Na tela, a mãe de Lacey chorava, e o pai lia uma declaração preparada anteriormente, com as luzes brilhantes refletidas nas lentes dos óculos.

– Lacey era uma garota feliz e sem inimigos. Tinha a vida inteira pela frente. Nosso apelo por testemunhas concentra-se em duas datas-chave. No dia 4 de janeiro, quarta-feira, Lacey foi capturada pelo motorista de um Citroën vermelho em frente ao pub Blue Boar, Southgate, por volta das 8 horas da noite. O corpo foi encontrado na segunda-feira, dia 9 de janeiro, na Tattersall Road, em New Cross. Acreditamos que ela foi... – Nesse momento, sua voz falhou e ele baixou o olhar. A esposa apertou o braço de Don, que engoliu em seco e prosseguiu. – Ela foi deixada em uma dessas caçambas de lixo nas primeiras horas da manhã de segunda-feira, dia 9. Se você tiver alguma informação, por favor, ligue para o telefone de contato. Qualquer informação, por menor que seja, pode nos ajudar a encontrar quem fez isso.

Passaram novamente as imagens das câmeras de segurança do carro dele movendo-se perto do pub e, logo depois, de Lacey caminhando pela rua com seu comprido cabelo castanho esvoaçando atrás dela. Mostraram também fotos dos dois locais onde os corpos foram desovados. Um retrato falado apareceu na tela. Era de Nico, a imagem do perfil falso que ele havia usado. Tinha uma semelhança grosseira. A testa estava muito grande e tinha rugas, além disso, o nariz era um pouco largo demais.

A policial loira agora dizia que o suspeito havia assumido a identidade de um homem morto chamado Sonny Sarmiento, um garoto de 19 anos do Equador.

– Pedimos à população que fique em alerta. Acreditamos que esse homem está mirando mulheres na área de Londres, usando perfis falsos em redes sociais. Ele ganha a confiança delas através de amizade pela internet antes de propor um encontro – explicou a detetive.

A cabeça de Darryl estava a mil... Ele olhou para a mãe, que pegava cubos de gelo com uma pinça e os colocava ruidosamente dentro de um copo. Ela o observava. Não, ela o analisava.

– Que negócio horroroso – ele comentou.

– É, horroroso – ela disse sem tirar os olhos dele.

Darryl engoliu em seco novamente e se controlou. Se a polícia soubesse o número da placa ou seu nome, àquela altura já estariam na fazenda.

Não tinham pista nenhuma. Haviam apenas encaixado algumas peças. Mary continuou encarando o filho um momento mais, analisando-o atentamente, em seguida desviou a atenção para a televisão. O apelo tinha terminado e o apresentador lia o número ao qual as pessoas deveriam ligar para fornecer informações à polícia.

– Acho que a gente devia comprar uma daquelas televisões HD – comentou ela, segurando a bebida e retornando ao sofá com passos arrastados. – Não consigo ler aquele número. – Ela se sentou pesadamente, respirando com dificuldade. – Come tudo. Fiz gelatina de sobremesa.

Darryl viu que os olhos dela estavam anuviados pelo álcool e que a curiosidade aguçada tinha passado. Ele sorriu.

– O papai vai te dar dinheiro para uma televisão HD?

– Estou guardando um pouquinho do que ele me dá para cuidar da casa há algum tempo – disse ela, inclinando-se e dando um tapinha na perna ainda trêmula de Darryl.

– Posso dar uma olhada na internet – ofereceu ele, forçando um sorriso.

– Obrigada, querido. Agora come tudo.

Ele se forçou a jogar conversa fora e a comer o resto da refeição insípida no prato. Quando as notícias na televisão começaram a abordar a crise migratória na Europa, seu coração começou a diminuir o ritmo. Não haviam mencionado Ella. Se tivessem o número de sua placa, estariam batendo na porta, não estariam? *Não estariam?* Certificou-se de que elas estivessem sujas de terra. Quando pegou Janelle, tinha dado sorte, pois o número da placa estava imundo depois das tempestades de verão e por ter ficado andando pela fazenda. O clima do inverno tinha sido uma dádiva. Ele começou a prestar atenção e ficou chocado ao ver a quantidade de pessoas que deixavam as placas imundas, a ponto de ficarem ilegíveis.

Observou novamente a mãe e viu que o gim fazia cada vez mais efeito. Com os olhos caídos, estava com dificuldade para focar.

– Dá aqui – disse ele, levantando e pegando o copo. – Vou servir mais um para você.

Nevava forte quando ele saiu pela porta dos fundos uma hora depois. A mãe já cochilava, bêbada no sofá, e o pai tinha saído para se encontrar com a amante. Estava sozinho. Grendel latia em protesto ao ver que Darryl saía sem levá-la. Ele lhe deu um agrado e fechou a porta.

O assassino caminhou pelo terreno, costurando o caminho para não ativar as luzes nem as câmeras e, quando chegou ao portão, saltou-o com facilidade.

Movia-se pelos campos escuros com a neve que rangia e despedaçava sob seus pés, e a silhueta da Oast House agigantava-se à sua frente. Seus olhos haviam se ajustado à escuridão, então manteve a lanterna apagada enquanto destrancava o cadeado e abria a porta de correr. Estava um breu lá dentro, mas ele sentiu o cheiro da garota. A fragrância suave de cabelo recém-lavado havia sido substituída pelo cheiro de suor fedido, mijo e bosta. Ele conseguia escutar o choro baixinho dela.

– Que bom, fico feliz por você ter aguentado um pouco mais.

Ele fechou a porta e, momentos depois, Ella começou a berrar.

CAPÍTULO 43

Os telefones na sala de investigação começaram a tocar pouco depois dos jornais da noite. Algumas chamadas eram dos despirocados e malucos habituais – não eram palavras oficialmente usadas na Polícia Metropolitana –, porém, extraoficialmente eram chamados assim.

Uma das ligações chamou a atenção de Crane e, com Moss e Peterson, investigaram um pouco mais. Depois levaram o resultado para Erika.

– Como podemos ter certeza de que não passa de algum maluco que acha que viu alguma coisa? – perguntou Erika, olhando para Moss, Peterson e Crane espremidos dentro da sala minúscula do outro lado de sua mesa.

– A testemunha identificou-se como Sra. Marina Long – disse Moss. – Ela é casada e tem dois meninos. Moram no vilarejo de Thornton Massey, perto de Maidstone, alguns quilômetros pegando a saída para a M20. Marina e o marido são professores e trabalham na escola de ensino fundamental da área. O fundo da casa deles dá para o terreno de uma fazenda e uma antiga Oast House.

– O que é uma Oast House?

– Um lugar usado antigamente para secar lúpulo – respondeu Peterson. – Existiam centenas de fazendas de lúpulo ao redor de Kent, e as Oast Houses têm uma fornalha e prateleiras usadas na secagem do lúpulo para que possa ser usado na fabricação de cerveja.

– Okay. O que isso tem a ver com o apelo? – interrogou Erika.

– Marina Long afirma que várias vezes nos últimos meses ela viu um carro vermelho pequeno atravessando os campos na direção dessa Oast House tarde da noite – respondeu Crane.

– Como ela sabe que o carro era vermelho se o via tarde da noite?

– Bom, Marina falou que com frequência o veículo continuava lá na manhã seguinte, estacionado do lado de fora. Também falou que se lembra de ter visto o carro lá no dia 24, quando Janelle desapareceu, e ela se lembra de ter visto luzes de carros movendo-se pelo campo no dia 4 de janeiro – explicou Crane. – A noite em que Lacey Greene desapareceu.

– Já descobriram quem é o dono da terra?

– A terra pertence à Fazenda Oakwood. O fazendeiro e a esposa moram lá com o filho adulto – respondeu Peterson. – E, olha isso, um Citroën C3 vermelho está registrado no nome do filho.

Erika ficou um momento em silêncio, processando a informação. Olhou para o relógio, eram quase 8h15 da noite.

– Estamos trabalhando com a teoria de que ele sequestra as garotas e as mantém prisioneiras alguns dias antes de matá-las, então esse lugar aí, essa Oast House, reforçaria essa teoria... – Ela recostou na cadeira e passou os dedos pelo cabelo. – Mas fica muito longe de Londres. Por que levá-las para tão longe? Por que arriscar passar por todas as câmeras de segurança entrando e saindo de Londres? Por que não pegar garotas lá da região mesmo?

O telefone tocou e ela atendeu. Era Melanie Hudson. Ela o tampou e pediu a Moss, Peterson e Crane que aguardassem do lado de fora. Depois que saíram, Erika lhe passou as informações sobre o apelo e disse acreditar que a filha de um oficial superior da polícia já aposentado tinha sido capturada pelo mesmo assassino.

– Se for como as últimas duas vítimas, ele está com a Ella Wilkinson há três dias. Precisamos agir rápido – falou Erika.

CAPÍTULO 44

À meia-noite e meia, uma van preta com uma equipe de especialistas da Brigada de Operações Especiais da polícia de Kent parou em um acostamento perto dos portões de ferro da Fazenda Oakwood. O motorista apagou os faróis e colocou o veículo em ponto morto. Era um pedaço deserto de estrada rural com apenas mais duas casas. À esquerda da van, os campos vazios estendiam-se ao longe e uma única luz brilhava na janela do casarão da fazenda. Seis especialistas da brigada, comandados pelo Sargento Portman, agacharam-se na parte de trás da van. Estavam acostumados a esperar e, apesar do frio, suavam sob os coletes à prova de balas e os equipamentos de segurança.

A menos de 70 quilômetros dali, Erika e sua equipe estavam reunidos ao redor da tela de um computador na sala de investigação na delegacia West End Central. Erika ficou impressionada por Melanie a ter levado a sério e assumido a responsabilidade como Superintendente Interina. Não foi uma proeza nada fácil agrupar duas equipes de especialistas da Brigada de Operações Especiais da Polícia de Kent com tanta rapidez, e Erika se deu conta do quanto estava em jogo. As equipes eram coordenadas da sala de controle na Delegacia de Polícia Maidstone e tudo era transmitido por áudio para West End Central ao vivo. O restante do escritório estava mergulhado na escuridão, pois as outras equipes tinham ido embora para casa horas antes.

– Okay, estamos a postos – afirmou o Sargento Portman com sua primeira equipe.

– Equipe dois, está me ouvindo? – disse uma voz feminina. Era a Detetive Inspetora Kendal, na sala de controle em Maidstone. A segunda equipe de especialistas se aproximava de um portão de acesso na outra ponta da fazenda; se o mapa estivesse correto, ele ficava a 400 metros da Oast House.

— Em alto e bom som. Estamos na Barnes Lane, devemos chegar ao portão em alguns minutos — respondeu o Sargento Spector, que comandava a segunda equipe.

Erika capturou os olhos de Moss e viu que a detetive encontrava-se atipicamente tensa. O rádio ficou silencioso durante um longo minuto. Quando já estavam achando que a conexão havia caído, ouviram o Sargento Spector novamente:

— Okay, abrimos o portão de acesso. Aparentemente, não há luzes de segurança aqui.

— Entendido, prossiga com cautela e mantenha as lanternas apagadas — ordenou a Detetive Inspetora Kendal na sala de controle. — Equipe um, siga para a posição.

— Sim, senhora — respondeu o Sargento Portman.

— A vizinha, Marina, afirmou que os portões se abrem automaticamente quando alguém se aproxima — informou a Inspetora Kendal. — Quero a equipe dois posicionada em frente à Oast House antes de dar a vocês o sinal para ativarem os portões da frente.

— Sim, senhora...

— Mas que inferno! Não aguento isso — reclamou Peterson na sala de investigação. Uma gota de suor escorreu em sua têmpora e ele a limpou com a manga.

CAPÍTULO 45

A Oast House parecia agigantar-se à medida que a van com a segunda equipe movia-se lentamente em sua direção pela terra congelada. O Sargento Spector estava agachado na traseira com sua equipe composta de cinco especialistas da Brigada de Operações Especiais, três homens e duas mulheres. Estavam praticamente no breu e o calor era escaldante dentro do veículo onde estavam amontoados. Apesar dos anos passados na Unidade da Brigada de Operações Especiais, sempre havia ansiedade e medo. Era necessário manter-se alerta. Suas mãos estavam suadas sob as luvas, mas segurava com firmeza o fuzil Heckler & Koch G36.

A van reduziu a velocidade e parou.

– Aqui é Spector. Estamos em posição na Oast House – afirmou pelo rádio. Ele escutou a Inspetora Kendal na sala de controle dar à equipe uma ordem para avançar.

– Os portões e as luzes de segurança foram ativados – informou o Sargento Portman. – Estamos nos aproximando do casarão.

– Prossigam com cautela – alertou a Inspetora Kendal. – Equipe dois, vocês têm autorização para prosseguir com cautela.

Spector então assumiu o comando e deu ordem para que a porta da van fosse aberta. O ar frio inundou o interior do veículo e a equipe saiu com a fluidez adquirida em treinamento e se espalhou ao redor da Oast House, com sua estranha chaminé em forma de bico. A neve e o gelo despedaçavam sob os pés dos policiais. Spector parou diante de uma grande porta de metal e escutou. Não havia som. O vento começou a soprar, emitindo um baixo gemido.

– Ouço um grito ou gemido, informação, por favor, câmbio – disse a voz da inspetora Kendal no fone receptor do sargento.

Spector levantou os olhos para a torre contra o céu negro e o gemido aumentava e diminuía em consonância com a velocidade do vento.

– Creio que é o sistema de ventilação no telhado, câmbio – informou ele.

A equipe parou, com as armas preparadas, os pés cravados no chão, em prontidão e aguardando para se movimentarem. Através dos fones receptores, ouviam o Sargento Portman dar informações sobre o progresso da equipe um.

Estamos nos aproximando do casarão. Parece deserto...

Outro momento se passou e eles ouviram a porta da van ser aberta. Era sempre difícil escutar outra equipe e manter a concentração no entorno. O vento soprava a neve pelos campos e, como açúcar de confeiteiro, açoitava o rosto dos policiais. O respiradouro no telhado gemia ao som do vento e o metal rangia.

Spector olhou para a equipe ao seu redor e deu ordem para avançarem. Com um alicate grande, um dos policiais cortou o cadeado da enorme porta de correr. Todos acenderam as luzes do equipamento de segurança na cabeça enquanto o policial abria porta.

– POLÍCIA! NO CHÃO! – gritou Spector quando suas lanternas iluminaram o interior da Oast House.

Iluminaram algo, era um rosto paralisado e em silêncio.

– POLÍCIA. SAIA COM AS MÃOS PARA CIMA! – gritou Spector.

Mas a pessoa não se moveu. Nesse momento, ele viu lampejar um braço segurando uma arma e um rosto em sua direção, o sargento disparou.

CAPÍTULO 46

À porta dos fundos do casarão da fazenda, a equipe um encontrava-se posicionada. O Sargento Portman tinha batido na porta de madeira, mas ninguém atendeu. No momento em que dois policiais preparavam-se para derrubá-la com um aríete, uma luz foi acesa.

– Espere aí, amorzinho, volte aqui – disse uma voz de homem do outro lado da porta. – Não sei quem diabos é a uma hora dessas, mas não quero você lá fora nessa neve!

– AQUI É A POLÍCIA! AFASTE-SE DA PORTA! – gritou Portman.

– O quê? Estou tentando abrir a porta! – respondeu a voz lá dentro.

Os dois policiais com o aríete deram um passo para trás e apontaram os fuzis para a porta de madeira. Ouviram o barulho de trancas antes de a porta ser aberta, e se depararam com um homem magro na faixa dos 40 anos. Ele usava um fino robe de seda com estampa de rosas vermelhas. Seu comprido cabelo louro estava solto sobre os ombros, tinha um nariz curvo grande e um de seus penetrantes olhos verdes era levemente estrábico. Estava segurando um pequeno gatinho branco, que miava e se contorcia tentando escapar. Ele recuou um passo, mas não pareceu perturbado pelos seis policiais armados.

– MÃOS AO ALTO! – gritou Portman.

O homem louro obedeceu, segurando o gatinho acima da cabeça, que não parava de miar à luz de lanterna.

– Não tenho arma, senhores! Nem minha mãe, ela está dormindo lá em cima...

– Onde está a terceira pessoa que mora aqui? – gritou Portman.

– O meu pai? Está morto! Morreu mês passado. Pneumonia... – respondeu o homem, finalmente caindo a ficha da presença da polícia armada. O gatinho suspenso acima da cabeça estava começando a entrar em pânico e a arranhar os braços dele. – Por favor, posso abaixar as mãos? Ela vai fazer picadinho de mim.

Na sala de investigação da delegacia West End Central, Erika e sua equipe tinham ouvido, cada vez mais confusos, os desdobramentos da operação na Fazenda Oakwood com as duas equipes de especialistas. Depois de escutar o tiro disparado na Oast House, a Detetive Inspetora Kendal tinha começado a gritar na sala de controle, exigindo saber o que estava acontecendo e se havia algum policial ferido. Após alguns momentos de caos e confusão, escutaram a voz do Sargento Spector.

– Está tudo bem. Nenhum ferido. Repito. Nenhum policial está ferido. O interior do prédio... Está cheio de manequins... malditos manequins de loja...

– Por favor, esclareça a situação, por que houve disparos? Câmbio – solicitou Kendal.

– Acreditamos que o suspeito estava armado, só que o suspeito era um manequim segurando uma arma de plástico – explicou Spector.

– De novo, por favor, esclareça a situação. Câmbio – insistiu Kendal.

– A Oast House está cheia de manequins de plástico vestidos, alguns deles são apenas torsos, outros estão escorados nas paredes... E há araras e mais araras de roupas. Revistamos o prédio e não há ameaça. Não tem ninguém aqui, câmbio – explicou Spector. Ele parecia abalado e constrangido.

Na sala de investigação em West End Central, Erika, Moss e Peterson se entreolharam. John revirou os olhos e pôs as mãos na cabeça.

– Para termos certeza, vamos fazer uma busca nas outras instalações da fazenda e dar uma olhada no carro – informou Spector pelo rádio.

Uma hora se passou, depois duas. Todos escutavam as duas equipes movimentando-se pela fazenda. Não havia sinal de Ella Wilkinson.

– Chefe, veja isto – disse Crane estendendo uma folha com informações que tinha impresso do site de informações Yelp.

Ela pegou e leu:

> *Sr. Bojangles, o mais importante fornecedor de figurinos teatrais e históricos da Irlanda e do Reino Unido, Fazenda Oakwood, Thornton Massey, Maidstone, Kent...*

– A empresa está registrada no nome de Darius O'Keefe. Ele também tem um Citroën registrado em seu nome, mas é um modelo diferente do que aparece nas filmagens da câmera de segurança – completou Crane.

– Porra! – xingou Erika, dando um murro na mesa.

Eram 2h30 da manhã quando Erika e a equipe saíram da delegacia. Chamaram táxis para levar todos para casa e eles estavam estacionados em fila ao meio-fio. Os primeiros trens da manhã só começariam a circular dali a três horas. A atmosfera era de desânimo no momento em que os integrantes da equipe davam boa noite uns aos outros e entravam nos carros que os aguardavam.

– Boa noite, chefe, descanse um pouco – disse Moss, dando uma apertadinha no braço de Erika.

Ela recuou um pouco quando os carros começaram a sair e notou Peterson ao seu lado.

– O que é isso? – questionou ele, apontando para os dois táxis que aguardavam.

– Quero uma noite na minha própria cama, sozinha – disse Erika, pegando um maço de cigarro e arrancando o celofane.

– Não, não, não. Não comece a fumar de novo – falou Peterson, estendendo a mão para pegar o maço.

Ela puxou o braço para trás.

– Por favor, me deixe sozinha.

– Mas você está mandando tão bem...

– Você acha que o que aconteceu lá dentro hoje foi mandar bem? – gritou ela.

Preocupado, observou-a abrir o maço, tirar a folha metálica e pôr um cigarro na boca. Ela o acendeu e tragou.

– Estou falando que você está mandando bem por ficar sem fumar durante tanto tempo... E você não tinha como prever que o endereço estava errado...

– Melhor você ir para casa, James.

– Estou do seu lado – ele falou, inclinando-se na direção dela com raiva. – Não se esqueça disso.

– Eu sei. Só quero ficar sozinha.

– É, talvez deva ficar sozinha mesmo.

Ele foi ao táxi que o aguardava e entrou. Erika ficou observando-o sair, depois fumou mais dois cigarros. O prédio em frente estava cercado por andaimes e uma forte luz de segurança brilhava no alto, lançando sombras das grades sobre ela na calçada. Como se estivesse em uma gaiola. Isso a fez pensar em Ella Wilkinson, aprisionada em algum lugar.

Erika sabia que arrancariam seu couro por causa do que havia acontecido. E a identidade do verdadeiro assassino permanecia desconhecida. Ela pisou no cigarro sobre a calçada e entrou no táxi para a jornada de volta a seu apartamento frio e vazio.

CAPÍTULO 47

Martyn Lakersfield, 38 anos, dedicava-se em tempo integral à esposa, Shelia, que sofria de esclerose múltipla. Apenas quatro anos antes, eles tinham uma vida feliz, com carreiras atribuladas. Shelia trabalhava com publicidade e ele, no Citibank. Sempre brincavam que eram tão ocupados que só se encontravam uma vez na vida, outra na morte, porém agora eram prisioneiros do apartamento no terceiro andar de um prédio em Beckenham, a apenas alguns quilômetros de Lewisham. Era uma área bem decente, e tinham sorte de serem proprietários do lugar, contudo, não era assim que haviam imaginado o desdobramento da vida juntos. Nos últimos meses, Shelia estava achando difícil e estressante dividir a cama, então, de coração partido, Martyn tomou a decisão de dormir no quarto de hóspedes.

Na terça-feira, Martyn acordou às 3 horas da madrugada e não conseguiu dormir novamente. Depois de dar uma conferida em Shelia, que dormia um sono profundo, foi para a sala assistir à TV. Às 3h30, seus olhos estavam ardendo, porém continuava desperto, então decidiu pôr o lixo para fora, o que não tinha conseguido fazer no dia anterior.

Saiu pela portaria principal, parou na escada e ficou respirando ar frio. Começou a caminhar na direção da fileira de caçambas que ficavam na frente do prédio, à esquerda de um estacionamento pavimentado que dava vista para a rua. Ficou surpreso ao ver o que imaginou ser outro vizinho ao lado da caçamba preta, porém não reconheceu a figura baixa, com o rosto oculto sob a sombra de um boné de beisebol bem enfiado na cabeça. Ao se aproximar, a pessoa escutou seus passos pelo cascalho e se virou, ficando um momento parada, com os braços esticados ao lado do corpo e os pés firmes no chão. Em seguida, disparou para a rua, passando por baixo da luz alaranjada de um poste antes de virar e sumir atrás de uma cerca-viva.

Algo naquele comportamento fez Martyn parar. A pessoa o encarou, quase ponderando o que devia fazer, *atacar ou escapar*. Martyn pôs delicadamente o saco de lixo no chão e, sem tirar os olhos da entrada do estacionamento, se agachou e pegou uma das grandes pedras enfileiradas ao longo das laterais do caminhozinho de cascalho. Ele foi ligeiramente até a entrada segurando a pedra com força e saiu na calçada. A rua estava vazia e silenciosa, os círculos de luz alaranjada dos postes estendiam-se em ambas as direções. As janelas dos apartamentos ao redor estavam escuras.

Sentiu-se aliviado por quem quer que fosse ter decidido escapar. Voltou, pegou o saco de lixo e, mantendo a pedra na mão, foi até a caçamba.

A tampa estava aberta, e o que viu lá dentro o fez gritar, chocado. Ele cambaleou para trás e caiu no chão frio e duro.

CAPÍTULO 48

Erika foi acordada pelo telefone tocando no escuro. Rolou na cama, estendeu o braço e o puxou com os dedos. O espaço ao seu lado estava vazio e o colchão era firme. Estava em casa. Sonhava que tinha voltado para Manchester, como especialista da Brigada de Operações Especiais. Era um sonho frequente, mas que fazia muito tempo que ela não tinha: a malfadada batida na casa do traficante em que revivia a morte do marido e de quatro integrantes de sua equipe.

Sentiu-se agradecida por ter sido acordada pelo telefone, até ver quem era.

– Crane, o que foi? São 5h30 da manhã... – Sentou-se, acendeu o abajur na mesinha de cabeceira e recuou por causa da luminosidade. Viu que tinha pegado no sono com a roupa de trabalho.

– Chefe, acabaram de achar o corpo de uma garota em Beckenham... ela tem cabelo escuro e foi deixada em uma caçamba.

– Ella Wilkinson? – Erika endireitou o corpo.

– Não temos certeza, mas tudo indica que sim.

Erika sentiu o chão se abrir aos seus pés e teve que se apoiar na beirada do colchão.

– Estou indo.

Estava começando a clarear quando Erika entrou na Copers Cope Road, em Beckenham, uma comprida e larga rua residencial com árvores grandes e uma mistura de prédios elegantes e casas mais antigas. Reduziu a velocidade ao passar por algumas casas de janelas grandes mais afastadas da calçada, em seguida um prédio ficou visível. Viaturas com as luzes piscando estavam enfileiradas do lado de fora, além de um grande veículo de apoio e da van do patologista. Erika estacionou na ponta da fileira e desceu.

Era um moderno prédio de tijolos vermelhos, afastado da rua, com uma extensa entrada de veículos com calçamento ladrilhado. A calçada em frente estava isolada com fita, e dois grandes refletores eram acompanhados pelo zumbido de um gerador à gasolina. À direita da entrada de veículos havia um pequeno gramado com algumas plantas; à esquerda, uma enorme barraca branca tinha sido erguida na cena do crime, e luzes brilhavam dentro. Olhando para cima, Erika viu que o prédio dava vista para os dois lados. As luzes estavam acesas em várias janelas, onde eram visíveis os rostos pálidos dos moradores que espiavam a cena do crime.

Erika mostrou seu distintivo e vestiu um macacão azul-claro para entrar no local. Passou por baixo da fita de isolamento e se encontrou com Crane, que tinha uma aparência tão acabada quanto ela. Conversaram muito pouco enquanto aproximavam-se da grande barraca branca.

O interior estava quente, apertado e muito iluminado por duas lâmpadas grandes. Ali encontravam-se três caçambas de plástico debaixo de uma pequena cobertura com teto de madeira.

Isaac Strong estava de macacão e máscara, trabalhando com dois assistentes. O cheiro das caçambas debaixo das luzes quentes fez o estômago de Erika revirar.

– Bom dia – ele cumprimentou em voz baixa. Apontou para a caçamba do meio, a preta. A tampa azul estava aberta.

Erika e Crane aproximaram-se da beirada e olharam lá dentro. Havia uma garota imunda, coberta de terra e sangue ressecado, deitada de barriga para cima. O corpo tinha sido muito espancado, e o comprido cabelo escuro era uma massa suja e oleosa. Assim como Lacey e Janelle, estava nua da cintura para baixo e a blusa escura, saturada de sangue e grudada na pele. Tinha um profundo afundamento na testa e a bochecha esquerda estava esfacelada. Crane virou o rosto e pôs a mão na boca, mas Erika se forçou a fixar o olhar na pobre garota e compreender o que havia sido feito.

– Sim... – disse Erika. – É Ella Wilkinson.

CAPÍTULO 49

Quando saíram da barraca e devolveram os macacões, Erika sentiu-se aliviada com a lufada de ar frio.

– Estamos com Martyn Lakersfield, o cara que a encontrou – disse Crane enquanto se abaixavam novamente para passar por baixo da fita de isolamento.

Havia uma ambulância com a porta de trás abertas estacionada um pouco mais à frente na rua, depois da fileira de viaturas. Martyn estava sentado ali de calça jeans, camisa encardida do Manchester United e jaqueta jeans, enrolado em um cobertor vermelho. Erika achou que ele tinha um aspecto muito deprimido, com olheiras, o rosto inchado e a barba por fazer.

– Soube que foi você quem achou o corpo – falou Erika ao se aproximar com Crane.

Martyn ergueu os olhos na direção dela e confirmou com um gesto de cabeça.

– Eu estava colocando o lixo para fora quando vi alguém – ele confirmou.

– Viu alguém? – indagou Erika, olhando para Crane.

– Não durmo muito. Sempre saio quando está tranquilo e ponho o lixo nas latas certas. Normalmente não vejo ninguém...

– Quem você viu?

– Um cara, eu acho, mas estava com um boné de beisebol...

– Era alto ou baixo?

– Baixo. Eu acho. Meio gordinho. Mas tudo aconteceu muito rápido. Ele tinha uma postura esquisita.

– Como assim? – perguntou Erika.

– Uma espécie de tranquilidade, confiança. Me deixou nervoso.

– E tem certeza de que não viu o rosto dele?

– Absoluta. Ele saiu correndo, mas tive a impressão de que pensou se devia ficar e... sei lá, acabar comigo.

– Ele estava de carro? – perguntou Crane.

– Ele virou a esquina e desapareceu. Acho que ouvi um motor. Podia estar estacionado depois da cerca-viva.

– Você viu o carro?

– Não.

Erika passou as mãos pelo cabelo, quase sem acreditar que ele tinha conseguido ir embora sem ser visto.

– Em qual apartamento você mora? – perguntou.

– Moramos no número três, terceiro andar – respondeu, apontando para uma janela no lado esquerdo do prédio.

– Aquela janela é de um quarto ou da cozinha? – interrogou Erika.

– Banheiro. Todas as janelas da frente são de banheiro.

Erika olhou para cima e contou três andares com seis janelas.

– Você sabe se todos os apartamentos que dão vista para este estacionamento estão ocupados?

– Tem uma mulher no andar de baixo, ela é idosa. Sei que ainda estão tentando alugar o apartamento de cima. Sei disso porque os filhos da mãe barulhentos que moravam lá se mudaram no mês passado. A garota parecia ser jovem – Martyn comentou, erguendo os olhos para Erika e Crane. Ele começou a ofegar e pôs a mão na boca.

– Obrigada. Vamos providenciar um chá para você, e vou chamar alguém para colher seu depoimento formal – disse Erika.

Eles se afastaram na direção da cena do crime.

– Quero que interroguem todo mundo que tenha vista para este estacionamento e quero que façam um porta a porta nos apartamentos do entorno. Muita gente tem vista para este pátio, e alguém deve ter visto *alguma* coisa – falou Erika.

Grupos de pessoas se aglomeravam na calçada do outro lado da rua, observando com curiosidade.

– Esta rua não tem câmera de segurança – informou Crane. – Tem uma particular, mais adiante, do lado de fora de uma academia chamada Fitness First. Uns 350 metros depois, fica a Estação Beckenham, mas as câmeras de lá não pegam a rua, só a entrada da estação.

– Se ele foi de carro naquela direção, elas podem ter pegado alguma coisa – disse Erika. – Ou esse cara tem muita sorte, ou está escolhendo os locais onde desovar os corpos.

CAPÍTULO 50

Quando Darryl finalizou com Ella Wilkinson, a jovem estava irreconhecível, muito espancada e berrando como um animal. Ele tinha quebrado seu maxilar, o que dava a impressão de que os gritos eram de uma garota bêbada. Mesmo assim restava-lhe alguma força para lutar, o que era extraordinário.

Foi então que ele pegou o bisturi e cortou a artéria na perna dela. Ver os jorros de sangue escorrerem do corpo foi o que mais lhe fez vibrar, como se uma descarga elétrica percorresse suas veias. A luz deixou os olhos da garota, que ficou imóvel.

Darryl cambaleou para fora da Oast House e foi envolvido pela escuridão e frio. Com as pernas tremendo descontroladamente, vomitou na neve ao lado do riacho congelado. Quando seu estômago estava vazio, deitou de barriga para baixo. A sensação da neve pressionando seu rosto quente era deliciosa, e permaneceu ali um longo tempo, até sua respiração diminuir o ritmo e ele começar a sentir o frio penetrar em suas roupas. A Oast House tinha fornecimento de água, que chegava por um cano debaixo do solo, e não estava congelada. Depois que escondeu o corpo de Ella no carro, Darryl se lavou na fornalha, estremecendo à água da torneira, gelada como a neve. Em seguida, pegou o carro e atravessou o campo até o portão, indo para Beckenham desovar o corpo.

Darryl retornou à fazenda pouco antes das 5 horas, antes da ordenha da manhã, mas não cruzou com nenhum dos funcionários. Estacionou o carro, tomou um longo banho quente e caiu na cama.

Acordou minutos antes da 1 hora da tarde e seu quarto estava banhado por uma turva luz azul que penetrava pelas cortinas fechadas. Seu corpo doía e a garganta queimava. Estendeu a mão até o copo na mesinha de cabeceira e tomou um longo gole de água. Um raio de sol atravessou a fresta entreaberta das cortinas, e ele ficou observando as partículas de poeira voando na fraca luminosidade que formava uma tira branca no puído carpete azul.

Um vibrante barulho metálico quebrou o silêncio e o paralisou. Ressoou novamente, como uma suave e baixíssima badalada de relógio, mas que vinha de dentro do guarda-roupa. Darryl chutou as cobertas de lado e avançou descalço pelo carpete até o guarda-roupa. A mobília do seu quarto era da época em que seu bisavô paterno construiu o casarão. Assim como a cama e a escrivaninha, o guarda-roupa também era antigo, de madeira escura maciça e portas duplas. Era enorme, tinha pouco mais de dois metros de altura e quase alcançava o teto. A porta da esquerda tinha um espelho chapiscado de preto, e na da direita projetava-se da fechadura uma pequenina chave fosca em estilo céltico.

Ting, ting, ressoou o barulho novamente, como um cabide de metal golpeando o interior do guarda-roupa. Ele parou à porta e olhou seu reflexo. As pernas branquelas nuas, a cueca samba-canção, a pança rechonchuda com uma penugem escura. E então escutou o rangido de corda esticada.

– Não – sussurrou, dando um passo atrás.

O rangido ressoou novamente, seguido pelo som de sufocamento e ânsia de vômito.

– Não! Isso não é real, não é real – desesperou-se.

A pequena chave em estilo céltico chacoalhou na porta, em seguida girou. A ânsia de vômito atacou novamente, e a porta com o espelho começou a se abrir lentamente.

Lá dentro, aninhado entre velhos casacos de inverno e sua camisa de trabalho, o irmão estava dependurado em um laço. Usava a mesma calça jeans, camiseta branca e tênis Nike. Joe tinha sido um jovem bonito, porém na morte, seu rosto ficou cinza e inchado, os olhos arregalados injetados de sangue, vesgos, com veias estouradas, e a boca, travada em um grande sorriso. Darryl fechou os olhos, contudo, ao reabri-los, o irmão continuava dependurado ali e a corda rangia baixinho. Os tênis balançavam devagar a alguns centímetros do fundo do guarda-roupa. Uma gargalhada horrível escapou do sorriso travado de Joe, e Darryl sentiu algo quente e molhado esguichando a parte da frente da sua cueca . Olhou para baixo. A braguilha da calça de Joe estava aberta e ele, segurando o pênis, mijava no irmão todo.

O rosto de Joe ganhou vida e ele abriu a boca.

– Mijão, seu mijãozinho de cama nojento! – disse ele com voz rouca e um sorriso cada vez maior.

Darryl acordou sobressaltado e se sentou. Seu quarto estava escuro, e batiam com força na porta. Ele foi cambaleando na escuridão até a porta e a abriu.

Seus pais estavam no patamar da escada.

– Já é 1h30 da tarde, porra! – xingou John. – Por que você ainda está na cama, cacete?

– Liguei e avisei que estava doente – respondeu Darryl, esfregando os olhos.

– Não ligou nada – desmentiu a mãe. – Uma tal de Bryony acabou de ligar para cá, falou que era sua chefe e que queria saber onde você estava...

– O trabalho é o que define a gente – afirmou John, apontando enfaticamente o dedo para Darryl. – Trabalho é trabalho, e tem milhões por aí que não conseguem arranjar serviço.

– Vou resolver isso, pai – disse Darryl.

John olhou para a virilha do filho e para o rosto dele novamente.

– Você mijou na calça.

Darryl olhou para baixo e viu, para seu horror, que a frente da cueca estava ensopada.

– Oh, oh, não...

– Quantos anos você tem? Por Cristo! – reclamou John, balançando a cabeça e virando-se para descer a escada.

– Mãe... eu não... Eu... – Darryl começou a chorar copiosamente com o pesadelo ainda vivo em sua mente.

Mary olhou para o filho com preocupação, em seguida se inclinou e baixou a cueca.

– Não! – gritou, tentando se afastar de costas, mas ela o segurou pela cintura com força.

– Anda, tenho que colocar isto para lavar...

– Mãe! Por favor!

Na briga, a cueca molhada enrolou em seus joelhos e ele caiu para trás. Mary avançou para cima do filho.

– Não é nada que eu já não tenha visto. Vou colocar para lavar – disse ela, esticando o braço e arrancando-a das pernas do filho que não parava de se agitar.

Darryl se virou contorcendo-se e cobriu a nudez com as mãos. Mary avançou para dentro do quarto segurando a cueca pingando e abriu as cortinas.

– Mãe, me deixa sozinho – pediu Darryl, mortificado.

Ela inspecionou o quarto: os dois computadores na mesa, o enorme mapa plastificado da Grande Londres na parede. Depois viu a grande mancha molhada amarela cobrindo o lençol. Seus olhos retornaram para ele caído no chão, cobrindo as partes íntimas com as mãos.

– Vai tomar um banho. Parece que vamos ter que usar plástico de novo – disse ela, saindo com a cueca balançando na mão.

Depois que a mãe saiu, Darryl se levantou e pegou a toalha no encosto da cadeira, sentindo-se envergonhado e constrangido. Olhou novamente para o guarda-roupa. Não molhava a cama desde os 16 anos, quando Joe tinha se enforcado.

CAPÍTULO 51

O porta a porta na Copers Cope Road, em Beckham, tinha sito abrangente, mas infrutífero. Ninguém, aparentemente, estava observando o local nem tinha visto alguma coisa. As câmeras de segurança da academia e da estação de trem um pouco mais adiante não faziam imagens diretas da rua. Uma vez mais, ele tinha ido embora e conseguido ficar nas sombras sem deixar nenhum vestígio.

Erika voltou para casa no final da tarde de terça-feira e desmoronou no sofá para tentar dormir algumas horas. Cochilou e seus sonhos eram preenchidos pelos rostos espancados de Janelle, Lacey e Ella, e de repente a detetive estava em um estacionamento com muros altos. Era noite e o lugar estava vazio, com exceção de uma caçamba preta no canto oposto. Um homem baixo com boné de beisebol estava encurvado sobre ela. Erika correu até lá com os pés escorregando na neve, agarrou seu ombro e arrancou o boné...

Mas ele não tinha rosto. Era só um borrão de sombras. Ela deu um passo atrás e olhou dentro da caçamba. Viu a si mesma, deitada com o corpo espancado e ensanguentado em meio aos sacos, cascas de ovos e comida podre.

Acordou com o telefone tocando. Estava escuro e ela ficou tateando os bolsos em busca dele. Era Isaac.

– Terminei a autópsia de Ella Wilkinson.

– Já chego aí.

Chuviscava quando estacionou o carro do lado de fora do necrotério em Penge e disparou para dentro. O clima tinha esquentado um pouco e a chuva misturava-se com a neve, que derretia. Isaac encontrou-se com Erika à porta e foram direto para o necrotério. A equipe dele, composta por uma detetive inspetora e um perito, além de um fotógrafo e um policial responsável pela coleta de provas, havia acabado de terminar. Eles saíram, cumprimentando Erika com um gesto de cabeça. O corpo de Ella Wilkinson estava deitado na mesa de metal do necrotério, coberta com um lençol branco até o pescoço.

Erika não sabia se conseguiria fazer aquilo de novo. Sabia o que estava por vir, sabia que a garota tinha sido torturada da maneira mais repugnante.

– Serei o mais rápido possível – disse Isaac delicadamente, dando a impressão de que lia os pensamentos. Aproximou-se do corpo e puxou o lençol. – Assim como Lacey Greene e Janelle Robinson, ela sofreu várias incisões e algumas já tinham começado a cicatrizar. Também há rasgos no mamilo esquerdo que apontam para a possibilidade de ter sido mordida.

– Mordida? Ele não mordeu as outras vítimas?

– Não. Infelizmente não há uma marca nítida que permita análise. A maçã do rosto no lado esquerdo, o crânio e o pulso do braço direito estão quebrados, e três costelas fraturadas também no lado esquerdo do corpo... Há uma incisão na parte superior da coxa direita responsável pelo corte da artéria femoral. Assim como nas outras vítimas, isso foi fatal.

Erika fechou os olhos e pôs a mão na testa. Ao abri-los novamente, olhou para a incisão nua e crua em forma de Y costurada de modo perfeito, até o esterno. De repente, sentiu-se zonza e segurou na ponta da mesa do necrotério. Os joelhos cederam um pouco e Isaac correu para segurá-la.

– Está tudo bem – falou o legista, segurando debaixo dos braços de Erika. Os dois assistentes olharam para ela com curiosidade.

– Estou bem – comentou a detetive, olhando para as mãos de Isaac sob seus braços.

– Venha... vamos ao meu escritório, vou pegar um copo de água para você.

A sala de Isaac era quente e convidativa em comparação com o necrotério gelado. Erika sentou-se em uma das aconchegantes poltronas. O legista foi a uma pequena geladeira, pegou uma garrafa de água e lhe entregou. Ela deu um longo gole e recostou-se.

– Você está pálida.

– Estou sempre pálida – brincou.

Isaac pegou a mão de Erika e mediu a pulsação.

– Qual é o seu batimento cardíaco quando está repousando?

– Não sei.
– Você faz exercício?
– Eu estou sempre numa correria danada.
– Quando foi o seu último check-up?
– Hã... uns dois anos atrás. Lembra quando aquele menino me mordeu na Lewisham Row? Tive que tirar uma radiografia, fazer exame de sangue, um monte de coisa.
– E?
– E estava tudo certo.
Isaac sentou-se na poltrona em frente.
– Você tem dormido?
– Um pouquinho, mas, com esse caso, dormir não é um luxo que posso ter.
– Isso não é jeito de viver.
– É assim que eu vivo – ela rebateu, ríspida, antes de dar outra golada de água. – Desculpe... – acrescentou. E, para seu próprio horror, começou a chorar.
Isaac estendeu o braço e pegou a mão dela, que o deixou segurá-la carinhosamente.
– Como eu falei, isso não é jeito de viver, Erika.
– Eu não sei mais como viver. Quando conheci Mark, eu resisti. Não que não quisesse ficar com ele. Mas senti que nos tornamos um só fácil demais. Havia sempre alguém em casa para quem voltar. Alguém com quem sair, compartilhar as coisas... E eu preciso disso, só que, mesmo naquela época, eu via que aquilo era uma fraqueza, se é que isso faz sentido.
– Você achava que estar apaixonada era uma fraqueza? – questionou Isaac, arqueando uma de suas finas sobrancelhas.
Erika fez que sim.
– A longo prazo não é mais fácil ser sozinho? É só a gente, não existe vulnerabilidade, nada pode ser tirado de nós.
– Esse é um jeito profundamente depressivo de enxergar a vida, Erika.
– Você sabe o que é perder alguém. Stephen morreu no ano passado. Você não se sentiu vulnerável?
Isaac se empertigou um pouco, deu a impressão de estar desconfortável.
– Eu amava Stephen, mas só estávamos juntos havia uns dois anos e, como você se lembra, era... tumultuado.

– Não interessa quanto tempo amamos uma pessoa. Isso não significa que sentimos menos falta dela depois que se vai.

Ele concordou com um gesto de cabeça. Erika enxugou uma lágrima.

– Foi um dos motivos pelos quais eu evitava ter filhos com Mark. Eu não parava de protelar... Ele queria ter filhos.

Isaac permanecia sentado, imóvel, apenas ouvindo. Erika prosseguiu:

– Quando Mark morreu... tentei ser prática. Achei que se conseguisse passar um dia, um mês, um ano, as coisas ficariam mais fáceis, só que isso não aconteceu. E não é somente com a perda que temos que lidar, essa perda que ameaça nos esmagar todo dia, também temos que lidar com a vida toda que nos resta pela frente. Sozinhos. Ninguém fala sobre isso, fala?

Isaac concordou. Ela prosseguiu:

– A perda é uma pequena parte que as pessoas conseguem compreender e ter compaixão, agora como superar essa perda e seguir em frente, tentando tampar o vão que ela deixou, isso é impossível... Você sabe que estou saindo com Peterson... James... desde antes do Natal.

– Sei. Você gosta dele, não gosta?

Erika fez que sim e se levantou, pegando a caixinha de lenços na mesa em frente.

– Ele só quer ficar comigo, e eu não paro de afastá-lo. Ele é tão bom... Parece com o Mark, de quem todo mundo gostava. Não sei por que Mark teve que morrer e eu ainda estou aqui. Ele era um cara maravilhoso. Eu não passo de uma escrota rabugenta.

Isaac riu.

– É isso que eu sou, sim, e não tem graça.

– Você não é uma escrota rabugenta, mas às vezes tem que agir como se fosse. Isso te ajuda a solucionar os casos.

– Isaac, este caso vai ser aquele em que fracasso. Eu sei disso. Não tenho nada. E tenho que trazer os pais de Ella Wilkinson aqui mais tarde para identificar o corpo formalmente... E tenho que ir ao funeral do Sparks amanhã... Ele deixou uma filha.

– Erika, você precisa tomar as rédeas de tudo isso. Quer ficar lá em casa uns dias? Você sabe que tem toda a liberdade para fazer o que quiser e vai ser bom ter alguém em casa quando voltar... Prometo que não vou jogar meu charme em cima de você.

Erika riu.

– Não, obrigada, só quero ficar sozinha.

– Não, não quer, não... Todo dia tenho que fazer autópsias em pessoas e muitas delas tinham a vida inteira pela frente. Elas provavelmente morreram desejando ter feito as coisas de um jeito diferente, desejando ter sido melhores, desejando ter amado mais, se estressado menos. Vá se encontrar com James. Amanhã você pode estar morta e deitada naquela mesa lá.

– Brutal, mas é verdade – disse Erika. – Você deveria dar mais conselhos.

– Eu dou, mas para a maioria das pessoas que vejo no trabalho eles não servem de nada. Estão mortas.

Erika se agarrou nele novamente e lhe deu um demorado abraço.

CAPÍTULO 52

Peterson estava em casa assistindo à televisão quando a campainha tocou. Conferiu as horas, viu que eram quase 8 da noite, pôs a TV no mudo e foi à porta. Ficou surpreso ao abri-la e ver que era Erika. Estava completamente ensopada por causa da chuva. O cabelo colado na cabeça. Ficaram um momento parados em silêncio, ao som da chuva que tamborilava nas janelas.

– Está chovendo? – perguntou ele.
– Só chuviscando – respondeu ela.
Os dois dispararam a gargalhar.
– Entre, mulher, antes que morra congelada – ele falou, dando passagem para Erika.
– Desculpe por ontem à noite – ela disse, entrando.
Peterson fechou a porta, Erika segurou o rosto dele com as duas mãos e o beijou com vontade. Ele hesitou, em seguida retribuiu. Cambalearam até o quarto, arrancando as roupas um do outro e afundaram na cama.

– Você tem tanta comida nos armários – comentou Erika, quando se arrastaram para fora da cama duas horas depois, com fome.
Cada um tomava uma cerveja. Erika vestia uma das enormes camisetas que Peterson usava para dormir, ela tinha um desenho desbotado do Scooby-Doo na frente.
– Tenho? – perguntou ele, sentando-se na bancada em frente a ela, só de cueca.
– Você tem folhas de lima Kaffir... O que diabos dá para cozinhar com isso?
– Curry. Pratos com macarrão. Um monte de coisa. – Ele sorriu, dando um golinho na cerveja.
– Que pena que a gente pediu pizza.
– Vou cozinhar para você outra hora – ele prometeu, descendo e envolvendo a cintura dela com as mãos.

Erika passou as mãos pelas musculosas costas macias de Peterson e sentiu o calor de sua pele pressionada em seu corpo.

– Eu ia gostar disso – falou, recostando a cabeça no ombro dele. – Gostaria de ser mais baixa, tem alguma coisa em deitar a cabeça no peito de um cara que... é reconfortante.

– Quer que eu deite a minha cabeça no seu, então?

– Ha ha, muito engraçado...

Ficaram um minuto abraçados em silêncio. Erika passou os olhos pelo apartamento. Era o clássico apartamento de homem, com mobília de couro preta, uma televisão gigante e videogames no tapete. Havia uma foto dele tirada quando adolescente com os pais e avós, e com a irmã. Lembrava-se da história que lhe havia contado, sobre como a irmã tinha se matado quando adolescente. Ela se deu conta de que não era a única pessoa no mundo que tinha perdido alguém.

– Mark era um pouquinho mais baixo do que eu. Ele ficava muito incomodado com isso. Odiava quando eu usava salto, não que usasse com frequência, mas às vezes eu queria.

– Não estou tentando substituí-lo – disse Peterson, recuando e olhando-a nos olhos. – Sei que nunca poderia fazer isso.

– Sei que não está tentando, mas preciso seguir em frente, e gosto muito de você. E acho que Mark também teria gostado.

Peterson inclinou-se e a beijou. A campainha tocou.

– Deve ser a pizza – disse ele.

Acomodaram-se diante do jornal de fim de noite na TV, com a pizza quente e mais uma cerveja para cada um. O noticiário nacional não mencionou a morte de Ella Wilkinson, mas o jornal local de Londres a noticiou como matéria principal. Tinham filmagens da cena do crime em Beckham; por sorte os repórteres haviam chegado ao local depois que o patologista tinha terminado seu trabalho, por isso, só o que tinham para mostrar era o cordão de isolamento ao longo da entrada do estacionamento e um carro de polícia solitário. Transmitiram dois pequenos vídeos, entrevistas com pessoas da região que estavam preocupadas: uma mulher jovem com duas crianças e um idoso de boina.

– Fico preocupada de deixar as crianças saírem para brincar – comentou uma mulher, segurando o filho e a filha pequenos e inquietos.

— Não é o que se espera nessa área, que negócio terrível – comentou um idoso, semicerrando os olhos para a câmera através de seus óculos grossos.

Depois cortaram para uma repórter em frente a um portão de ferro, com uma casa distante ao final de uma comprida entrada. A rua estava escura, ventava muito e a luz de um refletor a iluminava. Seu cabelo esvoaçava em frente ao rosto e ela usou a mão com luva para afastá-lo.

— Ontem à noite, a polícia invadiu uma fazenda a apenas trinta quilômetros da capital – ela disse. – Não fizeram nenhuma prisão, mas os moradores da região questionam se a morte de Ella Wilkinson está ligada às mortes de Lacey Greene, uma jovem de North London, e Janelle Robinson, uma sem-teto cujo corpo foi encontrado no verão passado. Todas as vítimas foram encontradas em circunstâncias similares, desovadas em caçambas de lixos. Entramos em contato com a Polícia Metropolitana em busca de informações, mas não havia ninguém disponível...

O jornal cortou novamente para o estúdio e deram início à matéria seguinte, sobre a falta de ciclovias no distrito de Islington.

— Odeio os jornais regionais – reclamou Erika. – Sempre dão um jeito de parecerem desinformados, mas acabam deixando as pessoas morrendo de medo.

— Talvez elas precisem estar com medo – comentou Peterson.

— E Melanie é inconsistente... Estamos conversando como amigos agora, okay? – acrescentou Erika. Peterson fez que sim. – Ela assumiu a responsabilidade pra valer ontem à noite, autorizando a invasão, mas aí desaparece e não consigo mais entrar em contato com ela.

Neste exato momento, o celular de Erika começou a tocar. Ela limpou as mãos e foi até seu casaco.

— Por falar no diabo – disse, levantando o aparelho e atendeu.

— Erika, você viu o jornal? – perguntou Melanie, nervosa.

— Estou assistindo.

— Por que disseram que não havia ninguém disponível na polícia para comentar?

— Por que não havia? Tentei te ligar. Colleen ainda está trabalhando nos resultados da coletiva de imprensa, e os pais de Ella Wilkinson só identificaram o corpo algumas horas atrás.

Melanie bufou de raiva e respirou fundo no outro lado da linha.

— Bem, a comissária assistente nos convocou para uma reunião amanhã às 9 horas da manhã. Temos que estar preparadas.

— Eu estou preparada. Você é que estava incomunicável nos últimos dias — defendeu-se Erika. Ela viu Peterson fazer uma careta ao ouvi-la falar aquilo.

— Sou Superintendente Interina, Erika, e, até você entender o que isso significa, guarde suas opiniões para si mesma. Te vejo amanhã na New Scotland Yard.

Com isso, ela desligou o telefone. Peterson ainda estava balançando a cabeça.

— Por que você a desacata desse jeito?

— Estou muito puta!

— E como soltar os cachorros na sua chefe pode ajudar?

— Espere aí. Eu sou a SUA chefe.

— Não neste momento. Agora você é só uma peguete gostosinha comendo pizza no meu apartamento. — Ele sorriu.

— *Peguete gostosinha*?

— O quê? Você não é gostosinha?

— Bem, *peguete* é que eu não sou.

— Então é minha namorada?

Erika pegou outra fatia de pizza na caixa.

— Hã... Acho que sim... mas eu não sou mais nenhuma jovenzinha.

— Então você não é gostosinha, não é peguete, nem jovenzinha... Mas está muito puta com a sua chefe. Podemos concordar pelo menos nisso?

— Podemos. — Erika riu.

— Você é uma policial muito boa, mas ficar puta assim com os chefes não te ajuda em nada — comentou ele, com o rosto sério.

Ela parou de sorrir e concordou com um gesto de cabeça.

— Eu não me valorizo para o pessoal do alto escalão, não é mesmo?

— Não. Agora coma a sua pizza. Mantenha essa boca dura ocupada.

Erika deu uma mordida.

— Talvez eu devesse ir à reunião de amanhã com a boca cheia de pizza. Assim eu evitaria me meter em encrenca.

CAPÍTULO 53

Darryl ficou no quarto o resto do dia, com muito medo de pegar no sono e receoso em relação aos pais. Sua cabeça estava confusa. Era tão corajoso quando pegava aquelas mulheres, mas, depois que estavam mortas, toda a coragem se esgotava e ele se sentia amedrontado, insignificante, o idiota fracassado de sempre. Passou a tarde na internet, acessando fotos de garotas no Facebook e perfis no Match.com. Estava sempre olhando... era um vício, um hábito. Gostava de cabelo comprido escuro. Arrastou algumas fotos que lhe chamaram a atenção para o seu computador. Estava só olhando, era o que continuava falando para si mesmo.

Só se aventurou a descer quando ouviu o rangido dos pais indo para a cama. Encontrou Grendel deitada em sua enorme cesta no vestíbulo, e ela começou a abanar o rabo ao vê-lo. Pegou um pacote de presunto assado ao mel na geladeira, dividiu com ela e ficou observando as enormes mandíbulas brancas mastigarem ruidosamente. Deitou, espremeu-se com ela na cama de cachorro e só então foi capaz de pegar no sono.

Acordou pouco antes das 5 horas, sentindo o calor do pelo macio das costas da cadela e se perguntou se a única pessoa de quem conseguia se sentir próximo era Grendel, é claro, ela não era uma pessoa. Ficou aliviado de ver que a frente da calça de moletom que estava usando continuava seca.

Darryl tomou banho e pegou o primeiro trem para o trabalho. A rotina maçante do escritório o reconfortou, e ele nem viu a manhã passar.

Saiu cedo para almoçar e escolheu beliscar alguma coisa do McDonald's perto do Guy's & St Thomas's Hospital. Quando voltou com sua sacola salpicada de manchas de gordura, havia apenas um punhado de pessoas no grande escritório de plano aberto, e Bryony era a única na seção deles, comendo sozinha na sua mesa.

Darryl se sentou e começou a desembalar seu almoço, depois levantou o rosto, sentindo que ela o olhava. Bryony mastigava ritmicamente sem piscar, os olhos ampliados atrás das lentes sujas dos óculos. Ao inspecionar a comida dela com mais atenção e sentir o cheiro, viu que tinha levado sobras de comida indiana em uma vasilha. Olhou para cima e sorriu para ela, que tinha um pedacinho de alho grudado no buço.

– Não quis ir ao pub com o pessoal? – ela perguntou.

– Quis, sim, isto aqui é só um holograma – ele respondeu, passando o braço por cima da cabeça. Ela o encarou sem expressão alguma no rosto. – Bryony, isso foi uma piada.

– Oh – gargalhou ela, cuspindo um pouco da cebola do bolinho indiano mastigado no canto da bochecha. – Opa, sou tão porca – comentou, envergonhada, limpando o rosto com o dedo e chupando a ponta.

Darryl virou para o computador e começou a comer seu McDonald's. Acessou o site da BBC e estava prestes a procurar informações sobre Ella Wilkinson, quando a ouviu raspar a garganta atrás dele. Ele deu um pulo.

– Quer um bolinho?

Ele virou e viu Bryony de pé atrás dele com a vasilha. Ela continha uma fileira perfeita de bolinhos de cebola indianos escuros aninhados em um papel-toalha dobrado. Havia algo de infantil na maneira com que a segurava, como se estivesse oferecendo uma batata frita na hora do recreio. O cheiro estava bom. Darryl baixou os olhos para seu McDonald's que tinha suado e esfriado no caminho de volta para o escritório.

– Obrigado – agradeceu, pegando um. Estava delicioso.

– Meu pai sempre exagera quando pede comida indiana – explicou ela, girando delicadamente os rechonchudos dedos curtos por cima da vasilha antes de escolher um.

– Adoro comida indiana, lá perto de onde a gente mora não tem restaurante indiano bom – disse ele com a boca cheia.

Ela movimentou a cabeça encabulada, deu uma mordida grande e voltou a mastigar.

– Não tem problema usar a internet, contanto que faça isso nos intervalos...

– Estão bem sinistras, não estão? As notícias.

Bryony concordou com um gesto de cabeça.

– Quer mais um? – ofereceu, enfiando a vasilha debaixo do nariz dele, empolgada por seu amiguinho de recreio querer que ela ficasse por ali. Darryl pegou duas.

— Esse aí é o seu cachorro? — ela perguntou, inclinando a cabeça para a foto de Grendel grudada na parte de baixo do monitor.

— É.

— Ele ou ela?

— Ela.

— É bonita, de um jeito esquisito.

— Sim. Ela é uma mistura de staffordshire terrier com dálmata — explicou, desgrudando a foto de baixo do monitor. — O nome dela é Grendel.

Bryony limpou a mão na bunda e pegou a foto.

— Grendel? É francês?

— Não. Você conhece a história de *Beowulf*? — perguntou, tirando a foto das mãos engorduradas da chefe.

— Desculpe — disse ela, observando-o limpá-la cuidadosamente com um lenço. — Vi o filme, *Beowulf*, sabe, o desenho.

— O original não é o filme. É um poema épico, antigo... Grendel é o monstro.

— Por que você deu o nome de um monstro para o seu cachorro?

— Bem, nem todo mundo acha que Grendel é um monstro. O monstro de uma pessoa é o amigo de outra...

Pensativa, Bryony mastigou durante um momento e engoliu. Olhou novamente para o computador dele na página da *BBC News*, onde havia uma matéria em slides sobre Ella Wilkinson.

— Estou acompanhando essa história. Das moças que foram assassinadas. Moro perto de Waterloo, perto de onde a primeira desapareceu.

— Ele não iria atrás de você — disse Darryl, dando uma mordida no bolinho. O rosto dela murchou. — O que estou querendo dizer é que você é inteligente demais para cair na lábia de um sujeito com encontro marcado pela internet.

— Já tentei aplicativos de encontro pela internet. Não tive muita sorte — ela confessou timidamente. *Porque provavelmente usou a sua própria foto!*, uma voz gritou na cabeça de Darryl, mas ele usou o silêncio para enfiar o resto do bolinho na boca. — A primeira vítima vendia café, mas a segunda trabalhava em um escritório. Ela até tinha o mesmo cargo que eu, *administradora* — disse, puxando a blusa delicadamente para baixo nas costas com uma grande mão.

— Melhor ficar de olho aberto. Avise as pessoas onde você vai estar — disse Darryl. Imaginou-se tentando matá-la, a faca resvalando em sua coxa balofa, e uma gargalhada alta lhe escapou. Ele tampou a boca com a mão para fingir um ataque de tosse. – Estou bem – acrescentou, gesticulando para que ela se afastasse. – Tudo bem.

– Melhorou? – Bryony deu uma batidinha nas costas dele.

Ele fez que sim e tomou um gole de Coca.

– Darryl...

– Oi?

– Eu vi *Beowulf* quando estava em cartaz no IMAX... Tenho um par de ingressos para o cinema, o IMAX, aquele perto de Waterloo... Ganhei de presente de aniversário.

– Quando foi o seu aniversário?

– É hoje – ela respondeu, olhando para baixo.

– Oh, feliz aniversário. – Ele ficou um momento observando Bryony, que rapidamente capturou outro bolinho e o mordeu.

O cinema IMAX em Waterloo ficava no local da antiga rotatória Bullring, perto da estação de trem. Só era possível chegar a ele passando por uma das úmidas e escuras passarelas subterrâneas que geralmente estavam cheias de sem-teto. Ele tinha fantasiado o rapto de uma garota sem-teto. Havia algo no desespero delas quando confrontadas com a morte... Darryl olhou para cima e percebeu que Bryony tinha falado mais alguma coisa.

– Então, você quer ir, Darryl?

– Aonde?

– Ao IMAX comigo, amanhã à noite. *Guardiões da Galáxia* está em cartaz...

Darryl hesitou, depois pensou que seria uma ótima oportunidade de dar uma olhada no local, só uma olhada. Era uma comichão que precisava ser coçada. O cinema era enorme, central, e Bryony seria um ótimo disfarce.

– Okay – respondeu.

– Então é um encontro? – perguntou ela, mastigando e engolindo o último bolinho.

– É. É um encontro – confirmou Darryl e manteve o sorriso estampado no rosto até ela retornar para sua mesa, com o rosto corado.

Limpou a foto de Grendel mais uma vez e a grudou novamente na parte inferior do monitor. A tela tinha entrado em modo de descanso e estava escura, refletindo sua imagem. Por dentro, sentia-se um guerreiro forte e invencível, como Beowulf, mas o rosto que o encarava era rechonchudo e ordinário, sem queixo e tinha olhos pequenos e brilhantes. Recostou-se na cadeira e se deu conta de algo: Bryony achava realmente que tinha chance com ele. *Ela* com ele.

Darryl achou difícil se concentrar durante resto do dia, especialmente com Bryony em frente a ele, constantemente levantando o rosto e sorrindo; pouco antes das 4 horas, ela até levou para ele um café do Starbucks.

Ele aceitou com um sorriso, mas por dentro estava furioso. Bryony se arrependeria de ter achado que eles pertenciam à mesma categoria.

CAPÍTULO 54

Conforme as instruções, Erika e Melanie encontraram-se no prédio da New Scotland Yard. Aguardaram durante vinte minutos em silêncio do lado de fora da sala da comissária assistente, até que a secretária finalmente quebrou o silêncio desconfortante e as chamou.

Com uma elegante calça preta social e uma blusa de seda branca, Camilla estava vestida para matar e parecia determinada a, pelo menos, mutilar. Sentou-se à cabeceira da mesa de reunião no canto da sala. À sua direita, sentou-se um homem pequeno, bem vestido e com um austero rosto angelical. E, à esquerda, um bonito e jovem oficial estava pronto para redigir a ata. Melanie sentou-se na ponta contrária da mesa com Erika ao seu lado.

– Obrigada por virem – disse Camilla. – Convoquei esta reunião para discutir a investigação de triplo homicídio... este é o Comandante Interino Mason, que também participará.

O homenzinho bem vestido cumprimentou-as com um aceno de cabeça. Camilla abriu uma pasta sobre a mesa com um leve floreio e pôs os óculos que pendiam em uma corrente dourada ao redor do pescoço.

– Superintendente Interina Hudson. Prefere Mel ou Melanie?
– Melanie, senhora.
– Bom, muito sábio de sua parte – disse ela, analisando os papéis diante de si. Melanie pareceu confusa. Erika deu uma olhada de lado para ela. Camilla adorava confundir as pessoas durante as reuniões com seus comentários esdrúxulos. Camilla prosseguiu:

– Melanie, solicitei sua presença aqui com Erika para ter uma ideia geral do caso. Os pais de Ella Wilkinson estão registrando uma queixa formal contra você e a Polícia Metropolitana por intermédio da Comissão Independente de Reclamações Contra a Polícia e, com a participação de Erika, queremos ouvir o seu lado da história. Informalmente, neste estágio.

– Senhora, não há lado. Existem fatos. A senhora quer os fatos? – soltou Erika.

Melanie não fez objeções à interrupção. Camilla fez que sim.

– Reporto à Melanie as informações sobre todos os passos dados durante esse caso. Estávamos finalizando a preparação do apelo na mídia sobre as mortes de Janelle Robinson e Lacey Greene quando soubemos que Ella Wilkinson estava desaparecida. Tive menos de dez minutos para tomar a decisão de incluir ou não o rapto da jovem na coletiva de imprensa. Naquele estágio, eu só sabia que Ella Wilkinson tinha idade e aparência similares às de Lacey e Janelle, e que o desaparecimento, segundo a queixa apresentada, tinha sido em circunstâncias amplamente similares. Tomei a decisão de não incluir o nome no apelo naquele momento para que não gerássemos distração em relação às vítimas que tínhamos confirmadas. Também não quis atiçar os boatos de que tínhamos um assassino de várias vítimas.

– Eu não estava inteiramente atualizada de todos os desdobramentos que vinham ocorrendo – disse Melanie.

Erika virou-se para ela.

– Estava atualizada, sim. Mas você foi participar de uma conferência e não conseguimos nos falar.

– Era uma conferência sobre conscientização racial, senhora.

Camilla levantou a mão com unhas impecavelmente feitas.

– Qual é a relevância disso?

Melanie abriu e fechou a boca, desconcertada. Camilla prosseguiu:

– Se tivesse sido uma conferência sobre furto de maçãs, você teria me dito com tanto prazer?

– Só estou dando a informação, senhora – disse Melanie, sentindo-se repreendida.

– Quero informações úteis, não joguinho de cena, okay?

– Sim, senhora – disse Melanie, pelejando com sua compostura.

Erika quase sentiu pena dela. Camilla deu outra olhada em sua pasta.

– Vocês estão cientes de que um jornalista da imprensa nacional fez uma visita aos pais de Ella Wilkinson, Superintendente Chefe Wilkinson, que hoje está aposentado, e sua esposa, e lhes passou informações sobre a operação com a Brigada de Operações Especiais?

– Não – respondeu Melanie, olhando para Erika, que também negou com a cabeça.

– Ele contou como vocês mobilizaram duas esquipes de especialistas da Brigada de Operações Especiais para fazer uma batida na casa de um tal de Sr. Darius O'Keefe e sua mãe idosa, que ficou viúva recentemente. O Sr. O'Keefe que, a propósito, também se apresenta como *drag queen* sob a codinome de Crystal Balls...

Camilla fez uma pausa enfática, e Erika viu um sorriso passar no rosto do jovem oficial que redigia a ata. O Comandante Interino Mason permaneceu austero e pôs as pequenas mãos alinhadas na mesa.

– O Sr. O'Keefe – Camilla prosseguiu – também deseja fazer uma reclamação formal, pois afirma que, embora a polícia tenha sido cortês, um fuzil de assalto Heckler & Koch G36 foi disparado em seu depósito de figurinos, danificando um manequim de plástico que segurava um revólver falso e usava um corpete cravejado de cristais Swarovski no valor de 1.700 libras... Estou esperando tudo isso aparecer nos tabloides de circulação nacional com o desfecho de que, horas depois, a filha do ex-Superintendente Chefe Wilkinson apareceu morta.

Erika olhou para Melanie, que havia afundado na cadeira e olhava para a superfície lustrada da mesa.

– Comissária, a senhora deve estar ciente de que a imprensa distorceu os fatos para nos fazer parecer incompetentes – argumentou Erika. – Estávamos agindo de acordo com a informação de uma fonte que acreditamos ser confiável e que entrou em contato conosco após o apelo feito pela televisão. Eu estava ciente de que Ella Wilkinson já se encontrava desaparecida havia três dias e que o tempo estava se esgotando. Era nosso dever ir até lá investigar o que podia ser um indivíduo perigoso que já tinha raptado e assassinado duas mulheres. É muito, muito fácil sentar aqui e recontar a história como se fosse uma anedota engraçada.

– Não acho nada engraçado – vociferou Camilla.

– Decisões criteriosas tiveram que ser tomadas em um espaço curto de tempo, senhora, e acredito que fiz o melhor que pude em uma situação difícil e complexa.

Silêncio. Erika olhou para Melanie, na esperança de que fosse apoiá-la, mas ela permaneceu calada.

– Não se trata daquilo em que acreditamos, Erika – respondeu Camilla. – E sim de como a opinião pública é formada. No momento em que vivemos, boa parte daquilo que fazemos e das decisões que tomamos é guiada pela opinião pública. Orçamentos são definidos... políticas... A imprensa agora vai destacar o fato de termos mirado em um gay, os danos ao meio de vida dele e os custos para os contribuintes gerados pela mobilização de duas equipes de especialistas da Brigada de Operações Especiais de uma hora para a outra!

– E por que é que estamos tendo esta reunião? – zangou-se Erika. – Você prefere fazer vista grossa para os fatos: está olhando para eles pelas lentes de um tabloide.

– Erika, olhe o seu tom – disse Melanie.

– Ah, agora você decidiu falar e impor autoridade? – disse Erika, incapaz de se conter.

– Melanie é sua Superintendente – interveio Mason, falando pela primeira vez.

– Superintendente *Interina* – corrigiu Erika. – E, com todo respeito, Comandante, mas o senhor estava envolvido na nossa decisão. Tem alguma coisa a contribuir?

Mason se remexeu na cadeira.

– Não gosto que me coloquem contra a parede.

– Contra a *parede*! – gritou Erika. – Esta reunião é sobre o envolvimento da Brigada de Operações Especiais, e quem deu a autorização final foi o senhor!

– Por favor, poderia esperar lá fora, Erika? – disse Camilla.

Erika pensou no que Sparks tinha dito na noite anterior à sua morte, em como Camilla havia, injustamente, arrancado seu couro, e desejou que ele estivesse ali. Pelo menos, Sparks tinha coragem. Melanie ficou sentada, mansa como um rato de igreja.

– Posso pelo menos deixar registrado que, apesar de o apoio da opinião pública ser essencial para o trabalho da polícia, a opinião pública não tem ideia da abrangência do que é fazer uma investigação policial...

– Erika.

– Por favor, não deixe esta investigação ser dominada pela frustração da família de uma das vítimas. Minha equipe tem trabalhado incansavelmente para prender o assassino dessas três moças. Esta é a nossa prioridade, senhora.

Camilla deu um sorriso amarelo.

– Obrigada, Erika. Agora, por favor, já chega.

Melanie ficou simplesmente olhando para a frente enquanto Erika saía da sala, espumando.

CAPÍTULO 55

Erika estava aguardando Melanie em um carro oficial em frente ao prédio da New Scotland Yard. Tinham combinado antes da reunião que iriam juntas ao funeral de Sparks. Melanie apareceu dez minutos depois e entrou ao lado dela. A atmosfera no interior do veículo era horrível quando ele partiu.

– De agora em diante, quero saber de *tudo* o que está acontecendo – advertiu. – Quero ser informada de todas as decisões que você tomar.

– Então eu só tenho que continuar a fazer o que estava fazendo e cabe a você checar as mensagens de voz que te mando – disparou Erika.

– Eu sou sua superior! – gritou Melanie, virando-se para ela.

– Então aja de acordo com o cargo! – rosnou Erika. As duas se encararam por um momento, depois se viraram e ficaram observando os prédios passarem depressa pela janela.

– Com licença. Que horas é o funeral? – perguntou o policial que estava dirigindo.

– Começa daqui a uma hora, então é melhor você enfiar o pé aí – respondeu Erika.

– Tem minha autorização para colocar a sirene se for necessário – acrescentou Melanie. O motorista olhou para Erika pelo retrovisor.

– Você sabe que é contra a lei. Não existe justificativa para usar a sirene a caminho de um funeral – discordou Erika. Melanie olhou para ela e o motorista.

– É claro. Só queria me certificar de que não perderíamos o funeral do nosso colega.

– Vou levar as senhoras até lá o mais rápido possível.

– Obrigada – falou Erika.

Ficaram o resto do caminho em silêncio.

O funeral do Superintendente Sparks foi realizado em uma pequena igreja de Greenwich, no alto de uma colina com vista para a cidade e a

Royal Naval College. Chegaram assim que a missa começou e sentaram-se em um banco nos fundos da igreja. Levando em consideração que Sparks tinha sido um tirano e um colega que semeava a discórdia, muita gente compareceu. Erika se perguntou quantas pessoas tinham se sentido obrigadas a comparecer. A esposa de Sparks estava na fileira da frente com um casal idoso e uma garotinha que usava um soturno vestido preto de veludo e um laço na cabeça combinando. O caixão brilhava sob as luzes fortes da igreja e sobre ele havia uma grande coroa de rosas vermelhas e brancas em meio a uma nuvem de delicadas e minúsculas florzinhas brancas.

Sparks gostava de rosas?, pensou Erika. *Era religioso? Quantas pessoas na congregação realmente o conheciam?* Todos aqueles pensamentos passaram por sua cabeça. Funerais eram um momento para lembrar dos mortos, porém com muita frequência as pessoas lutavam para fazer somente isso. Erika pensou no funeral de Mark, quando teve que escolher flores, cânticos e quais pessoas discursariam na cerimônia. Aquilo tudo era tão estranho, tão diferente do homem jovem e vibrante que havia morrido.

A parte mais pungente da missa foi quando um amigo de infância de Sparks fez o discurso e falou da amizade durante os anos em que cresceram juntos e da viagem de um ano que fizeram antes da faculdade.

– Andy era meu amigo. Era um camarada complexo, mas tinha um coração de ouro e se importava com as pessoas. A vida e o trabalho interferiram em tudo isso até o fim... Só queria que tivéssemos conversado mais. Durma bem, parceiro.

Erika olhou para Melanie ao seu lado e viu uma lágrima escorrer-lhe pela bochecha. Pegou a mão dela e apertou de leve. Melanie respondeu com um breve gesto de cabeça e Erika a soltou. Quando se levantaram para o próximo cântico, Erika avistou Marsh sentado algumas fileiras à frente com outros oficiais superiores que ela reconheceu, mas dos quais não sabia os nomes. Inclinou-se para a frente na esperança de que ele a visse, porém, o órgão começou a tocar "I Vow to Thee, My Country".

Uma hora depois, a missa terminou. Erika e Melanie saíram da igreja e ficaram perto da entrada, enquanto as pessoas saíam em fila. O constrangimento entre as duas era grande e Erika não sabia como quebrá-lo.

– Vou dar os pêsames à esposa do Sparks – disse Melanie, olhando para a porta da igreja atrás delas, o local onde a viúva encontrava-se rodeada de pessoas cumprimentando-a.

– Olha só, Melanie, hoje cedo eu perdi a cabeça. Desculpe.

— Tudo bem. É como o amigo do Sparks falou naquela hora. Este trabalho, ele... – parecia que ela ia falar algo a mais, mas resolveu se calar.

— Às vezes interfere na capacidade de agir com decência – disse Erika. – Estou falando de mim.

— Vamos entrar em contato algumas vezes ao dia. Garanto que vou me colocar à disposição quando não estiver na delegacia.

— Claro – Erika concordou com um sorriso.

Melanie atravessou os grupos de pessoas e retornou para dentro. Erika aguardou mais alguns minutos, a igreja esvaziou um pouco e, finalmente, Marsh saiu. Aparentava estar exausto, ainda assim continuava muito bonito. Tinha cortado o cabelo loiro rente à cabeça e havia perdido peso, o que enfatizava seu maxilar quadrado. Estava parecido com o policial com quem ela e Mark haviam feito o treinamento militar em Manchester anos atrás. Antes de a ambição dele ter cavado um fosso entre os dois.

— Finalmente consigo falar com você – ela disse. Marsh inclinou-se e lhe deu um beijinho no rosto.

— Por que não está atendendo o telefone?

— Desculpe, Erika, as coisas não andam muito bem.

— Fiquei sabendo. Quando ia me contar que foi suspenso?

— Será que dá para falar mais baixo? – Ele revirou os olhos.

— Será que dá para retornar as minhas ligações para que eu não precise ficar te encurralando do lado de fora de um funeral para a gente conversar?

Ele passou o dedo ao redor da gola da camisa.

— Você vai ao enterro?

— Não sei. Não estava nos meus planos.

Eles foram para o lado quando um grupo grande saiu da igreja para cumprimentar o padre. Depois começaram a caminhar na direção do portão.

— Fiquei sabendo que você estava lá quando ele morreu.

— Estava na sala do Sparks, enchendo o saco dele, quando teve o ataque – explicou Erika.

— Então o cara morreu de tanto você o infernizar? – disse ele, sem expressão alguma no rosto.

— Muito engraçado.

Chegaram aos portões, e Erika viu o carro aguardando para levar Melanie e ela de volta.

— Venha, vou te levar para almoçar – ela disse, oferecendo-lhe o braço. – Quero saber de tudo, e quero sua opinião sobre um caso em que estou trabalhando.

CAPÍTULO 56

Eles caminharam até o centro de Greenwich e encontraram uma pequena e charmosa cafeteria. Pediram dois cafés grandes e um café da manhã inglês completo para cada um.

– Sei que você não é de ficar se preocupando com detalhes, mas estou chocada com a sua suspensão – comentou Erika, quando se acomodaram a uma mesa no canto.

– Brutalmente honesta como sempre – disse ele, ajeitando os talheres, constrangido.

– O que aconteceu exatamente?

Marsh respirou fundo.

– Fui suspenso porque a Polícia Metropolitana de repente resolveu ir atrás da família Gadd por lavagem de dinheiro no negócio de importação-exportação que eles operam. Você se lembra da família Gadd de quando trabalhávamos em Lewisham?

– Me lembro que ferraram comigo por invadir o velório da mãe de Paul Gadd para localizar uma testemunha – disse Erika.

Marsh deu um sorriso melancólico.

– É. Não me esqueço disso. Precisei de muito pano quente para acalmar a situação.

– Mas qual é o esquema com a família? – perguntou Erika.

– Nos últimos 25 anos, a Polícia Metropolitana fez vista grossa para algumas *atividades* deles em troca de informações. Oficialmente, a família Gadd é dona do contrato de papel e plástico reciclado em Londres. Eles também têm um complexo de depósitos lá na Isle of Dogs, usado para importação-exportação.

– Então eles são uma máfia?

– Eles não mexem com drogas nem armas. Trabalham mais com mercado negro de cigarro, álcool...

– E o negócio de reciclagem?

– É cem por cento legal, e muito lucrativo. Eles recebem o material recolhido em toda a Londres pela prefeitura, fazem a separação de tudo e exportam para a China.

Pararam de falar quando os pratos chegaram, uma versão chique do café da manhã inglês, artisticamente arrumado no prato, e o feijão cozido com molho de tomate veio acomodado em sua própria tijelinha. Concentraram-se na refeição durante um momento.

– Okay, então do que é que você está sendo acusado? De aceitar suborno da família Gadd? – perguntou Erika, passando manteiga em uma torrada.

– Não, não, não – disse ele, tomando um gole de café, meio sem graça. – Não se esqueça de que, quando fui promovido a Superintendente Chefe, herdei pessoal, infraestrutura, orçamentos...

– Sei como isso funciona...

– Também herdei o relacionamento do meu predecessor com Paul Gadd. Ele tem 70 anos, mas ainda é muito ativo nos negócios da família. Havia um acordo vigente, segundo o qual a alfândega fazia vista grossa para certas entregas deixadas nos depósitos.

– Você não trabalha na alfândega.

– Mas posso ter orientado policiais para que ajudassem a, digamos, disfarçar ou desviar a atenção, nada perigoso, só que ajudassem a manter longe olhares curiosos e fiscalização...

– Okay.

– Erika, todo mundo sabia disso. Era um *segredo* aberto. Mas, como você sabe, as coisas mudam, e quando Camilla foi promovida a comissária assistente, ela ficou ansiosa para deixar sua marca, queria cair nas graças dos servidores públicos do alto escalão e do governo. O marido dela é muito próximo do Ministro da Fazenda, e Camilla viu uma oportunidade de garfar de volta meio bilhão em impostos não recolhidos pela família Gadd. Deram início a uma investigação, cabeças rolaram. A minha foi uma delas.

– A família Gadd tem como pagar meio bilhão?

– Tem como pagar boa parte disso se fizerem um acordo com a Receita Federal do Reino Unido. E Camilla consegue uma vitória que vai dar muita notoriedade para a polícia.

– Mas, obviamente, não é uma vitória de verdade, é? – questionou Erika. Marsh negou com a cabeça.

– A parte do acordo que cabia à família Gadd nos permitia controlar o que entrava em Londres pelo rio. Eles nos ajudaram a impedir que bilhões em drogas ilegais inundassem a cidade. Agora isso tudo parou e a Polícia Metropolitana vai ter que trabalhar no limite tanto psicológico quanto financeiro para lidar com a situação.

– Mais do que meio bilhão... – Eles mastigaram durante um momento. – Você está bem, Paul?

– Não muito. Estou de licença remunerada, mas não consigo ficar à toa. Marcie levou as gêmeas para a França com a mãe. Estão no nosso chalé. Ela não tolera a vergonha de ser vista pelas outras mulheres, aqui.

– Ela ainda quer o divórcio?

– Quer.

– Sinto muito – disse Erika antes de dar uma garfada grande. – Onde Sparks se encaixa nisso tudo?

– Sparks?

– Camilla estava investigando Sparks também. Achava que ele estava recebendo por fora, citou até o nome de Simon Douglas-Brown.

– Puta merda, é uma caça às bruxas – disse Marsh, balançando a cabeça.

– O que vai acontecer agora?

– Vou esperar o julgamento, o que pode levar meses.

– Sinto muito.

Comeram em silêncio por um instante, observando o trânsito na rua. Erika teve uma ideia, e seu coração disparou.

– Quando trabalhou com a família Gadd, você tinha um contato?

– Tinha. Por quê?

– Você ouviu falar do caso em que estou trabalhando?

– O das moças encontradas nas caçambas.

– Esse mesmo.

– Estou tentando encontrar uma ligação, alguma coisa que amarre o caso. O corpo das vítimas foi deixado em caçambas idênticas, e me ocorreu que o assassino poderia trabalhar para a empresa que fornece essas caçambas. Isso explicaria os locais aleatórios em que ele as desova. Qual é o nome da empresa?

– Não sei, os Gadd têm várias empresas...

– Consegue essa informação?

– Posso te falar agora, mas é totalmente extraoficial.

– Okay, o que isso vai me custar?

– Me dá o seu pão na chapa e estamos quites.

Erika sorriu e o entregou a Marsh. Ele devolveu o sorriso e pensou, como fazia com frequência, que ela é quem tinha se afastado.

CAPÍTULO 57

Tinha sido um dia constrangedor para Darryl no trabalho. Sentia-se muito incomodado com o flerte de Bryony. Toda vez que tirava os olhos do monitor e levantava o rosto, ele a via, encarando-o do outro lado da divisória. Ela saiu cedo para o almoço e voltou com sanduíches e café para os dois. Para ele, ovo e agrião, que Darryl odiava, e para ela, queijo e cebola, o que não era um bom sinal para o "encontro" deles mais tarde naquela noite.

À tarde, na reunião semanal do departamento, ela guardou um lugar para ele ao seu lado na sala. Durante a reunião, ela deslizou um bilhete para ele em que estava escrito:

Ansiosa por hj à noite, bj, Bryony

Ele olhou para ela, com os olhos atrás dos óculos grossos fervendo de desejo. Darryl sorriu constrangido, desviou o olhar e viu dois dos rapazes populares rindo maliciosamente do outro lado da mesa. Quando o expediente terminou, achou que Bryony o chamaria para comer alguma coisa, mas, para seu alívio, isso não aconteceu, ela disse apenas que deviam se encontrar no IMAX pouco antes das 7h30.

Ele foi dar uma caminhada por South Bank, ao lado do rio, depois escolheu um restaurante tailandês moderno perto do Royal Festival Hall para comer uma coisinha. Estava quase vazio e ele pediu um lugar no final de um dos compridos bancos que tinham vista para o rio. A garçonete era uma garota magra de cabelo escuro chamada Kayla. Após levá-lo ao seu lugar e anotar o pedido, ela ofereceu-lhe um largo sorriso. Quando serviu a tigela fumegante de rámen, ela se inclinou diante dele e a camiseta apertada subiu um pouco, deixando à mostra uma barriga tanquinho tatuada com um desenho espiralado e dois dragões em combate. Darryl sentiu o pênis ficar duro e inalou o aroma da garota, que usava um forte perfume almiscarado. De puta. Aquilo o excitou. Não conseguia tirar os olhos dela. Enquanto comia, ficou observando-a passar entre as mesas, acomodar fregueses e servir pratos com comidas fumegantes. A garota provavelmente sentiu o olhar dele algumas vezes, pois se virava, mas não retribuía o sorriso. Quando Darryl terminou, foi um garçom alto e magro que retirou seu prato.

– Sobremesa? – perguntou ele com frieza.

– Não, só a conta...

Kayla saiu da cozinha no outro lado do restaurante e disparou um olhar muito desconfiado na direção de Darryl. Em seguida, o garçom retornou com a maquininha de cartão de crédito.

– Achei que vocês atendessem seções específicas no restaurante – comentou Darryl, entregando o cartão.

– E atendemos mesmo – confirmou o garçom, enfiando o cartão na máquina e digitando as informações. Ele a virou de maneira rude para Darryl. – Senha, por favor.

– Então por que Kayla não terminou de me atender? Quero dar uma gorjeta para ela.

– Você a deixou constrangida, senhor. Aqui está o seu cartão – disse ele, atirando-o com o recibo antes de sair com passos arrogantes.

– Filho da puta – murmurou Darryl, pegando-o.

– Do que foi que me chamou? – perguntou o garçom, voltando e parando na frente dele.

– EU TE CHAMEI DE FILHO DA PUTA! – berrou Darryl, levantando-se. – EU SOU O CLIENTE. ESTOU SEMPRE CERTO!

O restaurante ficou em silêncio. Um garfo tilintou na cozinha.

– É melhor você ir embora antes que eu chame a polícia – ameaçou o garçom, dando um passo para trás. Ele era muito mais alto do que Darryl, mas parecia assustado.

– Eu vou. Essa comida estava uma merda mesmo – disse ele, indo embora. Estava furioso no caminho de volta às margens do rio, mas o ar frio não demorou a acalmar os seus nervos. Não deixaria um garçom desprezível estragar sua noite.

Darryl saiu do calçadão à beira do rio perto da estação Waterloo e atravessou a úmida passarela subterrânea. Infelizmente, não havia nenhuma sem-teto, e ele surgiu na base do enorme cinema circular da

IMAX. Viu através do vidro que o interior do lugar estava cheio, e mais pessoas saíam das outras três passarelas subterrâneas.

Encontrou-se com Bryony, que aguardava logo depois da entrada principal, ao lado de uma mesa pequena em que deixavam panfletos. Darryl ainda estava com as roupas do trabalho e, por um breve momento, se perguntou se Bryony esperava que ele tivesse se trocado. Ela estava com um vestido roxo com transparência que ia quase até o chão. As pontas do sapato prata espiavam por baixo das camadas de tecido. Enrolada em seus ombros robustos havia um xale preto. Bryony também havia feito um negócio esquisito na cabeça. O cabelo estava preso num rabo de cavalo, mas ela tinha deixado um topete na frente, ao estilo do penteado de Amy Winehouse, o que, com seu nariz proeminente, o fez pensar em um alienígena dos filmes de Sigourney Weaver.

– Oi, Darryl – cumprimentou, com o rosto se iluminando.

Meio nervosa, ela segurava na mão esquerda uma pequena bolsa prata cuja correntinha estava enganchada na curva do braço. A situação toda era muito embaraçosa e ele se inclinou para cumprimentá-la com um beijinho no rosto. Sentiu cheiro de álcool no hálito dela, uísque ou conhaque. Será que tinha tomado uma dose para ganhar coragem? Sim, mais do que uma. Bryony deu uma bambeada antes de pôr o braço ao redor dele. Por cima do ombro dela, Darryl viu um grupo de adolescentes esperando na filha da bilheteria. Uma das meninas fotografou o abraço desajeitado e o grupo começou a rir. Ele desvencilhou-se e sorriu.

– Como estou? – perguntou ela, encostando uma mão no cabelo.

– Nossa, está ótima. – Ela reluziu novamente, deixando à mostra alguns centímetros de gengiva acima dos dentes.

– Já estou com os ingressos. Você quer alguma coisa para comer, uns salgadinhos?

– Pipoca?

Ela concordou com a sugestão e sorriu de novo.

Era um sorriso de completa... completa o quê? Admiração? Veneração? Embriaguez? Ou será que ela conseguia enxergar dentro dele a verdadeira pessoa que habitava aquela casca ordinária? De repente, Darryl sentiu-se forte por estar com ela. Era como se ele irradiasse uma luz e Bryony se banhasse nela. Durante um breve momento, achou que era capaz de contar-lhe todas as coisas que não conseguia contar a mais ninguém, e que, ao escutá-las, ela não correria.

Depois de comprarem pipoca, Bryony o conduziu até um dos elevadores.

– Nossos assentos são bem lá no alto – ela comentou entusiasmada.

Saíram do elevador direto na sala. Darryl nunca tinha ido a um cinema IMAX, só havia ido ao cinema uma vez, aos 9 anos, com a mãe e o irmão, mas Joe tinha enchido a cara de pipoca e vomitado no lugar todo antes de o trailer acabar, e tiveram que ir embora. Ficou chocado com o tamanho da tela e da sala.

– É da altura de cinco ônibus de dois andares – comentou Bryony, curtindo sua expressão boquiaberta e o conduzindo à fileira dos fundos, que estava vazia. Sentaram-se, e ele espiou os grupos de pessoas estendendo-se abaixo deles. A sala escureceu e os trailers começaram. Terminaram a pipoca nos primeiros minutos do filme, uma caixa cada um. Tinham toda a fileira do fundo para eles, exceto por um menino na outra ponta.

Bryony pôs a caixa da pipoca no chão e fez o mesmo com a que estava nas mãos dele.

– O que está fazendo? – sussurrou ele.

Ela inclinou-se na direção de Darryl, que sentiu outra baforada de bebida.

– Fica sentadinho aí e relaxa – disse Bryony. Ela olhou ao redor, pôs a mão no colo dele e começou lhe esfregar entre as pernas.

– Bryony... O que está fazendo? – ele perguntou se retraindo.

– Shhh, você não precisa dizer nada – sussurrou, esfregando mais forte, e ele se remexia no assento, constrangido.

– Você não tem que... – falou Darryl.

– Oh, mas eu quero – ela murmurou com a voz suave. – Está bom? Estou fazendo direito?

Ela começou a passar os dedos no contorno do pênis, depois começou a segurar e apertar as bolas. Darryl olhou ao redor da sala e viu a parte de trás da cabeça das pessoas olhando para a tela enorme. Kayla, a garota com a tatuagem, invadiu seus pensamentos e ele se entregou, inclinando a cabeça para trás.

– Oh, estou sentindo, está ficando duro – sussurrou Bryony antes de soluçar. Darryl abriu um olho. – Desculpe, tomei umas biritinhas antes de me encontrar com você – ela disse, tirando a mão.

– Não. Não para, Bryony. Está bom – disse ele, pegando a mão dela e a colocando de volta.

Ela sorriu. A luz da tela refletia em seus óculos enormes. Darryl fechou os olhos quando Bryony começou a esfregar novamente. Seus pensamentos voltaram para Kayla, o cheiro, a pele escura com as tatuagens. Ele desabotoou a calça e abaixou a cintura da samba-canção. Sentiu o ar frio no pênis duro e reabriu os olhos.

— Vai lá. Põe na boca.

— Nossa! — exclamou Bryony, olhando para baixo com a respiração ofegante e os olhos repletos de admiração atrás dos óculos.

Oh meu Deus, ela nunca viu um pênis na vida, pensou Darryl. Isso o excitou ainda mais.

— Seus lábios são tão bonitos — elogiou.

— Obrigada — respondeu ela, colocando uma mão sobre a boca.

— Anda, coloca o meu pau enorme entre esses lábios lindos.

Bryony concordou com um gesto de cabeça, desceu da cadeira desajeitadamente, ajoelhou-se e colocou-o na boca com cautela. Darryl sentiu-se tanto excitado quanto enojado. Agarrou a cabeça dela e a empurrou para baixo. Sentindo ânsia de vômito, Bryony recuou um pouco, mas ele agarrou suas orelhas e começou a enfiar e tirar com força. Ela engasgou e fez barulhos molhados durante uns dois minutos, então ele chegou ao clímax e segurou a cabeça dela no lugar agarrando com força o cabelo atrás da cabeça de Bryony, que continuava a engasgar com ânsia de vômito.

Ela se sentou no chão entre os assentos do cinema, sem ar, aparentando estar um pouco chocada, e ele se vestiu novamente e fechou o zíper.

— Isso foi legal? — ela perguntou, limpando a boca.

— Ah, sim. Foi muito bom — respondeu Darryl, levantando os polegares.

O rosto de Bryony ficou radiante e ela abriu um sorriso enorme.

— Oh, estou tão feliz! — disse, voltando a se sentar na poltrona, mas trombou nas caixas de pipoca. — Ai, acho que estou com câimbra — ela reclamou entredentes.

— Tudo bem. Fica sentadinha aí. — Ele se levantou e pegou as duas embalagens. — Vou lá pegar mais para a gente.

— Obrigada — disse ela, sentando-se sem jeito e esfregando a perna

— Era doce ou salgada?

— Salgada... mas acho que agora vou querer doce — optou, engolindo em seco. — Pode comprar alguma coisa para beber também?

Darryl deu um sorrisão e foi para a lanchonete.

CAPÍTULO 58

Depois do almoço com Marsh, Erika retornou à delegacia West End Central. Ficou trabalhando com sua equipe o resto da tarde e o início da noite com a informação que Marsh tinha lhe dado. Às 8h30, Melanie voltou à delegacia e as duas fizeram uma reunião na sala dela.

– Vou solicitar informações específicas dos funcionários que moram nos arredores da Grande Londres, nas fronteiras – informou Erika. – Especificamente de homens entre 21 e 35 anos.

– E isto é da companhia de gerenciamento de lixo Genesis? – perguntou Melanie, examinando o documento que Erika havia preparado. – Que indícios você tem para justificar uma solicitação desse tipo?

– Passamos um tempão examinando os locais em que os corpos foram desovados, tentando encontrar padrões, comportamentos que se repetem. Sabemos que ele ataca o mesmo tipo de garota. A única outra similaridade é que todas elas foram desovadas em caçambas de lixo para resíduos gerais exatamente da empresa de reciclagem Genesis.

– Erika, você acha que isso pode ser classificado como similaridade? Sabe quantas residências existem em Londres?

– Eu arriscaria um palpite de...

– Hoje à tarde participei de três reuniões sobre estatísticas de crimes e invasões domiciliares: 886 mil pessoas na Grande Londres têm casa própria, mas financiada; 862 duas mil pessoas pagam aluguel diretamente ao proprietário; habitações sociais representam 786 mil lares, e 690 mil pessoas moram em casa própria quitada.

– Você decorou esses números?

– Eles martelaram isso na gente insistentemente – Melanie justificou. – Mas o que quero dizer é que elas têm algo em comum: as necessidades de descarte. A coleta de lixo é feita pela Genesis. São 2,6 milhões de casas. Acrescente a isso as milhões de empresas que operam em Londres... A Genesis é uma das maiores empresas de gerenciamento de lixo na Europa, com 400 mil empregados. Você acha que a gente pode simplesmente ir lá e solicitar informações sobre os funcionários deles?

– Sabemos que ele usa um Citröen C3 – acrescentou Erika desesperadamente.

– Ah bom, isso reduz o número de pessoas. É só o modelo de carro mais popular fabricado nos últimos cinco anos. Você acha que a Genesis mantém registro dos carros que os funcionários usam? Ou também vamos fazer uma solicitação geral à Agência de Licenciamento de Motoristas e Veículos para que nos forneça uma lista de todos os proprietários de Citröen C3 na área da Grande Londres?

Erika ficou um momento em silêncio.

– Eu já fiz isso... E estamos trabalhando com uma lista de nomes gigantesca. Estamos com o foco, por enquanto, em homens que têm antecedentes criminais.

– Só que, de acordo com o que sabemos, esse cara não está nos registros – contestou Melanie. – Temos o DNA do sujeito, mas ele não está no nosso sistema, o que me faz concluir que nunca foi preso.

– Melanie – Erika suspirou –, eu tenho que começar por algum lugar. Tentamos rastrear o carro nas filmagens seguindo o progresso dele pelos locais onde há câmeras de segurança, só que, sem o número da placa e com a quantidade de Citröen C3 que circulam pelas ruas, é impossível.

Melanie recostou-se e deu um gole no café.

– Eu sei, Erika... Mas tudo que você fizer tem que se sustentar no tribunal. Existem questões de proteção de dados, questões de mão de obra. Você está ciente de que temos problemas com a família Gadd, que é acionista da Genesis, e de que dois outros grandes acionistas dela fazem parte do conselho da Comissão Independente de Reclamações Contra a Polícia, que já está lidando com uma queixa feita pelos pais de Ella Wilkinson?

Erika fez que sim e continuou:

– Mas isso pode nos levar a uma descoberta, pode haver alguma pista naquele monte de dados que solucione o caso antes que ele pegue outra mulher.

– Não sabemos se ele... – começou Melanie.

– Pegou três – completou Erika –, e os intervalos entre cada rapto e assassinato estão ficando menores. Melanie, eu trabalho com o meu instinto.

– Ditadores e megalomaníacos também – falou ela, sem maldade. – Olha só, me procure com algo mais concreto, bem costurado e específico.

Reduza a quantidade de pessoas que está procurando, de locais em que elas possivelmente trabalham. A Genesis tem 12 escritórios no centro de Londres. Mais 46 no restante do país. Eu vou, é claro, disponibilizar todos os recursos que tiver ao meu alcance, mas não posso assinar um cheque em branco para você arremessar uma rede enorme e ver o que consegue pegar.

Erika ficou encarando-a, desapontada, e concordou com um gesto de cabeça.

– Me mantenha informada. Feche a porta quando sair.

Peterson estava esperando na recepção da delegacia no andar de baixo quando Erika saiu do elevador. Ela contou como tinha sido a reunião com Melanie.

– E o que você vai fazer? – ele perguntou.

– Não sei. Preciso pensar. Preciso encontrar uma forma de achar uma agulha em um palheiro.

– Pizza com cerveja lá em casa ajudaria? – convidou quando saíram do prédio e foram envolvidos pelo frio.

– Ajudaria. – Erika sorriu. – Ajudaria, sim.

CAPÍTULO 59

Quando Darryl voltou com mais pipoca, Bryony ficou muito pegajosa e insistiu que dessem as mãos durante o resto do filme, o que o deixou mais horrorizado do que a outra coisa que ela tinha feito com ele.

Assim que o filme acabou, Darryl se levantou depressa e insistiu para irem embora. Enquanto aguardavam o elevador que levava à portaria ao lado de um grupo grande de pessoas, ele ouviu uma das funcionárias do cinema, uma bela jovem de cabelo afro, contando empolgada que ia se encontrar com um diretor de *casting* em um bar. Pela conversa dela com outro funcionário, ficou claro que a garota era atriz, não conhecia o homem com quem se encontraria e que estava disposta a flertar intensamente para conseguir chamar a atenção do dito cujo.

Darryl mal percebeu o que Bryony estava falando enquanto desciam no elevador. Ao saírem do IMAX, Bryony parou e virou-se para ele.

– Vamos tomar alguma coisa ou caminhar pelo rio?

– É melhor eu ir embora, tenho que pegar o trem para casa.

– Oh, podemos ir lá para a minha casa – ela o convidou, com os olhos adquirindo um brilho esfomeado.

– Desculpe, tenho que ir para casa dar comida para Grendel...

– Ah... – ela soltou, incapaz de esconder seu desapontamento. – A gente se vê no trabalho, então? Temos a conferência amanhã. É fora do escritório. Acho que vai ser divertido.

– É. Te vejo lá.

Bryony deu um passo adiante para abraçá-lo, mas Darryl despediu-se com um aceno de cabeça e saiu na direção da passarela subterrânea, deixando-a parada sob as luzes coloridas do IMAX.

Na manhã seguinte, todos os funcionários da empresa em que Darryl e Bryony trabalhavam estavam na conferência anual da firma. Era uma corporação grande e tinham investido muito dinheiro para alugar o auditório do Royal Festival Hall. A equipe do prédio de Darryl foi uma das primeiras a ser levada de ônibus para South Bank.

Darryl evitou Bryony e passou direto pelo lugar que ela tinha guardado para ele no ônibus. Quando chegaram ao Royal Festival Hall, ele saiu depressa do ônibus pela porta lateral, depois ficou fazendo hora no banheiro e só foi para o auditório quando a palestra estava prestes a começar.

Ele ficou encantado com o esplendoroso auditório de madeira escura, com três mil assentos, teto alto com isolamento e repleto de lâmpadas. Quase três mil empregados dos 12 escritórios londrinos da corporação Genesis tinham se reunido para ouvirem uma série de apresentações e a palestra de um dos CEOs.

Darryl estava sentado no final de uma fileira comprida, ao lado de um grupo de homens e mulheres que também trabalhavam em seu prédio, mas que ele não conhecia. No horário do almoço, evitou a enorme lanchonete, comprou um sanduíche do lado de fora e o comeu observando o rio.

Ele se deu conta de que sair com Bryony havia sido um grande erro. Ela estava interessada nele. Observando todos os seus movimentos. Tinha que cortar aquilo pela raiz.

À tarde, Bryony não deu a mínima para a palestra que ia começar. De volta ao auditório, ela apareceu do nada e ocupou o assento ao lado de Darryl, antes que ele tivesse a chance de escapar. Apagaram as luzes e o CEO, um homem alto e careca, começou a falar.

– Ei, você está bem? – sussurrou Bryony.

Ela pressionava sua coxa gorda na dele, ainda que Darryl estivesse tentando se afastar dela.

– Tudo bem – ele respondeu, olhando para a frente.

O CEO continuava com seu discurso monótono, desatento ao fato de que os funcionários do baixo escalão estavam pouco se lixando para os resultados trimestrais ou para a redução do valor contábil dos ativos. Ele dizia que todas as famílias de Londres usavam pelo menos um de seus produtos e que a companhia teve um impacto transformador na energia renovável. Enquanto o executivo continuava a listar monotonamente as conquistas da empresa, Darryl resistia à vontade de se levantar e anunciar que as jovens filhas de pelo menos três famílias tinham sido enfiadas de forma nada cerimoniosa dentro de uma caçamba da companhia Genesis. Reprimiu uma risadinha que tinha lhe rastejado garganta acima.

– Por que você estava rindo? – perguntou Bryony. Ela estendeu o braço e pôs a mão na dele.
– Por nada – respondeu, tirando a mão.
– Ele falou alguma coisa engraçada?
– Não – respondeu Darryl. Ela começou a passar a mão no braço dele e a se esfregar em seu corpo, o que o estava deixando irritado e com raiva.
– Por que você estava rindo? – disse ela de um jeitinho recatado. – Me conta, também quero rir.
Darryl virou-se para ela.
– Quer mesmo saber?
– Quero – respondeu ela, abrindo um sorrisão.
– Sério?
– É!
Ele inclinou-se no ouvido dela:
– Eu estava pensando que te foder deve ser um desafio. Eu provavelmente ia ter que usar uma britadeira... Pra falar a verdade, você me dá nojo. A noite passada foi um erro.

O auditório explodiu em aplausos no momento em que o CEO terminou a apresentação. A plateia ficou de pé e Darryl juntou-se a ela batendo palma entusiasmadamente. Então olhou para Bryony, que permaneceu sentada, desolada, olhando fixamente para a frente, quase em transe. Os aplausos continuaram, ela se levantou meio desequilibrada e saiu empurrando-o, tropeçando ao abrir caminho à força ao longo da grande fileira de pessoas e jogando algumas delas de volta nos assentos.

Darryl a acompanhou até Bryony chegar à ponta da fileira e começar a descer a escada. As pessoas olhavam para ela com cara de reprovação, e ele se perguntou se haveria consequências.

Livrou-se desse pensamento e se concentrou na próxima garota que perseguiria. A jovem atriz desempregada com quem tinha feito amizade pela internet.

CAPÍTULO 60

Beth Rose estava no segundo ano de faculdade no Drama Centre, em West London. Desde que era garotinha, em Suffolk, queria ser atriz, e decidiu que, mesmo que não desse certo, ela com certeza seria famosa. Beth tinha cabelos compridos e escuros, olhos castanhos grandes e era alta, magra, com um quê de desengonçada. Mas era bonita, e seu jeito destrambelhado a fazia ser benquista por seus amigos e pares. Beth foi morar com a tia durante a faculdade, trocando o quarto que dividia com duas irmãs em uma cidadezinha à beira-mar por um quarto grande no último andar de uma luxuosa casa no centro de Londres. Tia Marie havia se casado três vezes, mas não tinha filhos, por opção, ela sempre dizia.

– Você é tão mais interessante agora que é adulta – Marie lhe disse quando a jovem chegou dezoito meses antes para começar o curso de Teatro. O terceiro casamento de Marie foi com um analista de investimentos e, como parte do acordo de divórcio, ela ficou morando na Tyburn Road, em uma casa lindíssima numa seleta área da New Oxford Street.

Na quinta à noite, Beth estava relaxando no quarto depois de um longo dia na faculdade, pintando as unhas com um reluzente esmalte verde-escuro. Tia Marie estava no andar de baixo assistindo de novo a *Poldark – Herói de Guerra*.

A coroa já está com tesão, pensou Beth dando uma risadinha. Estava analisando as unhas, admirando seu trabalho, quando o celular apitou. Ela soprou as unhas, pegou o aparelho e passou o dedo na tela com cuidado. Viu que tinha uma solicitação de amizade no Facebook de um diretor de *casting* chamado Robert Baker. Aceitou-a rapidamente, com medo de que ele tivesse feito aquilo por engano. Soprou as unhas de novo com pressa, depois o pesquisou no Google.

– Puta que o pariu! – exclamou, com os olhos arregalados ao examinar os resultados. Era um diretor de *casting famoso*. O nome dele aparecia como Robert Baker DGC. Ela não se lembrava do que "DGC" significava;

queria que fosse "Diretor Geral de *Casting*", mas não tinha certeza de que era isso. De qualquer forma, ele fazia parte de um sindicato, portanto aquilo era verdade. Beth viu que Robert fazia a seleção de elenco para filmes e TV e que trabalhava no Cochrane Street Studios, perto da Tottenham Court Road.

O perfil de Beth no Facebook deixava claro que era atriz. Ela tinha postado um vídeo demo, vários retratos profissionais e informava que estudava em uma das melhores faculdades de dramaturgia do país.

Por qual outro motivo ele solicitaria amizade?

Beth acreditava que sua vida se encontrava no início de uma empolgante jornada. Uma jornada repleta de probabilidades infinitas que se estendiam à sua frente. Coisas ruins aconteciam com os outros. Ela estava predestinada a passar por algo que mudaria sua vida. A jovem sempre gostou de se lembrar onde estava quando algo mudou sua vida, e aquilo tinha que ser uma mudança de vida. Beth minimizou a tela e ligou para a amiga Heather.

– Você nunca vai *adivinhar* de quem acabei de ficar amiga no Facebook – ela disse.

CAPÍTULO 61

O dia seguinte era sexta-feira, Darryl dirigia no trânsito da hora do rush e entrava lentamente de carro no centro de Londres. Estava impressionado por Beth Rose ter mordido a isca tão depressa e de modo tão entusiasmado.

Havia meses que vinha trabalhando em um novo perfil no Facebook com o nome de Robert Carter, e só foi necessário trocar o nome e a foto para tornar-se Robert Baker DGC, um diretor de *casting*. Robert Baker era uma pessoa real, inclusive tinha seu próprio perfil no Facebook, mas a foto que usava era de um labrador preto. Como sempre, aquilo era perigoso, mas Darryl tinha baixado um retrato de Robert Baker do site do estúdio de *casting*, o que fez usando uma rede virtual privada para esconder seus rastros.

Encontrou Beth Rose quase por acaso, acessando o *Diretório de Apresentação de Alunos*. Atores se inscreviam no *Diretório* para que diretores de *casting* pudessem vê-los. Ao acessar um perfil, o diretório fornecia um retrato do ator, cor dos olhos, peso, altura e as medidas. Em alguns perfis, havia inclusive uma amostra da voz. Darryl tinha gostado muito de Beth, e seu vídeo demo era uma cena gravada com um rapaz moreno e alto em que ela interpretava uma esposa espancada. Não era cena de uma peça de teatro nem de um programa de televisão. Parecia que tinha sido feito por uma empresa especializada em produzir vídeos demos para atores. A qualidade da produção era baixa, e Beth estava arrumada demais para interpretar uma vítima de violência doméstica, mas ela dava tudo de si, e Darryl gostou dos gritos e das lágrimas fingidos. Eram algo com que ele sabia lidar.

A jovem tinha mordido a isca muito rápido e aceitou a solicitação de amizade em dois minutos. Os celulares dos dois vibravam com as mensagens trocadas a noite toda e eles chegaram inclusive a se falar. Naquela noite, estava indo se encontrar com ela.

Depois de ver filmagens de seu Citröen vermelho espalhadas pelos jornais, Darryl decidiu pegar o carro de Morris, um Ford azul. Estava parado na fazenda desde que o empregado tinha sido preso e liberado sob fiança. Seu pai disse que o rapaz devia estar envergonhado demais para buscá-lo e que tomaria conta do carro, ligando-o semanalmente e conferindo o óleo, até que Morris aparecesse. John nunca fez isso pelo carro do próprio filho, mas, *como o pai sempre dizia*, pensou Darryl, *Morris era um bom ordenhador.*

Chegou aos arredores de South London pouco depois das 7 horas da noite. O interior do carro de Morris tinha um leve cheiro de cavalo e feno, que se misturava ao aroma fresco do gel de banho e da loção pós-barba que Darryl tinha usado. Mesmo sabendo que o encontro não acabaria de forma romântica, ele gostava de fingir. Manteve-se dentro do limite de velocidade. Àquela hora, podia entrar no centro da cidade sem pagar a taxa de congestionamento. Tentava não pensar nas câmeras que podiam identificar o número da placa, e se perguntou se elas também identificavam os carros que entravam na capital durante a noite. Tinha investido bastante tempo na análise cuidadosa dos mapas que detalhavam a área de cobertura das câmeras de segurança e, embora não pudesse evitá-las, podia esquivar-se dos pontos com coberturas mais amplas.

Seu celular tocou no painel e ele viu que era Beth. Estava passando por Camberwell, olhou para ver se podia estacionar, porém a rua era movimentada e não tinha onde parar. Conferiu se não havia carros de polícia por perto e atendeu.

– E aí? – disse, com uma voz que reverberou pelo aparelho. Tinha decidido que Robert Baker possuía uma voz profunda, confiante e com um timbre transatlântico, afinal de contas, fazia *casting* para produções americanas.

– Oi, desculpe! Estou ligando só para avisar que vou chegar uns minutos atrasada – disse ela, agitada. Mas estava confiante.

Ele rangeu os dentes, forçando um sorriso.

– Não se preocupe. Então a gente se vê lá pelas 8h15?

– Sim. Estou tendo uma crise com meu cabelo...

– Cabelo da cabeça?

Houve um silêncio. Ele se odiou por ter usado o humor de Darryl e pediu desculpas. Ela riu, sem graça, disse que se encontrariam mais tarde e desligou. Ele jogou o celular no painel de novo.

– Como eu sou burro, muito BURRO! – xingou, estapeando o volante. Olhou para o lado e viu um casal em um carro. A mulher no banco do passageiro o encarava. Ele mostrou o dedo do meio, afundou o pé e saiu acelerando.

Darryl tinha combinado de encontrar Beth em frente ao estúdio de *casting* em que Robert Baker trabalhava. Ficava na Latimer Road, uma rua tranquila em Southwark, ao lado de um enorme prédio comercial envidraçado. Embora arriscado, encontrá-la ali em frente era essencial para que Beth engolisse a história. Chegou à Latimer Road pouco depois das 8 horas. Avistou o grande e comprido prédio comercial e, ao olhar para cima, viu que os escritórios já estavam vazios. Seguiu adiante e entrou na próxima rua, onde encontrou uma vaga em frente a uma fileira de lojas tampadas com tábuas.

Darryl inspirava e expirava lentamente. Os minutos se passavam, os vidros ficavam cada vez mais embaçados, a respiração ritmada saía em curtas baforadas de vapor. Ele mexia e esticava os dedos do pé, pois não queria que os músculos travassem.

Estava satisfeito por ela ter dito que se atrasaria. Pensou no cabelo comprido de Beth, em como devia ser tocar na pele e no corpo dela. Imagens daquilo que faria com a garota lampejavam em sua cabeça.

Às 8h10, ligou o carro e o ar quente começou a funcionar, limpando a condensação. Conferiu se o mapa e o pequeno cassetete de couro estavam no porta-luvas. Conferiu seu reflexo no espelho. Estava babando. Limpou a boca na manga da camisa, deu a volta na quadra e retornou à Latimer Street. Passou pela entrada do prédio comercial e viu Beth esperando em frente ao estúdio de *casting*.

Apoiada em um miniposte de ferro, usava um casaco cinza comprido feito sob medida, salto alto preto e o comprido cabelo escuro estava solto. Estava com a cabeça abaixada, absorta em seu celular. Darryl passou por ela e estacionou ao meio-fio. Beth ficou a alguns metros do porta-malas. A rua estava vazia.

Ele se abaixou e puxou a alavanca para destrancar o porta-malas. Em seguida, saiu segurando o cassetete escondido pelo mapa na mão direita. Encenou estar ajeitando a camisa dentro da calça, foi até uma placa de trânsito e, imitando Mister Magoo, ficou olhando para ela antes de conferir o relógio.

– Com licença, sou cego igual a um morcego – comentou, virando o rosto na direção de Beth. – Este estacionamento é exclusivo para moradores?

Ela ergueu os olhos do celular e deu de ombros. Olhou para trás, viu o escritório de *casting* escuro, franziu a testa e retornou para o aparelho.

De repente, o celular de Darryl começou a tocar no bolso. Ele olhou para Beth, que tinha colocado o telefone na orelha. Ela estava tentando falar com Robert Baker. Ele examinou a rua: não havia carros nem pessoas.

No momento em que ela ergueu o olhar, confusa com o toque do telefone de Darryl, ele avançou rápido como um relâmpago, atacou-a e acertou o cassetete de couro na parte de trás da cabeça dela. Quando Beth começou a tombar, ele a amparou e arrastou para o porta-malas. Desajeitado, pelejou para abri-lo com o pé ao mesmo tempo em que a segurava. O celular da garota bateu ruidosamente na traseira do carro e ficou dependurado pelos fones de ouvido. Assim que a colocou para dentro e jogou o aparelho em cima dela, uma mulher apareceu pouco depois da entrada do prédio comercial, vindo pela calçada em sua direção.

Ele queria atar os pulsos e pés de Beth, mas não tinha tempo. Fechou o porta-malas. O tique-taque dos saltos da mulher ficava cada vez mais próximo. Darryl sabia que tinha que continuar se movimentando, misturando-se ao cenário da rua. Com a cabeça abaixada, foi até o lado do motorista e entrou.

A mulher passou, perdida em seus pensamentos. Estava com as mãos afundadas no bolso do sobretudo. Era uma mulher elegante, de meia-idade e cabelo curto acinzentado. Ela não o notou. Darryl relaxou um pouco, ligou o carro e arrancou.

CAPÍTULO 62

Darryl pegou as ruas pouco movimentadas atrás da Southwark Bridge. Havia traçado uma rota pela qual evitaria o máximo possível as câmeras de segurança, um caminho que, no mínimo, tornaria difícil para qualquer pessoa reconstituir seus movimentos. No entanto, estava atordoado e viu que tinha feito uma curva errada. Será que a mulher que saiu do escritório o viu? E será que tinha câmeras de segurança nessa rua em que havia acabado de entrar? Fez uma série de curvas e ia passando por prédios comerciais e cafeterias. De repente, se pegou na London Bridge, sentindo o vento que soprava do rio batendo no carro.

– Porra! – gritou, socando o volante. Aproximava-se do cruzamento ao lado da estação de trem, um lugar entupido de câmeras de segurança.

Precisava encontrar algum local tranquilo onde pudesse estacionar e atar os braços e as pernas de Beth. Quando saiu da ponte, viu o desvio na construção ao redor do The Shard e, em vez de poder virar para a esquerda, teve que dar a volta por um caminho afastado da estação de trem.

Acabou imprensado entre duas vans, e ambos os lados da via estavam fechados com barreiras de plástico. Não tinha escolha a não ser continuar em frente. Passaram-se vários minutos, e o desvio o levou a ruas mal iluminadas que não conhecia. Passou por um prédio revestido de andaimes e lonas verdes, que depois se transformou em salas abandonadas com janelas pintadas de cal; mais adiante, a rua fez uma curva fechada para a direita e o lançou em uma área de aparência miserável, com residências e casas de aposta, nas proximidades de Bermondsey.

Seguiu em frente e estava prestes a estacionar em um local que parecia um terreno baldio, quando um ônibus apareceu atrás dele de repente, com todas as luzes acesas. Então continuou dirigindo até passar por uma garagem de ônibus, onde novamente ia tentar parar, contudo, outro ônibus apareceu na esquina em frente a ele. Darryl fechou os olhos por causa da luz do farol e teve que enfiar o pé no freio quando o veículo atravessou na frente dele para entrar na garagem.

Ficou um momento parado, suas mãos tremiam. Estava perdido. Não sabia como voltar para Old Kent Road, que o levaria à New Cross e à South Circular.

Engatou a marcha e continuou dirigindo por mais alguns quilômetros até chegar a um semáforo, e seu coração pulou de alegria quando viu que a placa nele indicava que era só seguir em frente para chagar a New Cross. O sinal mudou de amarelo para vermelho, ele parou o carro e respirou fundo várias vezes. Pelo para-brisa, avistou uma mistura de prédios residenciais e comerciais e ao lado do semáforo havia um mercado e uma lojinha de bebidas.

Algumas pessoas aguardavam no cruzamento. Quando o sinal verde de pedestres começou a piscar, elas desceram do meio-fio e começaram a atravessar a rua em frente ao carro dele. Algo no modo de andar de um dos pedestres era familiar, porém estava preocupado demais em seguir adiante. Darryl olhou o retrovisor, atento à rua atrás de si, depois olhou para baixo e conferiu se tinha guardado o cassetete no porta-luvas. Quando levantou o rosto novamente, quase gritou de susto. Em pé diante dos feixes de luz dos faróis, encarando-o através da janela, encontrava-se uma figura conhecida segurando com força duas sacolas cheias de compras.

Era Bryony.

CAPÍTULO 63

Estava escuro e frio quando Beth começou a voltar a si. O balanço do carro em movimento atingiu o pouco de consciência que tinha, bem como os sons e as sensações: o forte cheiro de óleo de motor e de carpete velho empoeirado.

Estava deitada em uma superfície dura e irregular, sua cabeça latejava de dor, mas não sentiu a garganta seca. Tinha sido uma noitada daquelas? Mas ainda sentia o aroma de banho recém-tomado. Flexionou os dedos e o esmalte nas unhas ainda estava úmido. Durante um momento, tentou se lembrar do que havia acontecido. Estava esperando Robert do lado de fora do estúdio de *casting*. Ele era tão lindo na foto. *Está no auge*, foi como tia Marie o descreveu. Mas algo estranho aconteceu: ele tinha falado que trabalharia até tarde no estúdio, mas as janelas estavam todas escuras. Beth telefonou para ele. Havia um homem baixinho e esquisito ali fora pelejando para conseguir ler uma placa de trânsito. Ele perguntou algo para ela...

Então se deu conta de onde estava. Sua cabeça latejava e o menor movimento a fazia estremecer de dor. Tentou não entrar em pânico e remexeu o corpo. Estava amarrada? Não, conseguia movimentar os braços e as pernas no espaço apertado. Havia um fio fino preso debaixo do lado esquerdo de seu corpo, e percebeu que eram os fones plugados em seu iPhone. Começou a tatear, colocando a mão embaixo de si, sentindo o fio e o puxando. Parecia não ter fim. Será que o plugue do fone havia soltado? Por fim, sentiu o celular embaixo da mão. No escuro, passou o dedo trêmulo na tela uma vez, depois outra. Tinha estragado? Não, estava de cabeça para baixo. Quando o virou, a luz da do aparelho acendeu, iluminando o interior do porta-malas: um carpete, um cabo de transferência de carga, um rolo de fita isolante. Várias roupas que pareciam ser calcinhas.

– Ai, meu Jesus! – quase gritou. Beth engoliu o berro, e a dor disparou de seu maxilar para a têmpora. Sua visão escureceu e ela precisou de algumas tentativas para se lembrar da senha do celular e digitá-la. Parecia que estava levando uma eternidade para conseguir mexer em seu telefone. O local em que havia sido golpeada tinha afetado seu equilíbrio e visão. Por fim, encontrou o contato de sua amiga Heather e apertou o botão de ligar. O som da chamada deflagrou uma dor ainda maior em sua cabeça e, quando o recado da caixa de mensagens de Heather começou, ela sentiu uma vontade terrível de vomitar. Beth deixou uma mensagem balbuciante, tentando articular o que havia acontecido.

Então o carro parou. Ela ficou segurando o celular afastado da orelha e concentrou-se para tentar escutar o que estava acontecendo.

CAPÍTULO 64

Antes que Darryl pudesse engatar a marcha para arrancar, Bryony correu pela frente do carro, se aproximou da porta do passageiro e a abriu. Jogou as compras no chão do carro, entrou e bateu a porta com força.

Ele ficou sem palavras. Os olhos dela atrás dos óculos estavam selvagens e desvairados, e o rosto, lustrado de suor. Ela jogou para trás tufos de cabelo caídos na cara.

– Me fala que aquilo não foi sério! – ela disse sem rodeios, cutucando o peito dele com o dedo. – Me fala que foi uma piada que eu não entendi... sobre você, eu e a britadeira... ou que você cometeu um erro... Por favor, fale isso agora, Darryl, senão, juro por Deus, eu vou...

– Bryony, que merda é essa? – ele berrou com a voz esganiçada.

Alguém buzinou atrás e ele viu uma fileira de carros aguardando e que o sinal estava verde.

– O que você falou para mim foi horrível. Eu te convidei para o meu aniversário especial no cinema. Fiz coisas para você ficar feliz. Os homens gostam daquele tipo de coisa, não gostam?

– Bryony, você precisa sair do meu carro.

Os veículos atrás estavam buzinando e acelerando, um casal de idosos na calçada olhava para dentro do carro com curiosidade.

– Não vou a lugar nenhum até você me contar por quê! – ela berrou, travando a porta. Seus olhos queimavam de raiva e, por um momento, aquilo o amedrontou.

Não seja burro, é a Bryony, a gorda idiota do trabalho, pensou. *Leve-a para casa, tire-a do carro*. Relutante, arrancou, afastando-se do semáforo e dos olhos curiosos na calçada.

– Onde você mora? – ele vociferou.

– O quê?

– Perguntei onde você mora. Vou te levar para casa e a gente pode conversar lá... Imagino que more aqui perto – disse ele.

Ela limpou o cuspe da boca e fez que sim, com o rosto esperançoso.
— Moro na Druid Street, fica a pouco menos de um quilômetro daqui...

Darryl acelerou, deixando as lojas e restaurantes delivery para trás. Então, do nada, Bryony começou a bater nele, a dar socos na lateral da cabeça e do pescoço.

— Por quê? Foi um encontro perfeito, não foi? Eu comprei pipoca pra gente! Você foi legal comigo, eu fui legal com você, depois, do nada, você virou um nojento... POR QUÊ? POR QUÊ? POR QUÊ? — Ela esmurrou o painel com tanta força que o nó de seu dedo começou a sangrar. Ela o colocou na boca e começou a chupar.

— Eu não falei sério... Eu só... Olha, você machucou a mão — disse Darryl, tentando tranquilizá-la. Esticou o braço para garantir que ela ficasse distante ao mesmo tempo em que tentava manter os olhos na rua.

— Você não falou aquilo sério? Não foi sério, né? — ela perguntou, com lágrimas rolando pelas bochechas.

— Não, não falei sério. Desculpe.

Ele viu uma curva à direita para a Druid Street e a fez de quarta marcha mesmo. Bryony não estava de cinto, foi arremessada contra a janela e bateu a cabeça na alça de plástico no teto.

— Ai!

— Qual casa?

— A terceira — ela respondeu, esfregando o rosto e o encarando.

Ele parou o carro junto ao meio-fio. A Druid Street era uma rua sem saída e os imóveis ali eram novos. O lugar estava bem escuro, somente um dos postes funcionava no final da rua. Darryl diminuiu o ritmo da respiração, pensando em como se livraria dela.

— Bryony, vá na frente e faz um chá para nós...

— Darryl, por favor — ela disse, lançando-se sobre ele para tentar beijá-lo, mas ele se virou. A boca de Bryony resvalou em sua bochecha. Ela recostou-se.

— Eu te amo, Darryl, eu te amo tanto... — declarou com sangue pingando do dedo. Ela apertou a pele com força e chupou um pouco mais.

— Eu também te amo, mas preciso conversar com você sobre uma coisa.

— Você me ama? — ela exclamou, entrelaçando as mãos debaixo do queixo.

Um sentimento horrendo foi acometendo Darryl aos poucos: *isso era normal? É assim que as mulheres apaixonadas se comportam?*

— Vá entrando na frente. Eu levo as sacolas de compras — ele disse, olhando para a rua vazia.
— Está bem. Eu trouxe comida. A gente podia jantar. — Ela sorriu. — Você gosta de torta de sorvete?
Darryl fez que sim. Ela sorriu.
— É de chocolate com menta. Tudo bem? Tem problema? Sei que algumas pessoas não gostam...
Então ouviu um barulho alto no porta-malas e ficou quieta. Virou-se para Darryl.
— O que foi isso?
— Não ouvi nada — ele respondeu. Depois de outro barulho, o carro balançou.
— Tem alguém lá atrás? — Bryony perguntou, olhando para o porta-malas pela janela de trás.
— Claro que não! — ele respondeu, abrindo um sorrisão.
— Socorro! Me ajude! Alguém, por favor! Ele me atacou! — berrou a voz abafada de Beth e uma rajada de chutes balançou o carro.
Bryony virou o rosto lentamente para olhar Darryl, e foi como se o rosto que ela conhecia fosse uma máscara que tinha caído. Os chutes e gritos continuavam no porta-malas.
— Por que você tinha que entrar no meu carro? — ele disse calmamente. — Agora vou ter que te matar.
Bryony se virou depressa para a porta, destravou-a e a abriu. Mas quando tentou fugir, seu pé agarrou no cinto de segurança, ela tropeçou e caiu de cara no asfalto.
Darryl abriu a porta e deu a volta por trás do carro observando a rua. O carro inteiro sacudia. Beth fazia muito barulho. Estava indeciso sobre o que fazer.
Então viu Bryony caída e atordoada na rua, estendendo o braço para pegar o celular, que havia deslizado pelo asfalto. Darryl se aproximou, deu-lhe um chute no rosto, depois pegou o aparelho e o jogou em um bueiro perto da roda de trás do carro.
Na entrada da rua, os carros continuavam a passar em velocidade na avenida principal. Um homem passou pela calçada e atravessou, mas estava absorto em seu celular, com o fone pendurado nas orelhas. Darryl pegou o cassetete de couro novamente dentro do carro e foi ao porta-malas. Quando o abriu, Beth esperneou atabalhoada. Com o nariz ensanguentado

e o rosto selvagem, tentou lutar com ele, mas Darryl deu uma cacetada na cabeça dela, o que emitiu um estalo nada agradável e a garota ficou imóvel. Levantou o rosto, Bryony atravessava a rua cambaleando atordoada na direção de casa, sem os óculos, procurando as chaves na bolsa.

Darryl fechou o porta-malas com força e correu, mas ela já tinha passado pelo portão e conseguido enfiar a chave na porta. Quando a abriu, ele a atacou por trás e os dois despencaram no corredor de entrada. O assassino fechou a porta com um chute. Suados, lutaram estranha e desajeitadamente, Bryony tentou empurrá-lo, mas ele subiu nela.

Suas mãos encontraram a garganta da moça e ele a apertou com força, pressionando os polegares para baixo e espremendo. Bryony agarrou as mãos dele, arranhou os braços, depois deu uma joelhada de baixo para cima e acertou seu saco. Ele se encolheu e Bryony levantou, empurrando-o contra a parede, e saiu correndo pelo corredor escuro.

Darryl ficou caído encolhido de dor, tentando recuperar o fôlego. Seus olhos estavam se acostumando com o escuro e ele conseguiu enxergar que estava caído ao pé de uma escada. Bryony choramingava fazendo barulhos estranhos e tateava um móvel, tentando abrir uma gaveta. Estava na cozinha e procurava uma faca.

Darryl levantou ainda sem equilíbrio, apoiando-se na parede, e achou um interruptor de luz. Quando o acendeu, Bryony, de olhos arregalados, disparou na direção dele com a faca de cozinha. Ele firmou o corpo, deu um salto para o lado e, de maneira quase cômica, ela esfaqueou a porta. Ele aproximou-se por trás e a esmurrou, então agarrou o punho que segurava a faca e o bateu algumas vezes no marco da porta até Bryony soltá-la. Agarrou os cabelos e puxou a cabeça dela para trás, então socou o rosto na porta: uma, duas vezes. Ela desmoronou de costas e ficou imóvel.

Darryl se aprumou, suando e tremendo, depois viu o telefone fixo no gancho em uma mesinha baixa. Arrancou o fio da parede e arrastou Bryony pelo cabelo de volta ao pé da escada. Havia um corte ensanguentado na testa, onde ele tinha dado o chute e o nariz estava quebrado. Ele começou a enrolar o fio no pescoço de Bryony, que abriu os olhos e começou a lutar, mas Darryl se ajoelhou na barriga da garota e começou a puxar, segurando as duas pontas do fio como se fossem rédeas, apertando-o ao redor do pescoço. Ela fazia barulhos gorgolejantes e estridentes e suas mãos desesperadas tentavam agarrar o fio. Ele pressionou os joelhos com mais força, sentiu as costelas estalarem e deu um puxão no fio para cima.

Com o rosto roxo, ela engasgava e sacudia os pés, até que, finalmente, ficou imóvel.

Darryl se levantou e largou as pontas do fio do telefone. Recuou, ofegante. Ainda no corredor de entrada, viu seu reflexo em um grande espelho na parede: olhos arregalados e cabelo desgrenhado. Um relógio tiquetaqueava acima da porta que levava à sala e ele viu que eram 9 horas da noite. Conferiu se não tinha deixado cair nada, limpou o fio do telefone com a ponta da camisa. Pegou os braços bambos de Bryony, arrastou o corpo pela sala e o deixou atrás de um grande sofá. Assim, se alguém olhasse pela porta da frente ou pela janela, não veria nada de errado.

Darryl saiu da casa de Bryony e ficou parado na rua. Tinha certeza de que seu DNA estava espalhado por todo o corredor de entrada, mas não havia nada que pudesse fazer. Não tinha antecedentes criminais e, de acordo com o que sabia, sem seu DNA registrado no sistema, a polícia não tinha nada que o ligasse às garotas mortas. Ainda assim, aquilo era ruim. Tinha matado Bryony; justo Bryony. A mulher que sentava de frente para ele no trabalho... Seus colegas tinham visto os dois juntos.

Foi ao carro e entrou. Arrancou, foi embora e permaneceu dentro do limite de velocidade durante todo o percurso até chegar em casa, parando apenas uma vez no acostamento para vomitar. Suspendeu as mãos quando um carro que passava por ali o banhou com uma luz forte e viu que estava com o sangue de Bryony na mão esquerda. Limpou-a na calça.

Então outro pensamento lhe ocorreu: Beth estava com o celular quando a pegou! Foi ao porta-malas do carro e o abriu. Ela ainda estava imóvel, com o nariz ensanguentado. Vasculhou debaixo das pernas dela e o encontrou. Os faróis de outro carro apareceram e ele bateu a tampa do porta-malas com força, mantendo a cabeça abaixada. Depois que o veículo passou, Darryl soltou o celular e o pisoteou contra o asfalto até a tela ficar despedaçada. Em seguida, o arremessou longe em meio a um grupo de árvores. Voltou para o carro e concentrou-se em dirigir o restante do caminho até a fazenda.

CAPÍTULO 65

O despertador acordou Heather Cochrane às 7h30. Abriu os olhos e enxergou a fileira de *collants* que havia pendurado no aquecedor, a pequena janela de seu quarto minúsculo estava embaçada e filtrava a luz azul da alvorada. Tirou as cobertas e olhou para o tornozelo que havia torcido na aula de dança da tarde anterior. Estava apoiado em uma pilha de livros que ela tinha colocado na beirada do colchão.

Puxou a perna cuidadosamente e desceu um pouco a meia apertada, fazendo uma careta de dor. Havia um hematoma escuro ao longo do osso do tornozelo.

– Que merda! – reclamou, deitando de novo no travesseiro. Teria que ir ao médico; se não conseguisse marcar uma consulta, iria à emergência. Ouviu o riso das pessoas com quem dividia a casa ecoando do andar de baixo, acompanhados pelo rádio e pelo barulho da água correndo nos canos do banheiro, na parede atrás de sua cabeça. Sentada na beirada da cama, experimentou apoiar-se no pé torcido, mas o mínimo peso já lhe causava uma dor aguda. Parecia que seu trabalho de fim de semana também estava fora de questão.

Estendeu a mão para pegar o celular na mesinha de cabeceira e o esperou ligar. Viu que tinha uma mensagem de voz e acessou a caixa postal. A mensagem era estranha e o barulho ao fundo parecia ser do motor de um carro.

– Heather, é a Beth... – disse a voz da amiga. – Um homem. Ele me pegou. Quando eu estava esperando o Robert... Ele me pegou na rua. Cabelo escuro, baixo e gordo, olhos pequenos, parecia um porco... Estou no... – Houve um chiado e o barulho do trânsito ficou mais alto... – Estou na traseira do... – houve interferência, em seguida somente o barulho do motor.

Heather ficou sentada na beirada da cama mais dois minutos, ouvindo o som ambiente: trânsito, uma buzina, porém nenhuma palavra mais de sua amiga. Tirou o celular da orelha e viu na tela que a chamada perdida tinha sido às 8h51 da noite anterior. Pôs o aparelho de volta no ouvido, a mensagem finalmente terminou e uma gravação de voz perguntou se ela queria retornar a ligação.

Foi o que fez, mas ouviu uma mensagem gravada informando que o número estava indisponível.

CAPÍTULO 66

Pouco antes das 9 horas da manhã, Erika e Peterson estavam a caminho da delegacia West End Central no carro dele. Tinham ficado no apartamento de Erika em Forest Hill. Peterson dirigia e ela estava recostada no apoio para a cabeça com os olhos meio fechados.

— Você não dormiu? — ele perguntou, dando uma olhada para ela.

— Não muito. E você?

— Umas horinhas, mas você ficou rolando pra lá e pra cá.

— Você devia ter falado. Eu teria ido para o sofá. — Uma placa do McDonald's agigantava-se à frente deles e Erika deu uma olhada no relógio. — Dá uma paradinha no drive-in? Preciso de café e carboidratos.

— Boa ideia — ele concordou, dando seta e virando. Entraram em uma fila de cinco carros, depois uma van se aproximou atrás deles. Fizeram o pedido e estavam chegando perto da janela do drive-thru quando o celular de Erika tocou. Vasculhou a bolsa à procura e viu que era Moss.

— Chefe, onde você está?

— Camberwell, pegando café da manhã para viagem.

— Uma estudante chamada Heather Cochrane ligou para nós e falou que a amiga, Beth Rose, marcou um encontro às cegas ontem à noite perto de Southwark. Ela acabou de acordar e viu uma mensagem no celular; tudo indica que a amiga foi sequestrada e colocada no porta-malas de um carro...

— Espera aí, a amiga ligou para a moça?

— Ligou, Heather tem uma mensagem de voz de Beth afirmando que foi raptada por um cara baixinho, esquisito, de cabelo escuro... Crane está no telefone com ela, estamos fazendo mais perguntas.

— Okay, chegamos o mais rápido possível — disse Erika. Ela guardou o celular e viu que estavam prensados entre os carros na frente e a van atrás.

— Você precisa tirar a gente daqui. Outra moça foi raptada.

Peterson ligou a sirene, mas não adiantou de nada. Havia dois carros atrás da van. Estavam prensados. Ele invadiu o baixo meio fio, conseguiu passar pela fila de carros, saiu do estacionamento cantando pneu e acelerou pela rua com a sirene berrando.

Quando chegaram à sala de investigação da West End Central, os policiais da equipe começavam a chegar e Moss, Crane e John estavam amontoados ao redor de um notebook.
– Melanie já chegou? – perguntou Erika, quando ela e Peterson entraram na sala de investigação.
– Ela tem umas reuniões hoje de manhã – respondeu John.
– Ligue para ela, peça que venha para cá – ordenou Erika.
– Chefe, acabamos de receber a mensagem de voz – informou Moss.
Eles se aproximaram do grupo ao redor do notebook.
– Precisamos da localização desse telefone – disse Erika.
– Acabei de fazer uma solicitação urgente para a companhia telefônica – informou Crane. Moss deu o "play" e eles ouviram a mensagem. Havia muito barulho de fundo, e a voz da garota estava arrastada.
– *Heather, é a Beth... Um homem. Ele me pegou. Quando eu estava esperando o Robert... Ele me pegou na rua. Cabelo escuro, baixo e gordo, olhos pequenos, parecia um porco... Estou no...* – Houve interferência... – *Estou na traseira do...* – Mais interferência, depois somente barulho do motor do carro.
Erika andava de um lado para o outro enquanto o áudio continuava a tocar. Ouviram carros se aproximando e passando, depois um arranhão, como se algo estivesse pressionando o telefone. A mensagem finalmente terminou e a gravação de voz começou.
A equipe de Erika ficou um momento em silêncio.
– Chefe... – disse John.
– Eu sei. Pode ser a hora da virada – interrompeu Erika. – Mas temos que agir de acordo com as normas. Quero a localização do celular. Quero que recolham filmagens das câmeras de segurança do lugar em que ela tinha marcado de encontrar esse cara. Precisamos entrar em contato com um parente.
– Certo, chefe.
– Agora quero ouvir a mensagem de novo. Pode ter algum detalhe aí que nos diga para onde ele estava levando a garota.

CAPÍTULO 67

Darryl aproximou a cabeça da privada e vomitou pela terceira vez. Suas entranhas queimavam e não saía nada além de bile. Limpou a boca, levantou, deu a descarga e olhou para seu reflexo. O rosto estava cinzento e tinha olheiras enormes. Não conseguiu dormir direito, não parava de ter o mesmo sonho em que descobria o irmão, Joe, enforcado no guarda-roupa. Abaixou o rosto e olhou a frente da cueca samba-canção onde a mancha molhada se espalhou. Tirou-a, embolou e pôs no cesto de roupa suja ao lado da banheira. Alguém bateu na porta.

– Que foi?
– Você está bem? – perguntou sua mãe.
– Estou... – respondeu ele. – Foi só alguma coisa que eu comi.
– O quê? – insistiu a mãe.
– Alguma coisa que eu comi! – berrou. Foi à pia, jogou água fria no rosto e olhou lá fora pela janela. Uma neblina fina se espalhava pelos campos na direção da casa e o céu era de um cinza lúgubre. Fechou a torneira e se deu conta de que não tinha ouvido o assoalho rangendo, a mãe não tinha ido embora.
– O que foi?
– Preciso ir fazer compras, mas o carro do Morris está bloqueando o caminho.

Darryl enxugou o rosto, enrolou uma toalha na cintura e abriu a porta com um puxão. Sua mãe estava em pé ali com a roupa "de ir à cidade": um elegante terninho roxo e sapatos de salto de couro envernizado. Presa debaixo do braço, havia uma bolsa branca.

– A chave está na ignição. Você não pode tirar?
Ela observou atentamente o rosto dele.
– Você sabe que só dirijo o meu automático. O carro dele tem marcha.
– Todos os carros têm marcha, mãe.

– Você sabe o que estou querendo dizer. Tire o carro de lá para mim, por favor?

Darryl voltou ao quarto, vestiu uma calça de moletom e desceu até a garagem.

Sua mãe observava atentamente o interior do veículo de Morris com a bolsa debaixo do braço. Quando Darryl se aproximou, Mary estava olhando para uma grande mancha de sangue na maçaneta do passageiro. Ela se virou e o encarou.

– Você está com cara de doente.

– Não vou trabalhar hoje. Estômago virado.

– Hoje é sábado – ela falou.

– Ah é...

Mary olhou para a mancha de sangue novamente.

– Um dos peões deve ter se cortado – comentou Darryl, dando a volta para entrar no lado do motorista.

– Qual deles? Eles têm que me procurar para fazer registro de acidente de trabalho se isso tiver mesmo acontecido.

Ele a ignorou e entrou no veículo. Mary foi até seu carro e o destravou. Darryl deu ré no automóvel de Morris e notou que a mãe ficou encarando-o ao tirar o próprio carro e sair derrapando um pouco no cascalho. Ele pôs o veículo de Morris de volta no lugar e, quando saiu, olhou para o sangue. Era de Bryony. Ela estava com a mão suja de sangue. Pegou alguns panos e esfregou a mancha até sumir.

Quando entrou em casa novamente, Darryl ficou no vestíbulo, com o corpo inteiro tremendo. Grendel aproximou-se com passos silenciosos e lambeu sua mão. A casa rangia ao redor. Barulhos conhecidos. Subitamente, pensou no futuro: e se não morasse na fazenda? E se o pegassem? O que aconteceria? Tentou definir a melhor estratégia. Se fosse trabalhar na segunda-feira, o lugar estaria repleto de policiais, isso se tivessem encontrado o corpo, mas, até onde sabia, Bryony morava sozinha. Oficialmente, ela não teria que voltar ao trabalho até segunda-feira, e as pessoas achariam que ela estava doente. O corpo poderia ficar desaparecido durante dias. Ele só precisava de tempo, tempo para pensar. Não tinham a identificação do carro e não achava que alguém o tinha visto. Gostaria de ter dado uma conferida no local quando Bryony entrou no carro. Será que havia algum caixa-automático por perto? Se tivesse, com certeza tinha câmera. E será que todos os semáforos possuíam câmera? Ainda bem que havia usado o carro de Morris. Desejou ter usado luvas. Seu DNA estava na casa. Darryl entrou em pânico...

Mas em seguida foi inundado por uma onda de calma. Ele e Bryony tinham saído juntos. Isso os ligava, e então ele podia aproveitar esse fato e falar que tinha ido à casa dela para tomar um café, portanto, tecnicamente, era *mesmo* para seu DNA estar lá.

De repente, sentiu-se eufórico e leve. Acariciou a cabeça de Grendel e subiu para tomar um banho. Depois tomaria café da manhã e faria uma caminhada até a Oast House para visitar sua nova prisioneira.

CAPÍTULO 68

Melanie Hudson já tinha chegado e estava trabalhando com Erika e sua equipe na sala de investigação. Apagaram algumas luzes e estavam assistindo às filmagens das câmeras de segurança projetadas nos quadros-brancos.

– Este vídeo é da área da recepção do prédio de vidro grande, o edifício Purcell, na Latimer Street. Fica ao lado do estúdio de *casting* onde Beth combinou de se encontrar com Robert Baker às 8h15 da noite. Esta filmagem é da câmera de segurança do balcão da recepção no interior do prédio. É o mais próximo do local do rapto que conseguimos encontrar. Não há nada na Latimer Street.

– Eu achava que Beth tinha marcado de se encontrar com Robert Baker às 8 horas – questionou Erika.

– Beth mandou uma mensagem para a amiga, Heather, informando que ia se atrasar porque não conseguia decidir o que usar nem como arrumar o cabelo – explicou Crane.

– Tivemos alguma sorte na busca do verdadeiro Robert Baker?

– Ele foi para a Escócia visitar o irmão. O estúdio de *casting* está fechado até meados de fevereiro – informou John.

– Ótimo, então temos certeza de que ela não estava indo se encontrar com o verdadeiro Robert – disse Erika. – Estamos trabalhando com a hipótese de que eles se encontraram às 8h15 ou pouco depois.

A imagem era do interior da área da recepção, atrás de dois seguranças sentados ao balcão. Em um canto havia três elevadores.

– Aí está, 8h09 da noite de ontem – disse Crane. – Dá para ver que, como está escuro do lado de fora, o interior fica refletido no vidro, mas as portas automáticas são iluminadas por holofotes e dá para ver a rua através delas. Além disso, Beth ativou as portas automáticas quando passou em frente ao prédio.

Ele pausou em uma imagem de Beth passando quando as portas se abriram. Erika olhou para os rostos de sua equipe banhados pela pálida luz do projetor. John pôs outra imagem ao lado dela: era composta das fotos da carteira de motorista de Beth e do retrato em seu perfil de atriz.

– Então, pessoal, todos concordam que é Beth Rose que está passando ali? – questionou Erika.

A equipe concordou.

– Só supor que seja ela não é o suficiente para mim – disse Melanie.

– Talvez uma suposição seja só o que temos – disse Erika, virando-se para ela.

– Não é só isso que temos – discordou Crane. – Mandei fotos de Beth para o pessoal da segurança quando pedi as fitas. Os dois funcionários que estavam trabalhando na recepção ontem à noite disseram que se lembravam dela, tinham comentado que ela era bem gostosa.

– Então pelo menos dessa vez o sexismo está a nosso favor – gracejou Moss.

Melanie sorriu e concordou. Crane prosseguiu:

– Demos uma olhada na filmagem das 7h30 às 8h25 da noite, e os únicos veículos que passaram em frente à entrada foram um caminhão, uma motocicleta, duas vans brancas e um carro azul.

Erika sentiu um aperto no coração.

– Nenhum Citröen vermelho?

– Não, chefe – respondeu Crane.

Melanie e Erika trocaram olhares. A sala de investigação se encheu de murmúrios.

– Podemos ver a filmagem, por favor? – solicitou Melanie.

– Com certeza – falou Crane. Ele selecionou um trecho do vídeo e começou a passá-lo para a frente, diminuindo a velocidade toda vez que um veículo passava em frente à entrada. – E, por fim, aí está o carro azul, achamos que é um Ford mais antigo... – O vídeo continuou a rodar. Pouco antes das 8h15 da noite, uma mulher de cabelo acinzentado curto e casaco comprido saiu apressada do elevador. Ela disparou na direção do balcão da recepção.

– Espere aí... Diminui a velocidade – disse Erika.

Crane pôs o vídeo na velocidade normal, e eles observaram a mulher atravessar as portas, virar para a esquerda e sair da imagem.

– Essa mulher – disse Erika – vai para a esquerda quando sai, ou seja, passa em frente ao estúdio de *casting*.

– No mesmo horário em que Beth tinha combinado de se encontrar com Robert Baker – completou Peterson.

– Crane, entre em contato com a equipe de segurança novamente. Descubra quem é essa mulher. Quero falar com ela.

CAPÍTULO 69

Depois que Mary saiu para fazer compras, Darryl levou Grendel para uma caminhada até a Oast House. Puxou a grande porta de aço e aguardou até que seus olhos se ajustassem. Viu Grendel levantar o focinho grande e achatado e farejar o ar perto da porta de metal que alojava a grande fornalha. Ele passou o dedo por baixo da grossa coleira de couro. Usando a mão livre, acendeu a luz e fechou a porta de metal. Abriu a porta da fornalha e sentiu o cheiro rançoso. Beth estava encolhida em um canto da grande gaiola. Como fez com as outras garotas, tinha acorrentado o pescoço em um lado da gaiola e prendido as mãos atadas com correntes no outro. Darryl também havia tampado a boca com fita adesiva.

Ele soltou Grendel, que se aproximou da beirada da gaiola com passos silenciosos e a cheirou. Beth arregalou os olhos e tentou afastar a cabeça do local em que estava acorrentada às grades. Grendel avançou na gaiola latindo, rosnando e babando.

Beth se chacoalhava de um lado para o outro, gritando por baixo da fita adesiva, enquanto o enorme cachorro galopava ao redor da gaiola, trombando nela, tentando atravessar os dentes pela grade metálica.

– Okay, okay, shhhh, menina – disse Darryl. Pegou um osso de boi e o arremessou perto da parede de tijolos curvada na lateral da fornalha. Grendel saiu estabanada e se aquietou para mastigar.

Darryl se aproximou da gaiola e sorriu.

– Está tudo bem. Não vou te machucar – disse baixinho. Lágrimas escorriam pelo rosto de Beth, com gritos abafados. – Posso tirar a fita, mas tem que prometer que não vai gritar. – Ele se agachou ao lado dela, ainda sorrindo. Beth olhou para os dentes dele e estremeceu. Eram pequenos e tortos. Muito pequenos, quase como dentes de leite. – Promete? – Ela concordou com um gesto de cabeça.

– Você tem que colocar o rosto perto das grades – disse ele. – Senão, não consigo tirar a fita... Venha, boa menina... encoste a cabeça nas grades.

Beth tinha começado a tremer e, com um olho em Grendel mastigando o osso em um canto, reclinou-se e virou o rosto para Darryl. Ele enfiou os dedos entre as grades e puxou a fita, descolando-a da boca da garota e esfregando os dedos nos lábios dela.

– Pronto. Agora cospe, anda.

Beth não desgrudou os olhos dele e cuspiu o trapo embolado que ele havia enfiado em sua boca. Engoliu em seco e respirou fundo várias vezes. Darryl pegou uma garrafa de água no bolso, retirou a tampa e a passou entre as grades.

– É água, olha – disse, dando um golinho e oferecendo a Beth. Ela aceitou e não desviou os olhos dele enquanto bebia. – Uau, você está com sede – ele disse, virando ainda mais a garrafa nos lábios dela. – Mas fique sabendo que você vai ter que fazer as suas necessidades aí dentro. Tem uma grelha debaixo do cobertor. Você não vai se afogar. – Ele reprimiu uma risadinha.

Beth arregalou os olhos e parou de beber. Engoliu em seco e respirou fundo algumas vezes.

– Quem é você?

Seus olhos eram tão castanhos, tão inquisitivos, e a voz tinha um timbre encorpado. Boa de se ouvir.

– Só um cara. Um João Ninguém.

– Esse é o seu nome, João?

– Não, mas ele me lembra o nome do meu irmão, que era Joe.

– Era?

– Isso, ele morreu – respondeu Darryl, sem rodeios, apertando a tampa na garrafa de plástico. – Bom, eu o matei, já que estamos sendo francos. Aliás, palavra que me faz lembrar de outro nome, Frank. – Ele deu outra risadinha. – E por que é "João Ninguém", e não "Frank Ninguém"? Você já ouviu a expressão João Ninguém? Para descrever uma pessoa sem importância?

Beth negou com a cabeça, lágrimas enchiam seus olhos.

– Bom, esse sou eu. Sou um João Ninguém. Sem importância, mas com muito a oferecer. Enquanto garotas como você... Como VOCÊ – berrou furiosamente, apontando o dedo para Beth. – Putas como VOCÊ, que são tão rasas, vocês só querem saber de aparência e dinheiro, e só querem uma pessoa que ACHAM que é a certa para vocês. Mas como sabem que eu não sou o certo? – Beth levantou o rosto e o encarou e, apesar do medo e do horror, percebia a ironia no que ele estava dizendo. Então se deu conta de que ele era completamente louco. – Putas como VOCÊ sempre me olham com desdém. Com um desdém do caralho! – Darryl estava ficando realmente sobressaltado, cuspe voava de sua boca e ele esmurrava a parte de cima da gaiola.

– Sinto muito. Eu sinto muito, muito mesmo. Tenho certeza de que você é simpático – disse Beth, antes de engolir em seco e estremecer, certa de que tinha escolhido mal as palavras. – Simpático não! Bonito e sexy.

– Oh, AGORA eu sou sexy, não é? Bom, quer saber de uma coisa, sua puta? É tarde demais! Vi como você olhou para mim ontem à noite. Levou um segundo para me JULGAR! Quer saber de uma coisa? Se tivesse pelo menos devolvido o sorriso e sido legal comigo... ISTO não teria acontecido!

Grendel latiu e trotou até a gaiola. Darryl a pegou pelo cangote e a empurrou na direção das grades. A cadela soltou um rosnado grave, mostrando os reluzentes dentes brancos.

– Não! Por favor! – gritou Beth.

– Quer saber? Você devia conhecer o meu cachorro melhor – disse ele, arrastando Grendel pelo cangote até a porta da gaiola.

– O que você está fazendo? Faço qualquer coisa, faço o que quiser, por favor! – gritou Beth, encolhendo-se para trás quando Grendel começou a latir e rosnar, com os dentes à mostra.

Tirando uma das mãos da coleira, Darryl destrancou a gaiola e abriu a porta. A cadela estava rosnando e tentando morder a mão dele. Ele acariciou o pelo do pescoço dela e a empurrou para dentro da gaiola.

Beth gritou quando a cachorra avançou.

CAPÍTULO 70

Mary tinha feito compras e estava voltando de carro para a fazenda quando viu a estrada bloqueada por um arisco rebanho de ovelhas. Reconheceu a marca amarela nas costas dos animais e soube que pertenciam ao vizinho, Jim Murphy. Seu marido e ele tinham uma rivalidade respeitosa, e Mary não via Jim havia muito tempo. Aguardou pacientemente as ovelhas saírem aos montes por um portão aberto na lateral da pista e então, momentos depois, Jim também apareceu. Caminhava com um cajado e vestia calça e jaqueta que pareciam estar se desintegrando. Caminhou fincando o cajado, depois se virou. Estava prestes a passar pelo carro como se pertencesse a um dos moradores do vilarejo, mas acabou se dando conta de quem era. Parou e ergueu a mão para cumprimentar, Mary avançou um pouco e emparelhou com ele.

– Tarde – disse Jim. Seu rosto era maltratado pelo clima e ele tinha uma cicatriz que atravessava a têmpora.

Mary cumprimentou de volta e sorriu.

– A primavera não demora a chegar – ela comentou, olhando as ovelhas se afastarem agitadas pela pista.

Ele concordou com um gesto de cabeça.

– O que você está aprontando por aqui?

– Fui fazer as compras da semana – respondeu, em seguida se deu conta de que o banco de trás estava coberto de caixas de vinho e garrafas de vodca. Ela gostou do fato de ele ter sido discreto.

– Sinto falta de ter alguém para fazer compra para mim – disse ele com tristeza. Sua esposa tinha morrido dois anos antes.

– Ei – disse Mary, segurando o volante –, você devia aparecer lá em casa uma hora dessas para jantar.

Jim dispensou o convite com um abano de mão antes de se justificar:

– Não consigo pensar em nada pior do que ficar parado na frente do John, vendo aquele velho ruminar a comida.

Mary deu uma risada.

— Me diga uma coisa — acrescentou ele, apoiando-se no teto do carro —, tem algum rapaz novo trabalhando para vocês?

— Não.

— É que andam deixando aquele portão lá do fundo aberto de vez em quando. Vejo isso quando passo lá perto. Sei que só leva à Oast House, mas alguém tem deixado o cadeado aberto.

Mary ficou encarando o vizinho.

— É claro que acabei de fechar e trancar o portão de novo, mas achei melhor te contar, para o caso de alguém, que você não queira que vá lá, ter conseguido uma chave... tenho certeza de que vocês evitam aquilo, depois...

Ele olhou para o chão. *Depois que Joe se enforcou lá*, era o que ia dizer. Mary mordeu o lábio para se recompor.

— Obrigada, Jim. Vou comentar com John.

Jim respondeu com um movimento de cabeça, ainda olhando para o chão. Bem nesse momento, um carro se aproximou por trás deles.

— Melhor eu ir andando — Mary comentou.

Jim despediu-se com um aceno, encostando a mão na aba do chapéu e sorrindo. Mary arrancou e se foi.

A última ovelha estava desaparecendo por um portão um pouco mais adiante, no lado contrário da estrada, um dos jovens ajudantes de Jim ergueu a mão para cumprimentá-la. Mary também acenou e seguiu em frente, com a testa franzida. Ninguém que trabalhava com eles tinha a chave daquele portão. A única chave ficava no escritório, dentro de casa.

Quando chegou em casa, chamou Darryl para ajudá-la com as compras, mas ele não estava, nem Grendel. Foi ao escritório e conferiu o quadro em que todas as chaves ficavam penduradas. A do portão estava no gancho. Estendeu a mão para pegá-la e hesitou. Recolheu a mão, foi buscar as compras, depois serviu uma grande dose.

CAPÍTULO 71

Quando Grendel avançou para dentro da gaiola, latindo e rosnando, Beth fechou os olhos, esperando ser estraçalhada. No fundo, desejou que o cachorro fizesse aquilo o mais rápido possível. Apertou os olhos com mais força e se preparou, mas nada aconteceu. Só o que ouviu foram estranhos barulhos molhados. Em seguida, retraiu-se ao sentir algo áspero e quente. O cachorro tinha começado a lamber seu rosto. Beth permaneceu imóvel, estremecendo de medo enquanto o cão a lambia, então percebeu que o animal estava limpando a ferida em sua testa e lambendo o sangue seco encrostado ao redor do nariz. Quando terminou, Beth abriu os olhos. A enorme cara branca se aproximou e ficou encarando-a com seus olhos pequenos e brilhantes, depois Grendel se virou e saiu trotando da gaiola.

Darryl estava em silêncio. Fechou a porta da gaiola, passou nela um grande cadeado prateado e o trancou. Beth se remexeu sentindo o puxão da corrente ao redor de seu pescoço. Grendel foi até a porta e se deitou no chão irregular de tijolos da fornalha.

– Grendel gostou de você – comentou ele.

– O quê?

– O nome do cachorro é Grendel. Ela geralmente odeia mulheres...

– Ela... Ela é uma graça.

– Você não acha isso – falou Darryl, observando-a. Estava decidindo o que faria em seguida.

Beth achava que Darryl era um sujeito estranho de se olhar. Seus olhos eram castanho-claros, porém fundos e pequenos, o que lhe conferia uma aparência de olhos de porco. Tinha um rosto pequeno e redondo, lábios finos e o queixo era praticamente inexistente, era um declive de carne rechonchuda do lábio inferior até o pescoço. Mas o que mais a perturbava eram aqueles dentes infantis, muito pequenos e afiados.

Beth observou-o sair pela porta baixa da fornalha, retornar momentos depois com uma mochila preta e colocando-a no chão. Mantendo-se de costas para a garota, ele revirava dentro. Beth queria gritar e perguntar-lhe o que estava fazendo.

Ele se aproximou da gaiola com seu afiado sorrisinho de dentes de criança estampado no rosto e as mãos atrás das costas.

Ela se encolheu.

– Por favor, não – implorou.

– Você não sabe o que vou fazer. Como pode falar "não" para uma coisa sem saber o que é? Posso ter um agrado escondido nas costas.

– Um agrado?

– É. Agora escolha. Esquerda ou direita? – Ele se aproximou, inclinando o corpo. – Esquerda ou direita? – Beth fechou os olhos, sentindo uma lágrima quente escorrer do olho esquerdo. – Eu disse esquerda ou direita, agora ESCOLHA!

– Não.

– Se não escolher, vai ser pior para você. Eu juro. ESCOLHA.

Ela abriu os olhos. O rosto dele tinha um sorriso tão sombrio e cheio de malevolência que o estômago dela revirou.

– Escolha, senão você vai morrer! – ele gritou.

– Esquerda, escolho a esquerda – ela gaguejou.

Com um movimento ligeiro, ele mostrou a mão esquerda. Estava segurando um pequeno bisturi prateado. Mostrou a mão direita, e segurava um bisturi idêntico. Deu uma risadinha, enfiou o bisturi da mão esquerda entre as grades e o passou no antebraço dela. Beth olhou para baixo em choque, o que postergou a sensação de dor por um momento. E então teve a impressão de que o braço estava em chamas, o sangue começou a sair e depois a escorrer. Tentou afastar-se, mas as mãos estavam acorrentadas uma à outra, e Darryl talhou seus braços agitados várias vezes. Ela conseguiu dar um golpe na mão dele, que deixou o bisturi cair. Rápida como um relâmpago, ela o pegou e segurou com os braços estendidos.

– Se chegar mais perto, seu doente filho da puta, eu te retalho! – gritou. Grendel levantou a cabeça e rosnou. – E o seu cachorro também.

Darryl riu e voltou à mochila. Retornou com algo na mão, olhando apaticamente para o sangue escorrendo das feridas dela.

– Você vai precisar disto – ele disse, levantando um rolo de gaze. – Solta o bisturi que eu te dou. – Ela segurou o bisturi com mais força com as duas mãos enquanto o sangue, que não parava de escorrer, pingava em suas pernas. – Você pode usar a gaze para estancar o sangramento. Estou falando sério, Beth. Devolva o bisturi que eu esqueço a sua malcriação.

– Não.

– Beth, desculpe, pegue a gaze. Tenho outro bisturi. Tenho uma caixa cheia na mochila, e posso pegar todos eles agora e mandar ver no seu corpo e nesse seu rostinho muito, muito lindo. Quem vai querer contratar uma atriz com o rosto todo arregaçado?

Beth berrou de dor e desespero e arremessou o bisturi para fora da gaiola. Ele tilintou ao cair no chão de tijolos. Darryl o pegou e soltou o pacote de gaze por um dos buracos na tela de arame acima da cabeça dela.

– Mas é uma putinha muito burra mesmo – afirmou, pegando o bisturi ensanguentado. – Se ficasse com isto, ainda teria algum poder. Agora tudo o que tem é um pacote de gaze. Usei isto nas outras moças. Cortei as calcinhas delas, na costura, entre as pernas. É difícil fazer isso sem retalhar a carne.

Ele pegou a mochila e saiu, Grendel o seguiu.

O barulho metálico da porta da fornalha ressoou e ela ficou na escuridão. Escutou a porta externa abrir e fechar.

Beth passou as unhas no pacote de gaze e usou os dentes para rasgar o plástico. Entrelaçando as mãos em direções opostas na parte em que estavam atadas e usando os dentes, enrolou grosseiramente o material ao redor dos cortes no antebraço. A sensação de não deixar os cortes expostos ao ar era boa, mas o sangue rapidamente encharcou o curativo. Assim que enrolou o restante da gaze ao redor do braço, sentiu algo pequeno e duro. Era um alfinete de segurança preso bem na ponta. Ela o soltou rapidamente do tecido. Era pequeno, porém de boa qualidade. Beth o segurou um momento entre os dedos. As palavras de Darryl ecoaram em sua cabeça... *outras moças*... e então teve certeza de quem era a pessoa que a havia sequestrado.

CAPÍTULO 72

Erika ordenou que sua equipe se reunisse na delegacia às 10 horas da manhã do domingo e outra vez o dia começou lentamente. Pouco antes das 3 horas da tarde, Moss bateu na porta da sala e enfiou a cabeça pela fresta. Erika ergueu o rosto, que estava enfiado na pilha de documentos em sua mesa.

— Chefe, consegui localizar a mulher saindo do prédio na Latimer Road. O nome dela é Lynn Holbrook, ela está na linha um.

— Ótimo, entre. Vou colocar no viva-voz.

Moss entrou, fechou a porta e sentou em frente a Erika.

— Olá, Lynn, sou a Detetive Inspetora Chefe Erika Foster. Posso chamá-la de Lynn?

— Não, prefiro Srta. Holbrook — respondeu uma voz esnobe através do alto-falante. Moss revirou os olhos. — Por que me tiraram de uma reunião para falar com você?

— Te tiraram de uma reunião porque acreditamos que, na sexta-feira à noite, você pode ter testemunhado o rapto de uma garota — explicou Erika.

— Vocês devem estar enganados.

— Acreditamos que a garota foi raptada em frente ao seu escritório quando você estava saindo do trabalho.

— O quê? — ela disse em voz alta.

— Temos um vídeo das câmeras de segurança em que você está saindo do prédio comercial na Latimer Road, na sexta-feira, às 8h13 da noite. Você confirma?

Houve uma pausa.

— Não tenho certeza da hora exata, mas se o vídeo mostra...

— Mostra, sim, Sra. Holbrook...

— Senhorita, se não se importa.

Moss meneou a cabeça e revirou os olhos várias vezes. Erika concordou com a cabeça.

– Srta. Holbrook, você saiu pela portaria principal às 8h13 da noite e virou para a esquerda na Latimer Road... Viu uma garota jovem de cabelo castanho comprido esperando perto do meio-fio?

Houve uma pausa.

– Não... acho que não.

– Você acha que não? Ou tem certeza de que não viu uma garota jovem, branca de cabelo castanho comprido? Ela estava com um casaco cinza longo e salto alto preto.

– Não – ela respondeu, agora com mais certeza. – Não, garanto que não havia garota nenhuma esperando em nenhum dos lados da rua. Ela estava quase vazia.

Erika recostou-se na cadeira e passou os dedos pelo cabelo.

– O que quer dizer com quase vazia?

– Havia um sujeito perto do porta-malas de um carro...

Moss suspendeu a cabeça depressa e Erika inclinou o corpo para a frente.

– Como ele era?

Moss escreveu em um papel e o levantou:

Qual era a cor do carro?

Erika leu e fez que sim com a cabeça.

– Tinha um jeito esquisito, eu diria que era meio nerd. Ele entrou no carro e saiu.

Erika remexeu nos papéis sobre a mesa e encontrou a foto do Ford azul.

– Qual era a cor do carro, Srta. Holbrook?

– Hã, azul. Era azul...

Moss deu um soco no ar e começou a dar pulinhos.

– Consegue se lembrar que tipo de carro era? – interrogou Erika.

– Não tenho carro. Não costumo prestar atenção em marcas...

– Podia ser um Ford?

– Podia. Podia ser, sim, era um carro velho e sujo.

Moss estava fazendo uma dancinha engraçada balançando os ombros, e Erika gesticulou para que ela se sentasse.

– Obrigada, Srta. Holbrook, é possível que você seja a única testemunha neste momento que pode identificar o homem que tem raptado mulheres em South London.

– Santo Deus! – ela exclamou. – É sério?

– O que mais pode nos contar sobre esse homem? Como ele era?

– Bem, eu o vi. Mas só por trás e de lado, e a minha cabeça estava cheia de outras coisas. Ele era bem atarracado, tinha cabelo escuro. Comprimento mediano.

– Por acaso viu a placa do carro?

– Não, sinto muito. Não tenho o costume de lembrar esses detalhes.

– O que exatamente esse homem estava fazendo quando você passou por ele?

– Parecia que ele tinha acabado de dar a volta no porta-malas do carro, ele puxou a calça para cima e a ajeitou... lembro que ela tinha uma mancha marrom atrás... o tecido era tipo um tweed verde. Ele chegou à porta do motorista e entrou.

Moss escreveu outra frase.

Havia uma garota se afastando do carro?

– Você reparou se havia uma garota mais à frente, se afastando do carro? – perguntou Erika.

Houve um silêncio.

– Não. Não. A Latimer Road é uma rua comprida e reta, e não dá para virar antes de chegar ao final dela, onde um trilho de trem passa atrás dos prédios. Há reformas em todos os prédios do outro lado da rua, por isso estão cobertos de andaimes.

Erika agarrou o telefone.

– Quanto tempo uma pessoa demora para caminhar até o final da rua?

– Não sei. Quatro, cinco minutos.

– Okay. Muito obrigada.

Erika soltou o telefone. Moss soltou um gritinho de alegria e deu mais uns pulinhos.

– Um Ford azul! Ele está usando a porcaria de um carro diferente! – exclamou em voz alta.

– É isso aí. Nós o pegamos. Agora temos que encontrá-lo – disse Erika.

CAPÍTULO 73

Após a confirmação do carro azul, a atmosfera na sala de investigação foi revigorada e a equipe retomou as buscas, na tentativa de rastrear o percurso do carro. Por fim, pouco antes das 9 horas da noite, outra filmagem de câmeras de segurança levou a mais uma descoberta.

– Olhe! – exclamou Crane em voz alta, cutucando a tela do computador com o dedo. – Pegamos o cara. Pegamos o cara! Esta filmagem é do próximo prédio na rua, antes do edifício comercial na Latimer Road. É um prédio residencial com porteiro e segurança...

Erika e o restante da equipe se aglomeraram ao redor de Crane e seu computador.

– Às 8h11 da noite, o Ford azul aparece, por isso ele passa pelas câmeras de segurança no edifício comercial da Latimer Road doze segundos depois!

Ele passou a filmagem novamente projetando-a no quadro-branco.

– Volte para o momento exato em que ele atravessa a imagem e pause – pediu Erika, posicionando-se ao lado da enorme imagem na parede. Moss juntou-se a ela. Crane voltou a filmagem e pausou. Ficaram observando o carro.

– Droga, só temos parte da placa, J892 – leu Moss. – Metade dela está suja, mas pelo menos temos o número parcial da placa! Temos um número parcial! – Ela abraçou Erika. – Desculpe, devo estar fedendo – acrescentou. – O dia todo presa num escritório quente e abarrotado.

Erika deu um grande sorriso.

– Okay, isso é muito bom, pessoal. Muito obrigado a todos por virem no fim de semana. Sei que está muito puxado, mas agora que temos o número parcial da placa preciso pedir que mantenham a dedicação. Precisamos continuar trabalhando para traçar o percurso que ele fez depois de raptar Beth. Precisamos acionar nossos contatos – disse ela, olhando o relógio. – Precisamos falar com o Departamento de Transportes de Londres. Agora que temos o número parcial da placa, eles podem conseguir acelerar o reconhecimento da imagem.

Duas horas depois, receberam vários arquivos de vídeo do Departamento de Transportes de Londres.

– Okay, vejamos o que temos – disse Crane, baixando os arquivos. Todos se reuniram ao redor de seu computador. Ele clicou no primeiro.
– Aí está ele, 8h28 da noite – disse o sargento, assim que apareceu na tela a imagem da lateral do carro azul diante de um posto de gasolina. Crane minimizou a tela e abriu o arquivo de vídeo seguinte. Nele, o carro aparecia de frente passando por um semáforo. Conseguiam até discernir um rosto branco através do para-brisa, porém a imagem estava toda embaçada.

– Foi aqui que ele passou às 8h30 da noite e, bingo! Conseguimos o número parcial da placa: J892 – disse Crane, abrindo um sorriso para Erika.

– Então ele sujou o número da placa de novo.

– Mas não o suficiente dessa vez – comentou Peterson.

– Para onde ele vai depois? – perguntou Erika.

Crane clicou no terceiro arquivo de vídeo, que mostrava a traseira do carro azul, passando por uma câmera de trânsito instalada bem acima da rua, e seguindo em frente até a imagem ficar embaçada.

– Aonde ele foi? Virou para a direita? – perguntou Peterson.

– Ou está indo para o alto da ladeira? – questionou Moss.

– Não é uma ladeira – disse Erika. – Repare no carro seguinte, ele dá seta para a direita. – Passaram o vídeo mais algumas vezes.

– Isso aí ainda é a Tower Bridge Road?

– É – respondeu Crane.

Moss foi a outro computador.

– Aonde essa rua à direita dá? – perguntou Peterson.

– A Tower Bridge Road dá na Druid Street, que não tem saída – respondeu Moss, digitando no outro computador.

– Quanto tempo de filmagem eles mandaram em cada arquivo? – perguntou Erika.

– Só mandaram dois minutos de cada – respondeu Crane.

– Se a Druid Street não tem saída, em algum momento ele teve que voltar – concluiu Erika.

– A não ser que o carro ainda esteja estacionado lá – disse Peterson.

– Quero que mandem uma viatura à Druid Street para conferir – disse Erika. – É um tiro no escuro, mas precisamos ver se o carro ainda está lá. E peçam as filmagens feitas por essa câmera de segurança na Tower Bridge Road durante as 24 horas posteriores a esse momento. Só por garantia.

– Espere, chefe. Não precisamos mandar uma viatura para a Druid Street – disse Moss, desviando os olhos do computador.

– Por que não? – perguntou Erika.

– Já tem gente lá. Encontraram o corpo de uma mulher. A polícia já está no local.

CAPÍTULO 74

Tinha acabado de passar das 2h30 da manhã quando Erika, Moss e Peterson saíram da via principal e entraram na Druid Street. Liberaram o acesso deles na primeira fita de isolamento da polícia, depois estacionaram atrás de duas viaturas e uma van de apoio enfileiradas na calçada. Os postes estavam apagados no final da rua e Erika contou seis casas. A terceira tinha um grande movimento de policiais entrando e saindo, e luzes fortes brilhavam pela porta aberta. O restante das casas no final da rua estava escuro, com exceção de uma bem na ponta, onde um jovem casal encontrava-se à luz da varanda, observando.

Erika e sua equipe se aproximaram da fita de isolamento com seus distintivos e explicaram que a cena do assassinato podia ser parte da investigação deles. Entregaram-lhes macacões para que pudessem entrar. Eles se vestiram, passaram por baixo da fita e foram até a porta. No apertado corredor de entrada, encontraram o Detetive Inspetor Chefe Mortimer, um homem grisalho com quem Erika jamais havia se encontrado. Foi amigável, embora um pouco desconfiado.

– Não estamos tentando pegar o seu caso – ela explicou. – Só quero saber se você tem a identidade da vítima. Estamos investigando o rapto de uma garota de 19 anos chamada Beth Rose.

– Ainda precisamos fazer a identificação formal, mas o nome dessa moça não é Beth Rose – disse Mortimer. – Acreditamos tratar-se de uma mulher branca de 37 anos chamada Bryony Wilson. Pelo menos, de acordo com a identidade que estava com ela.

Mortimer os conduziu pelo corredor, depois atravessaram a primeira porta à esquerda e entraram em uma pequena sala. Tinham arrastado um sofá e atrás dele estava caído o corpo obeso de uma mulher jovem com um pedaço de fio de telefone apertado ao redor do pescoço. Seu rosto estava inchado e roxo.

Dois peritos agachados recolhiam material debaixo das unhas da vítima, que estavam pretas.

— Tommy, pode fazer um close do rosto e do pescoço? — disse uma voz que Erika reconheceu. O fotógrafo se abaixou, tirou uma foto, depois levantou novamente, deixando Isaac à mostra.

— Oi — ele cumprimentou. — Não achei que isso fizesse parte da sua investigação.

Erika explicou rapidamente o porquê estavam ali.

— Essa coitadinha foi estrangulada — comentou Isaac. — Não acho que a mataram aqui. Este carpete é bem novo e dá para ver que há marcas por onde ela foi arrastada. Também há queimaduras de carpete na parte de trás das coxas, o que indicaria que ainda estava viva quando foi arrastada, embora por pouquíssimo tempo... Há ferimentos no rosto e nos pulsos, marcas de dedos logo abaixo da mão direita.

O fotógrafo inclinou-se e tirou outra foto. O flash ofuscou Erika e a luzinha ficou boiando em sua visão durante alguns segundos. Ela sorriu para Isaac que respondeu com um movimento de cabeça. Voltaram ao corredor com o Detetive Mortimer.

— Quem a encontrou? — perguntou Peterson.

— A faxineira — respondeu o policial. — Também tinha uma faca aqui no chão, mas sem sangue. O que me leva a crer que ela estava tentando se defender. Precisamos verificar se há impressões digitais. — Mortimer apontou para a cozinha e eles o seguiram pelo corredor. — Ela foi encontrada com a bolsa, todos os cartões e o dinheiro estão dentro dela, por isso eu descartaria a hipótese de assalto.

A cozinha era pequena e aconchegante, com vista para um minúsculo quintal escuro. Uma fileira de postes com luzes alaranjadas iluminava quatro grandes depósitos de gás. Sobre uma pequena mesa de cozinha com duas cadeiras encontrava-se disposto o conteúdo da bolsa de Bryony.

— A faxineira deixou para limpar a sala por último — informou Mortimer.

— Ou seja, ela limpou a sujeira e os vestígios forenses — concluiu Moss. Mortimer confirmou com um gesto de cabeça.

Erika se aproximou do conteúdo da bolsa disposto em sacos plásticos. O crachá do trabalho de Bryony Wilson lhe chamou a atenção. Ela pegou o envelope de provas e olhou fixamente para ele, girando-o na mão.

— O que foi? — perguntou Moss.

— Este crachá. Veja. Bryony Wilson trabalhava na Genesis — revelou Erika.

— Se ela trabalhava lá, temos a ligação — concluiu Peterson.

— Mas que *diabo* de ligação é essa? — interrogou Moss.

CAPÍTULO 75

Erika, Moss e Peterson deixaram a cena do crime, tiraram os macacões e os depositaram em sacolas para o responsável.

O Detetive Inspetor Chefe Mortimer os acompanhou até o lado de fora e um dos policiais de sua equipe se encontrou com ele diante do portão da casa.

– O senhor precisa ver uma coisa.

Todos eles atravessaram a rua até onde a van de apoio da polícia estava estacionada com o farol alto aceso. Bem em frente a ela, havia um policial em pé ao lado de um bueiro, com a tampa retirada, apontando uma lanterna para uma outra policial de macacão, deitada de lado no asfalto com o braço enfiado no bueiro. Assim que chegaram a ela, a policial retirou o braço com a manga imunda e, na mão com luva, segurava um telefone celular quebrado. Colocou-o em um envelope de provas transparente.

– A cada minuto, esse negócio fica mais esquisito – comentou Peterson. – Se o Ford azul entrou nesta rua, ou melhor, *quando* entrou, ficou neste lado da via.

– Precisamos descobrir a quem pertence esse celular – disse Erika.

– Se for da Beth e o sequestrador tiver jogado aqui, vai ficar mais difícil descobrir para onde ele a levou – comentou Moss.

– Mas o que Bryony Wilson tem a ver com tudo isso? – questionou Peterson.

– Se não precisam mais de mim, tenho que voltar para a cena do crime. Vamos mantendo contato pelo telefone – disse o Detetive Inspetor Chefe Mortimer.

Eles o agradeceram e voltaram para o carro estacionado no início da rua.

Erika ligou o aquecedor e os três ficaram um momento sentados em silêncio. O relógio brilhando no painel informava que eram quase 4 horas da manhã.

– O que fazemos com tudo isso? – perguntou Erika, virando-se para também olhar Moss, que estava sentada atrás. Peterson também se virou, enganchando o longo braço no encosto do banco.

– Vamos lá. Bryony Wilson trabalhava na Genesis. Todas as vítimas foram encontradas em caçambas que eram propriedade da empresa e administradas por ela. Essa moça é a ligação óbvia com o assassino – começou Moss.

– Vocês acham que ela estava envolvida? – acrescentou Peterson.

– Beth Rose foi raptada logo depois das 8h15 da noite. Vinte minutos depois, o carro vem para cá. Bryony pode estar envolvida – concluiu Erika.

– Estamos atrás de um casal assassino? – interrogou Moss.

Erika tamborilou os dedos na janela.

– Precisamos esmiuçar a casa dela. Procurar qualquer evidência suspeita, computadores, vestígios, pessoas que a conheciam. Também quero ir ao lugar onde ela trabalhava. Só em Londres são 12 escritórios da Genesis. Agora temos o escritório onde ela trabalhava. Que horas vocês acham que vai estar aberto?

– Não creio que as pessoas devam chegar para trabalhar antes das 8h30, 9 horas da manhã – respondeu Peterson. – Ou seja, daqui a quatro, cinco horas.

– Qual é a possibilidade de irmos para casa e voltarmos a tempo? Temos que levar a hora do rush em consideração...

– Talvez seja melhor acharmos um lugar para apagar algumas horas, dormir um pouco – sugeriu Moss.

Peterson concordou com um gesto de cabeça. Erika olhou para a escuridão do lado de fora e uma garoa fina começou a cair.

– Muito obrigada, vocês dois – ela disse. – Sei que estamos na atividade há muitas horas, mas estamos chegando perto. Há quanto tempo Beth foi raptada?

– Vai completar 57 horas – disse Moss.

– Merda – xingou Erika. – E se for tarde demais?

CAPÍTULO 76

Beth tinha tentado se ajeitar no chão frio da gaiola, pegava no sono e acordava, e perdeu a noção do tempo. O frio e a falta de comida drenaram sua energia. Apesar do curativo no braço, o sangue continuava a infiltrar-se no tecido fino. Sua calça jeans estava molhada, mas no escuro ela não conseguia ter certeza se tinha urinado ou se era sangue.

Descobriu quem a mantinha prisioneira e sentia raiva de si mesma por não prestar atenção nas notícias. Tinha ouvido os amigos na faculdade de dramaturgia conversando sobre as garotas que foram raptadas e desovadas em caçambas de lixo. Já tinha passado por vários estágios: pânico cego, berrar até não aguentar mais e calma resolução. Em determinado momento, começou a chorar, pensando que o seu sonho de se tornar famosa se realizaria, porém como vítima de assassinato.

Na escuridão, várias vezes tateou o cadeado que prendia a corrente ao redor do pescoço, mas suspender as mãos atadas esticava os cortes nos braços e as deixava escorregadias por causa do sangue.

Duas vezes, Beth achou que ele estava voltando, ao ouvir o barulho de algo batendo ou se arrastando e, de repente, ela escutou um lamento terrível. Será que ele estava mantendo outra garota ali?

– Oi? – berrou ela. – Oi, quem está aí?

Ela escutou o lamento novamente.

– Está tudo bem. Estou aqui! Meu nome é Beth... Qual é o seu? Consegue falar?

Beth ouviu o gemido novamente, dessa vez comprido e baixo. Estendeu-se por um momento, então Beth se deu conta de que era o vento. Era o vento soprando através de alguma coisa. Um barulho metálico ressoou no alto, como algo de metal tremulando.

– É um respiradouro, algum tipo de respiradouro para passagem de ar – disse Beth, com a esperança surgindo-lhe no peito. Ouviu a lamúria do vento que às vezes ficava mais alto e o som do metal tremulando.

Tateou a manta úmida até encontrar a beirada onde havia prendido o pequeno alfinete de segurança. Seus dedos estavam frios e endurecidos e foram necessárias várias tentativas até conseguir abri-lo. Finalmente o destravou e achou difícil segurá-lo com os dedos ensanguentados. Levou as mãos à parte de trás da cabeça. Havia uma pequena folga na corrente, ela puxou o cadeado para cima e, após algumas tentativas, deixou-o virado de cabeça para baixo na volta do pescoço. Encontrou a fechadura e enfiou nela a ponta fina do alfinete de segurança.

– E agora? – perguntou-se. Deu uma risada seca, que não soou nem um pouco sua. Ela enfiou mais o alfinete, o girou de um lado para o outro e o sacudiu com mais força, porém nada aconteceu. – Anda – disse entredentes. De repente, o alfinete de segurança quebrou e restou em sua mão apenas um pedacinho de metal e a cabeça do objeto.

– NÃO! – gritou. – Não, não, não! – Tateou o cadeado, mas o resto do alfinete não estava na fechadura. Então, afastou-se um pouco para lado e pôs as mãos na beirada da gaiola para tatear o chão do lado de fora e conferir se o alfinete havia caído ali. Não o tinha escutado cair, mas onde diabos ele podia estar? E se aquele desgraçado o encontrar quando voltar?

As sensações de desespero e pânico aumentaram nas horas seguintes, que passou tentando encontrar o pequeno alfinete de segurança, mas não encontrou nada. Suas mãos estavam dormentes e teve a sensação de que ia desmaiar. Morreria ali. Morreria. Beth tremia e puxou o cobertor fino dobrado debaixo de si. Estava úmido e ela começou a sentir câimbras nas pernas por estar forçada a ficar sentada com o corpo ereto por causa do pescoço acorrentado à grade. Encolheu-se toda da melhor maneira possível para permanecer aquecida.

Para permanecer aquecida e aguardar a morte.

CAPÍTULO 77

No momento em que Beth caiu num sono perturbado, Erika e Moss estavam sentadas dentro do carro. Tinha acabado de passar das 5h30 da manhã, e haviam estacionado no térreo de um estacionamento de vários andares na Tooley Street, em frente à estação de trem London Bridge. A vaga deles dava vista para o turbulento Tâmisa, que se agitava marrom sob as luzes dos prédios enfileirados às suas margens. Um grande rebocador passava pela água com uma luz forte, expelindo uma fumaça densa pela chaminé. Uma barcaça plana e comprida arrastava-se atrás dele, revolvendo a água. Peterson estava acomodado no banco de trás.

— Moss, você tem Facebook?

— Tenho. Por quê?

— Nunca usei redes sociais...

— Tenho porque a Celia tem. E a Celia tem porque o irmão mora no Canadá, e a gente vê fotos dos filhos dele e eles veem fotos do Jacob. Apesar de pedirmos à Celia que pare de postar tantas fotos.

— Por que você não gosta que ela poste tantas fotos? – perguntou Erika.

Moss encolheu os ombros.

— Sei que ela tem orgulho do nosso filhinho, também tenho, mas ele ainda não tem idade para decidir se quer ser exposto ou não, né? E nunca se sabe quem está de olho nas fotos.

— Esse é o problema – disse Erika. – As pessoas não sabem o que a palavra "compartilhar" significa.

— Não é uma palavra difícil, chefe.

— Não, mas no dicionário, a definição de "compartilhar" é: "uma parte ou porção de algo maior que é dividido entre uma quantidade de pessoas, ou com o qual uma quantidade de pessoas contribui".

— Acho que é mais ou menos isso mesmo.

— Mas quando a pessoa "compartilha" nas redes sociais, ela não abre mão de algo que lhe pertence? Privacidade. Informação. Redes sociais são gratuitas, não são?

— São. É outro motivo pelo qual nós criamos os nossos perfis... falamos com o irmão da Celia, minha mãe. Bem, a Celia conversa mais com aquela velha mala do que eu.

— E essa possibilidade de se comunicar é um ponto positivo, mas, em troca de um serviço gratuito, eles não querem descobrir tudo o que podem sobre nós? O assassino que estamos procurando não teve que sair de casa nem do quarto dele até o momento de pegar as vítimas. Ele descobriu tudo sobre elas na internet. Aonde iam, o que gostavam de fazer, os hábitos. E as pessoas não se dão conta de que estão entregando tudo isso. Se um estranho se aproxima na rua e começa a perguntar aonde alguém está indo, ou de que tipo de filme gosta, se é casada ou solteira, onde estudou ou trabalha, qualquer um ficaria assustado... O mesmo aconteceria se um estranho quisesse pegar o celular de alguém por alguns minutos para ver as fotos. Mas é exatamente isso que as pessoas fazem, enfiam tudo despreocupadamente na internet para qualquer estranho ver.

— É claro que as pessoas não veem a situação desse jeito – disse Moss. – Elas se expõem nas redes sociais para se exibirem. Olhem o meu carro novo, olhem a minha casa nova.

— Olhem o meu menininho – finalizou Erika. Moss concordou com um melancólico movimento de cabeça.

— Não me admira que os famosos movam processos para que embacem os rostos de seus filhos nas fotos... Mas não acho que as pessoas são burras. Imagino que a maior parte delas acha a vida chata e posta suas conquistas, coisas das quais têm orgulho, pois isso as legitima.

— Só que elas não pensam em quem pode estar vendo as postagens – disse Erika. – Eu me pergunto se Janelle, Lacey, Ella e Beth sabiam.

— Jesus, quando você fala o nome delas juntos, o negócio fica pesado! – exclamou Peterson. – Quatro garotas.

— Três – corrigiu Erika. – Vamos salvar a quarta. Ela não vai morrer.
– Ficaram em silêncio um momento, então outro rebocador passou e sua buzina trombeteou duas vezes.

— Jesus Cristo! O que foi isso? – Peterson se assustou, acordando de vez e batendo a cabeça na parte de dentro da porta.

— A Bela Roncadora finalmente acordou – disse Moss. – Na verdade, a Bela Roncadora e Peidorreira.

— Sai fora, Moss, a peidorreira aqui é você. Já fiz um monte de viagens longas com você.

— Ha, ha — riu ela, dando um tapa para trás que acertou as costas dele. Peterson esfregou os olhos e se sentou.

— Que horas são?

— Quinze para as seis — respondeu Erika.

— Vai clarear daqui a pouco — comentou Moss. — Quem quer outro café antes de o escritório abrir?

Pouco antes das 8 horas, saíram do carro e caminharam pela Borough High Street até o escritório da Genesis, onde Bryony Wilson trabalhava. Era um prédio alto de tijolo marrom a aproximadamente 250 metros do mercado. Juntaram-se a um grupo de funcionários de olhos sonolentos que subiam com passos cansados a escada da entrada principal. Foram à recepção e tiveram que lidar com uma chefe de segurança exageradamente zelosa, mas quando mostraram os distintivos e explicaram que estavam investigando o assassinato de uma das funcionárias da companhia, ela chamou o gerente de Recursos Humanos.

Foram instruídos a subir ao sexto andar, mas acabaram saindo por engano no quinto, junto de um grupo de funcionários. Viram o número do andar escrito na parede e estavam prestes a voltar para o elevador quando Moss percebeu um painel com fotos dos funcionários. Debaixo de alguns nomes, havia estrelas douradas. Bryony aparecia em uma foto de ombros encurvados e com um sorriso maníaco de gengivas expostas. Embaixo da foto, havia três estrelas douradas.

— Com licença — disse Erika a uma garota de cabelo escuro prestes a entrar no escritório. — O que as estrelas significam?

— Condecorações — ela respondeu, tirando um cartão de acesso da bolsa. — Quando alguém bate as metas, a companhia manda um voucher de 25 pratas do iTunes por e-mail.

— Bryony Wilson trabalha neste andar? — perguntou Erika.

Moss e Peterson olharam para ela, deviam estar indo se encontrar com a chefe de Recursos Humanos.

— É a líder da minha equipe — respondeu a garota.

Ela colocou o cartão em um sensor e abriu a porta. Entraram atrás dela no grande escritório de plano aberto. A garota parou a uma mesa mais ao fundo em um local dividido em seções.

— Esta é a mesa da Bryony, caso queiram esperar por ela.

A área em que Bryony trabalhava estava bem arrumada e tinha um pote de canetas decoradas com Trolls de cabelos coloridos e eriçados na ponta. De um lado do computador, um personagem amarelo do M&M sorria com o polegar levantado e embaixo da mesa havia um apoio para os pés e um sapato de salto alto elegante.

– Ela vem trabalhar a pé – disse a garota, seguindo os olhos de Erika até o sapato. – Desculpe, quem é você?

Erika mostrou o distintivo e apresentou todos eles.

– Por que estão procurando Bryony? – perguntou a garota, sentando-se em sua cadeira cuidadosamente.

– Bryony sempre trabalha nesta mesa? – perguntou Moss. A garota fez que sim. – Qual é o seu nome?

– Katrina Ballard – respondeu, colocando uma comprida mecha de cabelo atrás da orelha.

Erika, Moss e Peterson começaram a caminhar entre as mesas, examinando como eram adornadas com bagunça, documentos e fotos de família. Erika parou diante de uma mesa onde a foto de um grande cachorro de cara branca estava grudada na parte inferior de um monitor de computador. Era de uma raça incomum. Tinha a cara larga de um staffordshire bull terrier e as manchas pretas de um dálmata.

– Com licença – chamou uma voz feminina estridente. – COM LICENÇA, policiais.

Eles olharam para uma mulher pequena de cabelo escuro alisado e vestido, que pisava duro na direção deles.

– Sou Mina Anwar, gerente de RH.

Aproximou-se e deu a volta neles, tentando ver o que estavam fazendo.

– Obrigada. Acho que descemos no andar errado – comentou Erika, desarmando-a com um sorriso afável.

– Vamos à minha sala, por favor – ela disse, estendendo um bracinho curto para levá-los ao andar de cima. Outros integrantes da equipe estavam chegando e perceberam a agitação.

– Pode ir na frente, estamos logo atrás de você – disse Erika.

Quando chegaram ao corredor onde ficavam os elevadores, o celular de Erika tocou. As portas dos elevadores sibilaram e se abriram. Era John.

– Chefe, ficamos assistindo às filmagens das câmeras de segurança a noite inteira. Conseguimos mais vídeos do carro azul feitos por uma câmera de trânsito perto da South Circular, e conseguimos o número completo da placa. J892 FZD.

Erika suspendeu a mão e eles pararam diante dos elevadores.

– Isso é fantástico, John!

– O carro está no nome de um homem branco de 37 anos chamado Morris Cartwright. Ele é peão de fazenda e foi condenado duas vezes por agressão a mulheres, em 2011 e 2013. Além disso, escuta só, ele mora em uma vila nos arredores de Londres chamada Dunton Green. Fica perto de Sevenoaks.

Erika passou a informação rapidamente para os dois colegas. Moss deu um soco no ar, e Peterson pôs as mãos na cabeça e fechou os olhos.

– Beleza! – exclamou ele.

Mina aguardava diante dos elevadores, tomando bofetadas nas mãos das portas que não paravam de tentar fechar.

– Policiais, tenho muito o que fazer agora de manhã, podem por favor explicar o que está acontecendo? – pediu ela.

– Chefe, você e Peterson vão – disse Moss. – Eu fico aqui e recolho o máximo de informação possível sobre Bryony.

Erika e Peterson pegaram o elevador antes de as portas se fecharem, Moss deu um sorriso para eles.

– Boa sorte e não se metam em perigo – disse ela.

Quando começaram a descer para o térreo, Erika desejou que não fosse tarde demais. Que Beth ainda estivesse viva.

CAPÍTULO 78

Darryl tinha começado a vomitar nas primeiras horas da manhã de domingo, depois uma dor de cabeça chata que iniciou na nuca e foi se espalhando até se transformar em punhaladas na têmpora. Na hora do almoço, a mãe lhe fez um sanduíche, mas a primeira mordida que deu voltou na hora. A dor e a sensação de estar morrendo continuaram até a noite, quando desceu à sala. John e Mary assistiam a um episódio de *Inspector Morse*.

– Mãe, não estou me sentindo bem.

– Você deve estar com alguma virose, vá dormir, e tente ter uma boa noite de sono – disse Mary, analisando-o com os olhos pairando acima de seu drinque.

– Some daqui! Isso sim é o que você tem que fazer – disse John sem tirar os olhos da televisão. – Tenho que acordar para trabalhar de manhã e não quero pegar esse negócio aí que você tem.

Darryl saiu da sala e, ao começar a subir a escada, teve que se segurar no corrimão, sentindo-se tonto e com um formigamento no braço. Foi até a cama e quando deitou a dor aumentou.

Pegou no sono nas primeiras horas da madrugada e começou um ciclo de sonhos que se repetiram sem parar.

No sonho, ele acordava em um belo dia de sol em seu quarto, com a luz jorrando pelas cortinas. Levantava e sentia-se aliviado ao ver que a roupa de cama estava seca. Em seguida, ouvia o *ting ting* vindo do guarda-roupa, um cabide raspando de leve na madeira. Depois o rangido de uma corda esticada e, quando se aproximava da porta do guarda-roupa, a chave começava a girar e a porta se abria, revelando Joe enforcado lá dentro, com os pés balançando no ar, tremendo.

– Você mijou na cama, bebezão – Joe dizia, mas seus lábios não se moviam. O rosto roxo e inchado permanecia imobilizado num sorriso e com os olhos abertos.

Por fim, Darryl sentia o líquido quente espirrando nas pernas.

Os sonhos pareciam cíclicos, repetiam-se sem parar, todas as vezes ele achava que estava acordado e então a mesma cena se repetia. O quarto ensolarado, o *ting-ting* do cabide no guarda-roupa...

A cada sonho, a dor ficava mais intensa na lateral de seu corpo e, no último sonho, o quarto estava escuro. Desceu da cama e tateou as cobertas. Secas. Aproximou-se da cortina e viu que estava escuro lá fora: uma lua grande e iluminada pendia no céu limpo.

Estou acordado, pensou ele, *Tenho que estar acordado.*

Então ouviu alguém respirando com dificuldade no guarda-roupa. O barulho parecia agigantar-se no quarto. A porta se abriu lentamente, uma figura grande saiu dele e foi envolvida pela luz da lua. Era Bryony, com o rosto largo quase enegrecido. O fio do telefone estava enrolado com força em seu pescoço, e ela avançava em sua direção. Darryl acordou e se virou para descer da cama, mas deitada ao seu lado estava a garota da bike de café, Janelle, e ao lado dela, Lacey e Ella. As mulheres, que tentavam abrir os olhos inchados, estenderam os braços na direção dele... Bryony começou a desenrolar o fio no pescoço...

Por fim, Darryl realmente acordou. Chovia torrencialmente lá fora, e ele estava ensopado de suor. Levantou a coberta cautelosamente e uma dor inacreditável acometia a lateral esquerda de seu corpo. A barriga e o peito estavam cobertos de pústulas amarelas. Eram dezenas delas e o simples ato de se mexer disparava dores por seu corpo. O colchão estava ensopado de urina.

– Darryl – chamou uma voz atrás da porta. – Darryl, está tudo bem? Você estava gritando... gritando algumas coisas sobre o Joe.

A mãe dele abriu a porta e entrou.

– O que está acontecendo comigo? – perguntou ele, encolhendo de dor.

A mãe se aproximou e viu as terríveis brotoejas e pústulas.

– Herpes. Você está com herpes – disse ela, incrédula. – Por que estava gritando coisas sobre o seu irmão?

CAPÍTULO 79

Beth despertou de um sono perturbado. Uma luz fraca se infiltrava pela grossa grade de ferro no teto e os respiradouros de metal balançavam ao sabor do vento, acompanhados por um uivo baixo e lamurioso.

Estava com muito frio e ela flexionava os dedos semicongelados atados pela corrente. Encostou a língua no braço. A gaze estava seca e um pouco pegajosa. Há quanto tempo estava ali? Será que aquele monstro tinha voltado enquanto dormia? E se estivesse ali naquele exato momento, agachado nas sombras?

– Olá? – chamou Beth. Sua voz, carregada de uma estranha polidez, ecoou na escuridão. Então, apesar de tudo, ela riu. – Qual é, Beth, ele é totalmente psicopata, não vai simplesmente dar oi também...

Deve ser de manhã, calculou. Havia luz entrando pelo alto e, com certeza, havia um filete de luz branca atravessando por baixo da porta. Lembrou-se da sua última manhã antes de ser raptada. Tinha descido do segundo andar para a cozinha, e viu a tia conversando com um amigo ao telefone.

– Não mexe com esse negócio de sexo a três ainda, Derek – aconselhava. – Por que vocês dois não experimentam ter um hobby e ver se isso não aproxima vocês? Eu sempre quis aprender a jogar bridge, por exemplo. – Tia Marie sorriu e apontou para o bule de café. Beth se sentou no banco, bebeu um pouco e comeu torrada com manteiga e geleia, ouvindo, rindo, enquanto a tia fofocava ao telefone. Pensou no que tia Marie devia estar fazendo naquele momento e sentiu uma saudade louca.

Beth tentou sentar-se com o corpo mais aprumado para que a corrente não apertasse tanto seu pescoço e sentiu uma estranha coceirinha no cabelo. Pôs a mão na cabeça, achando que era uma aranha ou uma mosca e algo caiu do cabelo em sua perna. Pegou aquilo e viu que era a outra metade do alfinete de segurança. Tinha ficado com as mãos acima da cabeça ao tentar destrancar o cadeado. Ele devia ter caído em seu cabelo quando quebrou e ficou emaranhado ali o tempo todo em que ela o procurava freneticamente. Suspendeu a ponta do cobertor ao lado dos pés e pegou o outro pedaço do alfinete.

Agora possuía um pedaço comprido e fino de metal do alfinete com uma volta retorcida na ponta, e tinha também o que havia restado do alfinete de segurança: a cabeça curvada presa a outro comprido pedaço de metal. Lembrou-se de um episódio de *CSI*, a série a que sua tia Marie adorava assistir. A personagem estava presa no armário debaixo de uma escada e usou um grampo de cabelo para abrir a fechadura: ela o quebrou no meio e usou os dois pedaços de metal, enfiando um na parte de cima da fechadura e o outro, na de baixo. Beth não tinha certeza de como diabos o mecanismo funcionaria, mas aquilo tinha que significar alguma coisa, não tinha?

É claro, na série a prisioneira fugiu do armário com o cabelo extraordinariamente arrumado e, ainda que tivesse ficado ali dentro dois dias, sua calça social azul não tinha nenhuma mancha de xixi... Beth imaginou qual seria sua aparência e riu. Uma risada que se transformou em lágrimas. Xingou a falta de luz e o fato de suas mãos estarem atadas. Virou os dois pedaços de metal entre os dedos, mas suas mãos estavam dormentes. Beth soprou nas mãos para esquentá-las.

Se conseguisse fazer aquilo, talvez tivesse uma chance de fugir.

CAPÍTULO 80

Erika atravessava Londres de carro em alta velocidade, com a sirene azul ligada. Peterson solicitou apoio e passou o endereço de Morris Cartwright. Quando chegaram à South Circular, uma chuva torrencial despencou. Martelava o teto, e o limpador de para-brisa mal dava conta do dilúvio, porém Erika seguia acelerando.

Chegaram aos arredores de Dunton Green quarenta minutos depois, pouco depois das 10 horas da manhã. Era uma vila minúscula e muito tranquila e eles a atravessaram em questão de minutos, passaram por uma igreja, pela estação de trem, um pub e um pequeno supermercado, antes de as casas ficarem para trás, dando lugar a uma estradinha rodeada de campos. A chuva continuava a golpear o teto do carro e, quando chegaram ao pé de uma ladeira, Erika passou por uma parte inundada.

— Essa água aí é funda, eita...! exclamou Peterson, agarrando o painel no momento em que a água engolfou o veículo antes de escorrer pelo capô.

Erika achou que o carro ia morrer, mas, milagrosamente, não.

Aproximaram-se de duas casas rodeadas por campos e Erika parou na pequena entrada da garagem da primeira delas. Eram duas casas geminadas que ficavam em uma baixada no meio de um campo vasto. Uma cerca de arame rodeava o quintal, no qual não havia barracão nem outra instalação qualquer. Estava aberta.

— Chegamos, certo? — disse Erika ao desligar o carro.

— Este é o endereço. O pessoal da sala de controle confirmou — respondeu Peterson.

— Mas são duas porcarias de casinhas minúsculas — disse ela.

Desceram do carro com a chuva ainda caindo a cântaros e tiveram que desviar de uma enorme poça de lama no caminho até a porta da casa.

Uma mulher jovem e descabelada, de calça de moletom e camiseta encardida atendeu, trazia um pálido bebê rechonchudo encaixado na cintura, que fez Erika se lembrar do Monstro de Marshmallow do filme *Os Caça-Fantasmas*. O bebê virou-se e os encarou com seus grandes olhos azuis, assim como a mulher, cujos olhos eram minúsculos e um pouco separados demais.

– O que foi? – disse ela.

– Você é a Sra. Cartwright? – perguntou Erika.

– Quem quer saber?

– Sou a Detetive Inspetora Chefe Erika Foster, este é o Detetive Inspetor Peterson – informou Erika, piscando sob a chuva forte enquanto mostravam seus distintivos. – Estamos procurando Morris Cartwright.

A mulher revirou os olhos, inclinou a cabeça para trás e gritou:

– Morris, são os porcos de novo!

O rapaz se aproximou da porta, estava de calça jeans, camiseta e descalço. Segurava um pote de iogurte e estava com a colher na boca.

– Não fiz nada – defendeu-se ao tirá-la. Erika viu que o sujeito não tinha os dois dentes da frente.

Nesse momento, duas viaturas pararam atrás do carro de Erika, com as sirenes azuis ligadas. Morris deu uma olhada e recuou apressado pela entrada da casa. Erika e Peterson passaram correndo pela mulher e pelo bebê rechonchudo. A entrada levava a uma sala surrada e uma cozinha ensebada. A porta dos fundos já estava aberta e eles conseguiram ver Morris correndo descalço pelo quintal encharcado. Ele desviou de um balanço pequeno e foi pular a cerca, mas escorregou e caiu na lama. Erika e Peterson o renderam no momento em que dois guardas apareceram na porta dos fundos.

Todos escorregavam na lama, a chuva ainda caía torrencialmente, e Morris continuava resistindo a Erika, que tentava algemá-lo e informar seus direitos.

– Onde você está tentando ir sem sapato? – gritou Peterson, também escorregando. Ele levantou e empurrou Morris com força contra a cerca, colocando os braços dele para trás.

Erika o algemou.

– Você está preso pela suspeita de rapto, cárcere privado e assassinato de Janelle Robinson, Lacey Greene e Ella Wilkinson, e pelo rapto e cárcere privado de Beth Rose...

Peterson o virou e ele cuspiu em Erika. Entregaram-no aos guardas, que o puxaram e o levaram embora.

– É ele? Você não pode estar falando sério – disse Peterson, limpando o rosto.

– Eu sei, ele é um idiota – concordou Erika, passando as mãos no cabelo. Os dois estavam completamente ensopados.

CAPÍTULO 81

A chuva estava mais forte e rugia no teto da Oast House. Lá embaixo, na fornalha de tijolos, Beth tinha as duas mãos enfiadas entre as coxas. Tentou abrir o cadeado, porém, com as mãos atadas e os dedos dormentes, era como se segurasse minúsculos pedaços de alfinete de segurança com luvas de boxe. Percebeu que as mãos haviam esquentado um pouco, porque tinha começado a sentir dor e formigamento nos dedos.

– Okay, anda, anda, vamos resolver isso – disse, levantando e flexionando as mãos. Estava preocupada com a possibilidade de ele voltar logo. Pegou os dois pedaços do alfinete de segurança quebrado, um em cada mão. Agora era fazer a chave, ou algo que pudesse imitar uma chave. O cadeado estava atrás da cabeça e ela não conseguia ver o que fazia.

Beth respirou fundo várias vezes, em seguida ajeitou o corpo, de modo que o cadeado ficasse apoiado em sua nunca, de cabeça para baixo. Suas mãos estavam atadas e acorrentadas, porém havia uma folga suficiente na corrente para que conseguisse suspendê-las atrás da cabeça. Segurando os dois pedaços do alfinete de segurança, encontrou a fechadura e enfiou o pedaço maior, o que tinha a cabeça no alto, manteve-o fixo no lugar e segurou com força. Com a outra mão, enfiou o pedaço de metal reto de extremidade pontuda.

Com os braços no ar atrás da cabeça, agarrou o cadeado com três dedos.

– Puta merda, que diabos eu faço agora? Giro? Calma, calma... Lembre-se do *CSI*... Você vai sair dessa e vai participar do *CSI*. – Sorriu ao pensar nisso. – Mesmo se não participar, vai ter uma ótima história para contar.

Juntou os dois pedaços de metal e os segurou entre o polegar e o indicador e começou a torcer. A posição era muito ruim e a tranca não cedia. Enfiou as duas metades do alfinete de segurança com mais força dentro da fechadura e torceu novamente.

De repente, o cadeado abriu e retiniu alto no chão de concreto. Chocada, Beth tomou um susto, moveu a cabeça para a frente, desenrolando depressa as correntes do pescoço. Flexionou o corpo sentindo-se alegre e eufórica. Suas mãos continuavam atadas, e a corrente estava presa com um cadeado no lado oposto da gaiola, mas ela conseguia se mover de um lado para o outro.

Beth flexionou o pescoço e o corpo enrijecidos e se aproximou do cadeado que prendia a corrente ao redor de seus pulsos no lado oposto da gaiola.

Foi então que se deu conta de que segurava apenas um pedaço do alfinete de segurança. A ponta arqueada ainda estrava dentro do cadeado caído do lado de fora da gaiola. Tentou encaixar os dedos entre as grades. Estava fora de seu alcance.

– A corrente! Use a corrente! – berrou uma voz em sua cabeça.

Foram necessárias várias tentativas, mas Beth conseguiu usar a corrente como um laço improvisado, pegar o cadeado e puxá-lo para perto das grades. Com o esforço, as feridas em seus braços reabriram e voltaram a sangrar. As gazes estavam ficando ensopadas. Limpou as mãos na irreconhecível camiseta e pegou o cadeado. Recuperou o pedaço da "chave" na fechadura e começou a trabalhar no segundo cadeado. Depois de três tentativas, ele abriu. Beth desenrolou depressa as correntes ao redor dos pulsos sacudindo os braços cuidadosamente.

O cadeado na porta da gaiola demandou muito mais tempo, mas acabou conseguindo abri-lo. Beth gargalhou de alegria, desenganchou-o depressa e abriu a gaiola. A sensação de liberdade era estonteante, e ela começou a andar apressada, sacudindo as pernas dormentes com vontade de que o sangue retornasse aos pés. Abriu a porta da fornalha e o rugido da chuva ficou mais alto assim que pisou na sala externa na torre da Oast House. Estava escuro, porém conseguiu enxergar o telhado em forma de funil através das ripas no teto. Uma brisa gelada e alguns pingos de chuva acertavam seu rosto e, apesar do frio, eram bem-vindos. Achou um interruptor de luz e o acendeu.

No canto, havia uma mesa pequena com a mochila preta e uma caixinha de plástico. Beth aproximou-se dela e a revirou. Ela continha uma seringa, alguns pequenos frascos de medicamentos líquidos e uma porção de bisturis afiados como navalha.

– Ai, meu Deus – sussurrou.

Era idiotice ficar mais tempo ali. Existiam duas portas: uma de correr feita de metal, que estava em frente a ela, e outra pequena de madeira às suas costas. Tentou a porta de metal primeiro, puxou-a com toda a força, mas ela não abriu. Tentou a outra porta e ela se abriu, só que dava passagem para uma enorme estrutura parecida com um celeiro, dividida no que pareciam ser três andares. Entretanto só havia vigas de madeira nuas onde deveria ser o chão dos dois andares superiores e Beth conseguia enxergar as telhas lá no alto. Não havia porta, não havia saída. Apenas minúsculas janelas acima do terceiro nível de vigas.

CAPÍTULO 82

Erika e Peterson seguiam de carro atrás da van da polícia que levava Morris Cartwright. Sacudiam ao longo das estradinhas a caminho da Delegacia de Polícia Sevenoaks, onde conduziriam o interrogatório.

Peterson dirigia e Erika falava pelo viva-voz com John, que estava na delegacia West End Central.

– Puxamos a ficha de Morris Cartwright. Ele foi preso duas vezes e indiciado por agressão e espancamento: a primeira vez, em 2011, foi contra a esposa, mas ela decidiu não prestar queixa; a segunda vez em 2013, mas o caso nunca foi a julgamento. Ele foi preso algumas semanas atrás depois de roubar e tentar revender fertilizantes de uma fazenda da região onde trabalhava.

– E o carro?

– Ele comprou o Ford S-Max azul em 2007... – Houve interferência na linha.

Estavam em um trecho ruim da estrada que levava a uma outra parte inundada, e a van na frente deles reduziu a velocidade para passar.

– John, você ainda está aí? – perguntou Erika.

Houve mais interferência, em seguida a voz de John voltou.

– Sim, chefe.

O celular de Erika apitou, informando que havia outra ligação. Era Moss.

– Espere dois segundos John, tenho que atender outra ligação.

– Chefe, ainda estou na cidade. Não consegui nada na Genesis. Me deixaram dar uma conferida no e-mail de trabalho da Bryony, não tinha nada suspeito, parece que ela era muito dedicada, não misturava trabalho e vida pessoal. Tem uma equipe esmiuçando a casa dela, te mantenho atualizada.

– Obrigada – falou Erika e retornou para John.

– Chefe, tenho mais informação sobre Morris Cartwright. Ele tem um depósito alugado na vila, na Faraday Way, em Dunton Green.

– Bom trabalho, John. Pode ligar para a agência de empregos da região e descobrir qual foi o último lugar em que Morris trabalhou?

– Deixa comigo, chefe.

Eles reduziram a velocidade atrás da van da polícia, que parou diante de um acostamento, e depois prosseguiu virando para a direita.

– Espere aí, pare – ela falou para Peterson, que começava a arrancar para seguir o veículo à frente. Eles observavam a van da polícia se afastar.

– Erika, o que está fazendo? Você é a policial responsável pela prisão. Temos que segui-los e entregar Morris Cartwright para o sargento responsável na delegacia.

– Vou instruir o pessoal por rádio, podem fazer isso por mim. O tempo está se esgotando para Beth Rose e quero ir ao depósito de Morris Cartwright. – A detetive olhou para Peterson, que concordou com um gesto de cabeça. Ela digitou o endereço do depósito no GPS. Cantando pneu, o detetive deu meia-volta, e eles saíram em velocidade, esperando que não fosse tarde demais.

CAPÍTULO 83

Darryl estava com uma dor terrível, mas sentia-se aliviado por não estar morrendo. A mãe o deixou no quarto, e ele conseguiu se enxugar e trocar de roupa. A chuva caía com força ao olhar pela janela, viu o céu quase negro. Acendeu a luz, sentou-se cautelosamente ao computador e acessou as notícias. Suas mãos tremiam enquanto rolava a página. Não havia nada na *BBC London* sobre o corpo de Bryony ter sido descoberto, mesmo assim não conseguia se livrar do sentimento de pavor. As coisas estavam saindo do controle. *Por que a mãe não sugeriu que ligassem para o médico?* Precisava de analgésicos e antibióticos, em seguida iria para a Oast House.

Desceu cambaleando um pouco a escada e viu a mãe na sala. A televisão estava ligada e com interferência

– Mãe... – começou.

– Como é que eu acesso ao teletexto? – perguntou, analisando o controle na mão, sem se preocupar com o rosto acinzentado do filho.

– Você tem um aplicativo do clima no seu celular...

– Não sei mexer naquilo, Darryl – ela disse. – Gosto do jeito que eles mostram no teletexto – acrescentou, apontando para o chuvisco branco na tela. De repente, a imagem apareceu, mas eram das câmeras de segurança ativadas, mostrando os portões na entrada da fazenda.

Darryl se apoiou na parede e começou a entrar em pânico. Era uma viatura, ele viu dois policiais pelo para-brisa. Seu sangue gelou e Darryl ficou paralisado. A mãe, que estava olhando para ele, levantou-se e lhe entregou o controle-remoto. Desde o episódio da van branca, o sensor de acionamento por movimento estava desativado e agora era necessário apertar um botão pelo controle para abrir os portões.

– Anda, aperte o botão e abra o portão – ela ordenou.

– Você sabe qual é o botão – disse ele.

– Aperte. Aí eu chamo o médico.

– Por favor, não – ele pediu.

Ela puxou o controle da mão do filho e apertou o botão que ativava os portões.

– Mãe, você não sabe o que eles querem!

– Provavelmente querem nos contar alguma coisa sobre aquele invasor, ou sobre os ciganos que vimos semana passada, aqueles que estavam parados no portão de noite... ou você sabe por que é que eles estão aqui?

Com o rosto muito sério, Mary o encarou demoradamente.

Na tela, o carro de polícia atravessou o portão e seguiu em frente esmagando o cascalho.

CAPÍTULO 84

Darryl estava escondido no lavabo do vestíbulo, esforçando-se para ouvir o que os policiais diziam à sua mãe no escritório. Eles bateram na pouco usada porta da frente ao lado da sala e, quando Mary atendeu, Grendel tinha ficado meio louca, mas a mãe a trancou na sala e levou os policiais ao escritório.

Darryl saiu do banheiro e se aproximou da porta do vestíbulo. As vozes abafadas prosseguiram e ele prendeu a respiração. Se estivessem ali para prendê-lo, já não teriam feito isso?

Abriu um pouco a porta e recuou, encolhido. Viu pela fresta a mãe no escritório com dois policiais jovens, ela estava agitada, movendo-se entre os dois grandes arquivos em que guardavam toda a documentação da fazenda.

– Isso é tudo o que temos sobre Morris Cartwright – dizia Mary. – Ele era um bom ordenhador, mas não tivemos outra opção a não ser mandá-lo embora... Ele não tinha acesso a nenhuma das instalações da fazenda. Deixamos as chaves aqui no painel, e o escritório fica sempre fechado.

Darryl tentou respirar. *E se a polícia quisesse investigar mais? E se quisessem percorrer a fazenda e dar uma olhada nas instalações?* Tomou uma decisão repentina: tinha que matar Beth. Simples e rápido. Matá-la, desovar o corpo, limpar tudo e depois pararia. Pararia com a loucura, voltaria para o trabalho. Conhecia a fazenda melhor do que a polícia e, além disso, não precisavam de um mandado para poder revistar as instalações? Ele tinha tempo. E havia um labirinto de prédios para revistar antes de chegarem à Oast House.

Darryl até se esqueceu da dor quando colocou as botas e o casaco, em seguida se aproximou da prateleira mais alta no vestíbulo, onde o pai guardava a escopeta. Pegou a arma e a abriu, depois inseriu dois cartuchos que retirou de uma caixa de munição ao lado dela.

– O que está fazendo? – alguém perguntou.

Ele se virou. Mary estava parada à porta, encarando-o. Darryl fechou a escopeta e se apoiou na parede.

– O que a polícia queria?

– Fizeram perguntas sobre Morris. Viram o carro dele em Londres... Mas era você que estava dirigindo, não era?

– Você falou que o carro estava aqui, estacionado lá atrás?

– Não.

Darryl engoliu em seco e pegou a escopeta.

– Mãe, você tem que me deixar ir, por favor... – a voz dele soava estranha e distante.

Ela se aproximou do filho e pôs a mão na porta dos fundos.

– Você sabia que eu não iria lá, não é mesmo? – ela disse, meneando a cabeça. – Sabia que eu ficaria afastada de lá depois do que aconteceu com... com... o meu lindo menino.

– Joe, mãe. JOE. Quer saber de uma coisa? O seu lindo Joe era um valentãozinho sádico.

– Não – disse ela, balançando a cabeça.

– O seu filho não era nenhum anjo.

– Você! – cuspiu ela. – Você é que não é meu filho.

Darryl se aproximou dela, inclinando o corpo e falou entredentes:

– Joe e o outros meninos me esperavam na mata depois da aula, me seguravam no chão e mijavam em mim, depois Joe me obrigava a fazer coisas com eles.

– NÃO! – berrou Mary, colocando as mãos nos ouvidos como uma criancinha.

– Sim. Sim, SIM! – berrou Darryl, agarrando as mãos dela e puxando-as. – Joe se enforcou porque era doente. Era mau. Ele me disse que queria partir.

– Você disse que o achou.

Darryl negou com a cabeça.

– Não. Eu estava lá quando ele fez aquilo. Eu podia ter impedido, mas não quis.

Mary avançou para cima do filho, arranhando-lhe o rosto. Ele bateu com força o cano da escopeta na cabeça da mãe, que caiu no chão imóvel.

Darryl olhava fixamente para ela com o coração aos solavancos. Estendeu o braço para tocar no rosto dela, mas o recolheu novamente.

Pegou a escopeta e saiu da casa.

CAPÍTULO 85

Ainda estava chovendo forte quando Erika e Peterson chegaram ao depósito de Morris Cartwright. Ficava no meio de um campo no final de uma longa e esburacada estradinha. Era uma construção horizontal composta de quatro portas enormes com arcos de amianto em uma grande armação de madeira. Uma estrutura esquisita, parecia que haviam arrancado um pedaço de East London e o afundado em um terreno enlameado.

Peterson acelerou para subir na plataforma de concreto cheia de mato alto, e eles desceram do carro. As janelas na parte de cima estavam escuras. Peterson pôs uma mão no braço dela.

– Erika, se entrarmos, como ligamos Morris a tudo isso? Ele pode alegar que não tem nada a ver com essa história. Que não sabia de nada. Não temos prova nenhuma.

– Beth Rose pode estar aí dentro. Em péssimas condições. Nós trabalhamos para salvar vidas, não é mesmo? – argumentou Erika. Peterson a observou com o cabelo grudado na cabeça sob a chuva forte que não parava de cair. O detetive limpou o rosto e concordou com um gesto de cabeça. – Peça reforços: ambulância, polícia. Não sabemos o que vamos encontrar.

Peterson solicitou reforço enquanto Erika pegava um alicate grande no porta-malas do carro. Aproximaram-se da fileira de portas.

– Era esta aqui, a primeira?

Peterson confirmou. Erika cortou a corrente com facilidade, e eles desenrolaram-na. A porta se abriu soltando um rangido.

Estava vazio, tinha apenas uma pequena pilha de sacos no meio do chão de concreto. A luz atravessava a janela no alto da parede.

– Fertilizante – disse Peterson, dando um chute na pilha.

– Vamos tirar os sacos dali, pode ter um alçapão...

Eles empurraram a pequena pilha, mas não havia nada. Seguiram em frente e abriram os outros depósitos da fileira, que continham equipamento de jardinagem, um carro velho e, no último depósito, havia uma lancha cujo motor estava esparramado no chão.

Voltaram para o carro e entraram, no momento em que três viaturas chegaram com as sirenes ligadas, bem como uma ambulância e um carro de bombeiro.

Depois de uma constrangedora explicação ao pessoal do serviço de emergência, Erika e Peterson partiram novamente rumo à delegacia Sevenoaks. O humor no carro era sombrio, e eles escutaram pelo rádio o comunicado de que tinha sido um alarme falso.

Tinham acabado de chegar à vila de Dunton Green e passavam pelo pub local quando um dos policiais informou pelo rádio que haviam acabado de falar com o último empregador de Morris Cartwright, na Bradley Farm.

– Falamos com uma idosa meio esquisita – dizia. – Tem um cachorrão bravo lá. Ele estava atacado.

– Vocês estão bem? Foram mordidos? – brincou o policial na sala de controle.

– Quase. Se o bicho partisse para cima de mim, eu não teria a menor chance. Era de uma raça estranha, tinha um carão branco tipo bull terrier, mas parecia um dálmata.

Uma lembrança veio à mente de Erika como um relâmpago enquanto os agentes continuavam a conversar. Um bull terrier grande com manchas... Onde tinha visto? Aquela raça. A foto no escritório da Genesis! Era de um cachorro grande de rosto branco e manchas.

– Pare o carro! – gritou.

– Estou em um cruzamento, no semáforo – disse Peterson.

– Dê ré, pare no estacionamento.

Erika entrou em contato com Moss pelo rádio.

– Alguns policias acabaram de sair da Bradley Farm, em Dunton Green. Verifique quem são as pessoas registradas como moradoras de lá.

Moss retornou depois de um momento.

– São Mary, John e Darryl Bradley.

– Você pegou a lista de funcionários com a mulher do RH na Genesis?

– Peguei, sim. Estou trabalhando nela agora.

– Darryl Bradley está nela?

Sentada no carro ao lado de Paterson e com o celular equilibrado na mão, Erika tinha a impressão de que a resposta estava demorando uma eternidade.

– Está, Darryl Bradley. Mora na fazenda e trabalha na Genesis! – respondeu Moss.

– É lá. É lá que ele está aprisionando Beth Rose – afirmou a detetive. Peterson saiu do estacionamento com o motor rugindo e Erika segurou no painel do carro implorando para que não fosse tarde demais.

CAPÍTULO 86

Darryl corria pela chuva e pelo barro com a escopeta escondida debaixo da jaqueta. Passou por vários peões da fazenda sentados com seu pai, protegendo-se da chuva debaixo do celeiro e bebendo chá de uma garrafa térmica. Com suas canecas de plástico, ficaram observando-o passar apressado, sem prestar atenção neles.

– Você acha que ele... bom, você sabe, né? – disse um dos peões mais velhos, com um sotaque carregado, levantando um braço flácido. Era um idoso desgrenhado, com cabelos grisalhos escapando por debaixo da boina.

– Meu Deus, espero que não. Prefiro que seja assassino – comentou John, pegando a garrafa e enchendo a caneca.

Os campos estavam encharcados e Darryl escorregava, mas prosseguia firme pela estradinha enlameada. Quando chegou perto da Oast House, ouviu a chuva martelando o topo da torre. Parou por um momento para recuperar o fôlego e, em seguida, abriu a grande porta de correr. Entrou e viu que a luz estava acesa e a porta da fornalha aberta. A imagem da gaiola vazia o deixou chocado. As correntes e os três cadeados estavam caídos no chão, no centro da manta imunda. Aproximou-se e viu duas metades de um alfinete de segurança projetando-se da fechadura respingada de sangue. Saiu novamente da fornalha, segurando com força a escopeta.

Então algo se movimentou e ele viu Beth avançando em sua direção com um bisturi na mão ensanguentada. Darryl conseguiu reagir a tempo, defendeu-se com o cano da arma, e Beth bateu com força na parede.

Como assim? Que porra é essa?

– Como você...? Onde conseguiu pegar isso? – interrogou, erguendo a escopeta e apontando-a para a garota.

– A gaze que você me deu tinha um alfinete na ponta – respondeu Beth. Estava imunda e tremendo, mas havia escárnio em sua voz. Em seguida, inclinou a cabeça para trás e cuspiu no rosto dele. Chocado, Darryl ficou piscando, e ela aproveitou para correr pela porta de madeira até o cômodo grande da Oast House.

CAPÍTULO 87

John tinha terminado seu chá com os peões e estava prestes a voltar ao trabalho quando ouviu sirenes de polícia na entrada da fazenda. Saiu apressado e, ao chegar perto da casa, deparou-se com vários carros. Grendel latia como uma louca. Foi à porta dos fundos, que estava aberta.

Havia uma mulher loira alta e um homem negro na cozinha, e Mary estava caída no chão de pedra.

– Quem é você? – esbravejou a policial loira enquanto eles levantavam os distintivos e se identificavam. – Detetive Inspetora Chefe Erika Foster e Detetive Inspetor James Peterson.

– John... John Bradley. Sou o proprietário da fazenda... Mary, o que aconteceu com Mary? – perguntou, aproximando da mulher e se agachando.

– Ela tem pulso, mas está com um ferimento horrível na cabeça – respondeu Erika. – Uma ambulância está a caminho.

Ele estava confuso, pôs a pequena mão da esposa entre as suas, que eram grandes e calejadas.

– Sr. Bradley, o seu filho. Onde ele está? – perguntou Erika.

– Está no campo... Acabou de passar correndo pelo campo... – respondeu e olhou novamente para Mary. – Assaltaram a gente?

Erika olhou para Peterson.

– Aonde o seu filho estava indo?

– Estava andando no campo. Eu não sei.

– Andando no campo para onde? – perguntou Peterson.

John estava às lágrimas, com o rosto vermelho, e acariciava o rosto de Mary.

– Indo para o lago, hã, para os campos... para a velha Oast House.

Continuava chovendo quando Erika e Peterson saíram correndo pelo terreno e passaram diante das instalações da fazenda. Chegaram ao portão, pularam, caíram do outro lado e ficaram com os sapatos cobertos de lama.

– Detetive Foster, Erika, está me ouvindo? – chamou uma voz pelo rádio.

– Positivo, na escuta! – respondeu Erika gritando para se sobressair ao barulho da chuva.

– O pai do suspeito afirma que sua escopeta desapareceu. O suspeito pode estar armado. Estamos chamando reforço. Não prossiga sem reforço. Não prossiga sem reforço.

Erika olhou para Peterson.

– Positivo.

CAPÍTULO 88

Beth estava encurralada em um canto do cômodo principal da Oast House. Tremia e estava ensanguentada. A palha sob seus pés descalços era espinhosa e as vigas de madeira estendiam-se acima dela. A pouco mais de um metro, Darryl apontava a escopeta para a cabeça dela. Estavam assim havia vários minutos. A princípio, Beth fechou os olhos, esperando-o puxar o gatilho, porém, como isso não aconteceu, voltou a abri-los. Viu que ele estava suando e que tinha o rosto cheio de brotoejas.

— Por que você não faz isso logo? — disse com a voz rouca.

— Cala a boca. CALA A BOCA! — ele gritou, segurando a escopeta apoiada no ombro e encarando-a ao longo do cano. O dedo segurava o gatilho. O rugido da chuva martelando o telhado enchia o lugar.

Darryl estava de costas para a porta aberta e, atrás dele, Beth viu Erika e Peterson aparecerem. A chuva mascarou o barulho da entrada dos policiais. Estavam encharcados e cobertos de lama. Beth arregalou os olhos e se esforçou para não reagir.

Erika viu a situação e olhou para Peterson. Observaram o interior do local, em seguida ela pôs o dedo nos lábios e sinalizou para que Beth mantivesse Darryl falando.

— Para que... hã... Vocês usam este lugar para quê?

— O quê? — disse Darryl, momentaneamente desconcertado.

Os olhos de Beth chicotearam involuntariamente na direção em que Peterson estava começando a retroceder pela porta.

Darryl percebeu e se virou com a arma.

— Porra! — gritou antes de disparar.

Peterson desabou na palha e pôs as mãos na barriga, sobre uma mancha de sangue que se espalhava rapidamente.

— Não! — Erika berrou horrorizada, correndo na direção dele. Darryl manteve a escopeta apontada para ela.

– Se afaste dele! – gritou Darryl, entrando em pânico, virando a arma entre Beth e Erika. – Você fica aí, e você, você me escutou, se afaste dele!

Erika se agachou sobre Peterson, que estava caído na palha em choque. A mancha vermelha em sua camisa branca não parava de aumentar.

– Ai, meu Deus, que dor, que dor – reclamou Peterson, fazendo careta, com as mãos na barriga.

– Não! Isso não vai acontecer – disse Erika. Darryl estava se aproximando dela com a escopeta, mas a detetive não se importava. – Aqui, aperte com força aqui embaixo, você tem que fazer pressão no sangramento – orientou, pegando a mão do detetive e pressionando-a na ferida.

Peterson gritou de agonia.

– Afaste-se dele! – berrou Darryl, avançando para cima de Erika e apontando a arma para a cabeça dela.

Beth, subitamente, correu até Darryl por trás e conseguiu derrubá-lo.

Erika tinha lágrimas nos olhos e continuava a pressionar as costas da mão de Peterson para baixo. O sangue escorria por entre seus dedos. Pegou o rádio.

– Aqui é Erika Foster. Policial baleado; repito, policial baleado. Levou um tiro e está perdendo muito sangue...

Darryl colocou-se em pé novamente, com a arma apontada para Beth.

– Vá para lá, com eles – ordenou.

Beth se moveu na direção de Erika e Peterson.

Mas então Erika dominou a situação.

– Beth, sei que passou por muita coisa, mas você pode me ajudar, por favor?

Darryl apontou a arma para eles quando Beth, apesar de estar com fome, frio e aterrorizada, concordou com um gesto de cabeça e se aproximou de Peterson e pressionou as mãos na ferida dele.

– Pressão, ele precisa de pressão, mesmo que isso o faça sentir dor – orientou a detetive.

– Por que vocês estão me ignorando?! – gritou Darryl. – Estou armado!

– Deixe os dois irem – disse Erika, virando-se para ele. – Deixe os dois irem embora. Eu fico com você.

Darryl negou com a cabeça e apontou a arma para elas, sem conseguir decidir em que se concentrar. Peterson gemia sob a pressão das mãos de Beth, escorregadias devido ao sangue em sua barriga. Uma calma inacreditável apoderou-se de Erika, que ficou de pé.

— Acabou, Darryl — disse, indo na direção dele com a mão estendida. — Sabemos de todas elas: Janelle, Lacey, Ella, sua mãe...

Darryl balançou a cabeça.

— Minha mãe? Não.

— Sim, sua mãe... Darryl, para onde mais te resta ir?

Erika ouviu o som distante das hélices de um helicóptero. O reforço estava quase chegando. Olhou para Peterson, que esmorecia depressa.

— Beth, pressione a barriga dele — insistiu, tentando manter a voz serena. — Continue pressionando. — Beth pressionou com mais força, mas Peterson já estava imóvel.

— Você tem que nos deixar ir embora. Se nos deixar ir, posso garantir que será bem tratado... — disse Erika voltando-se para Darryl, que ainda segurava a arma.

— Cala a boca! CALA A BOCA, sua puta IDIOTA! — berrou Darryl, que avançou na direção da policial enfiando o cano no rosto dela.

Erika firmou o corpo e o encarou.

— Acabou, Darryl. Que tipo de futuro você tem? Se entregue. Se cooperar, podemos te oferecer um acordo. Você vai ser tratado com justiça — argumentou.

Darryl negou com a cabeça, pressionando o dedo no gatilho.

CAPÍTULO 89

Na sala de investigação em West End Central, John, Crane e Moss ouviam horrorizados ao áudio transmitido da sala de controle da Delegacia de Polícia Maidstone. Escutaram que dois helicópteros estavam se aproximando da Oast House: um com uma equipe de combate e o outro era uma ambulância aérea. Melanie juntou-se a eles quando soube o que estava acontecendo.

– Erika e Peterson entraram na Oast House sem autorização – informou John com lágrimas nos olhos. – Acharam Beth Rose, mas o suspeito, Darryl Bradley, atirou em Peterson... Não sabemos se está vivo ou... – sua voz falhou.

– Então ele ainda está vivo – afirmou Moss, lutando para manter a compostura. – Até recebermos outra notícia, ele está vivo. Entendeu?

John fez que sim. Melanie estendeu o braço e segurou a mão de Moss. Uma voz no rádio disse que a ambulância aérea tentaria pousar, mas o solo estava muito mole. O helicóptero com a equipe de combate disse que estava a postos.

– O suspeito está armado e é perigoso – alguém disse. – Repito, o suspeito ainda está armado e é perigoso.

– Anda – murmurou Moss, impaciente. – Por favor, não deixe isso acabar mal.

CAPÍTULO 90

O zumbido do helicóptero estava mais próximo, entretanto Erika não conseguia ver nada pelas janelinhas no alto da Oast House. Darryl continuava com a arma pontada para ela. Um aglomerado de brotoejas vermelhas cobria metade de seu rosto.

Erika olhou de relance para Beth, que tinha começado a chorar e tinha os braços cobertos de sangue. Peterson estava completamente imóvel. O som do helicóptero ficava cada vez mais alto.

– Darryl, por favor. Acabou.

– Não, não, não, NÃO, NÃO, NÃO! – ele insistia, balançando a cabeça. De repente, virou a arma ao contrário e enfiou o cano duplo na boca. Seus lábios ficaram muito esticados e ele fechou os olhos com força.

– Darryl! NÃO! – berrou Erika.

O barulho foi ensurdecedor, o vidro em uma das janelas foi estilhaçado, e Darryl despencou no chão. Erika correu para cima dele e viu um ferimento em seu ombro esquerdo. Olhou para o alto e viu o helicóptero que pairava ali e a silhueta de um agente segurando um fuzil. Agarrou a escopeta, abriu o cano e tirou o cartucho. Então Erika pegou o rádio.

– O suspeito foi baleado, estou com a arma dele. Tudo sob controle. Repito, tudo sob controle.

De repente, houve um estrondo e uma equipe com três especialistas da Brigada de Operações Especiais entrou. Foram seguidos por quatro paramédicos, que se distribuíram entre Peterson, Beth e Darryl.

– Ele ainda está vivo, mas por pouco tempo – gritou um dos paramédicos, ajoelhando-se no chão ao lado de Peterson. – James, James, está me ouvindo?

O paramédico começou a agir, inserindo uma agulha no braço do detetive.

Erika virou-se novamente para Darryl e colocou-se ao lado dele. Um paramédico colocou uma bandagem elástica no ombro ferido. Desnorteado, ele estava com o rosto molhado de suor e pingos de sangue.

– Darryl Bradley – disse Erika enquanto o paramédico desenrolava depressa um kit intravenoso e enfiava a agulha em uma veia no braço. – Você está preso como suspeito do assassinato de Janelle Robinson, Lacey Greene, Ella Wilkinson, Bryony Wilson, do rapto e da tentativa de assassinato de Beth Rose, e da agressão à sua mãe, Mary Bradley. Você tem o direito de permanecer calado, mas poderá prejudicar sua defesa se, quando interrogado, não mencionar algo que queira usar posteriormente no tribunal. Tudo que disser poderá ser usado contra você.

Ele olhou para cima e ficou encarando a detetive enquanto os paramédicos o colocavam em uma maca e a erguiam.

– Te peguei – ela disse.

Pelo resto da vida, Erika se lembraria do olhar que Darryl lhe disparou quando estava sendo levado embora na maca. Era como se estivesse cara a cara com o mal.

Erika saiu da Oast House enrolada em um cobertor e amparando Beth, enquanto Peterson e Darryl eram levados de maca pela grama ainda coberta de poças de neve derretida e acomodados na ambulância aérea. Em silêncio, elas observavam o helicóptero levantar voo e se afastar lentamente no céu até se transformar em um minúsculo ponto e desaparecer.

– Meu Deus do Céu, obrigada, obrigada! – disse Beth, finalmente desabando.

Erika olhou para a garota, que estava pálida e imunda, puxou-a gentilmente com os braços e elas se abraçaram. Momentos depois, um grupo de viaturas se aproximou no topo da ladeira na direção delas com as sirenes ligadas e piscando.

CAPÍTULO 91

Era tarde da noite quando Erika chegou novamente à delegacia West End Central. Deparou-se com seu reflexo no espelho do elevador durante o percurso até o último andar, e a mulher que a encarava a assustou. Lembrou-se de sua aparência quando Mark morreu, um rosto desprovido de cor e emoção. Estava enlameada, privada de sono, com roupas que usava havia dias e, embora ainda não tivesse se dado conta, estava em choque. Ao sair do elevador, hesitou à porta em que estava escrito EQUIPE DE INVESTIGAÇÃO DE ASSASSINATOS, em seguida entrou.

O andar encontrava-se vazio e as luzes, apagadas, todos os policiais haviam ido para casa horas atrás. Apenas uma sala permanecia acesa na outra ponta do escritório, atrás de uma porta entreaberta. Erika caminhou para a luz. Bateu e entrou. Melanie ergueu o rosto e durante um momento elas permaneceram em silêncio.

– Entre, sente-se – disse enfim. – Uma bebida?

A detetive aceitou com um movimento de cabeça. Melanie tirou uma garrafa de uísque na gaveta e pegou duas canecas.

Erika sentou-se na cadeira em frente à mesa enquanto Melanie servia duas doses grandes, em seguida a superintendente entregou-lhe uma das canecas. As duas tomaram um longo gole.

– Ele saiu da cirurgia – disse Melanie.

– Darryl?

– Darryl também, mas era só um ferimento no ombro. Estou falando de Peterson. Ele saiu da cirurgia. Acabaram de me dar a notícia.

Erika ficou paralisada com a caneca nos lábios.

– Eu achei... eu achei...

– Ele perdeu muito sangue e tiveram que remover um pedaço grande do estômago e, é claro, há risco de infecção... mas, apesar de tudo isso, os médicos estão esperançosos. Ele tem uma grande chance de escapar dessa – Melanie informou com um sorriso débil.

– Ai, meu Deus – disse Erika, largando a caneca na mesa ruidosamente. Pôs uma mão na boca e começou a chorar. Melanie se aproximou, colocou o braço ao redor dela e esfregou seu ombro com força.

– Foi maravilhoso o que você fez hoje, Erika.

– Não, não foi – disse ela, enxugando o rosto e tentando se recompor. – Jamais deveria ter entrado sem reforços. Peterson...

– Você não deveria ter entrado, mas será avaliada sobretudo pelo resultado. Garanto que vou enfatizar isso quando fizer meu relatório. – Erika agradeceu com um gesto de cabeça. Melanie retornou ao seu lado da mesa e sentou-se. – Recolheram dois computadores do quarto de Darryl Bradley, mapas e plantas da rede de câmeras de segurança de Londres que ele baixou. Apreendemos os carros: o Citroën vermelho e o Ford azul, que estavam estacionados atrás da casa. A perícia está trabalhando na Oast House... – Melanie deu uma pausa e outro gole de uísque. – Acharam dentes humanos, vestígios de pele e cabelo na fornalha em que ele mantinha as mulheres.

– E a mãe dele? – perguntou Erika.

– Ainda está no Maidstone General com uma concussão, mas será liberada nas próximas 24 horas. Vamos interrogar os dois, ela e o pai.

– Não acho que o pai sabia – disse Erika.

– Como pode ter certeza?

– Não tenho. Mas havia algo tão inocente nele quando viu a esposa caída no chão. Talvez inocente não seja a palavra adequada. Ele parecia refugiado da vida. Fechado em seu próprio mundo... Talvez a mãe soubesse. Vamos ter que ver o que ela vai dizer quando for interrogada... Darryl Bradley. Ele e Peterson não estão na mesma ala do hospital, estão?

– Não. Quando Darryl Bradley se recuperar, o que deve acontecer em breve, ficará sob custódia.

– Onde?

– Ele vai precisar ser avaliado.

Erika balançou a cabeça.

– Tenho certeza de que, enquanto conversamos, um advogado e um médico caros o estão rondando. Ele vai alegar insanidade... Vai acabar numa porra de uma instituição psiquiátrica chique.

Melanie pôs a mão no braço de Erika.

– Você o pegou, Erika, você o capturou. Ele continuaria fazendo aquilo, tenho certeza. Você salvou vidas. Agarre-se a isso hoje à noite. Com o resto, a gente se preocupa depois.

Erika virou o restante do uísque.
– Obrigada. – Ela começou a se levantar para ir embora, mas parou. – Olha só, me desculpe se te dei muito trabalho quando assumiu o cargo de Superintendente Interina.
– Não vou ficar com esse cargo durante muito tempo. Não vou aceitar o posto quanto for oficializado.
– Não? – disse Erika, surpresa.
– Não. Tenho dois filhos e marido. A vida é curta demais, e eu acabei sendo forçada a escolher. E escolho minha família.
– Não sabia que você tinha família.
– Dois meninos, gêmeos.
– Que legal.
– Recomendei que você fique com ele, com o cargo de superintendente. Não sei o quanto a minha palavra vai influenciar, mas, à luz do que aconteceu, e se eles não quiserem arrancar o seu couro por ter agido sem reforço, acho que tem chance. – Melanie pegou o casaco. – Eu vou nessa. Por que você não fica mais um pouco e toma mais uma dose? Ou vai se familiarizando com a sala.

Ela concordou e Melanie foi embora.

Erika se levantou, foi à janela, olhou os telhados lá fora e depois novamente para o interior da sala. As prateleiras organizadas, cheias de documentos. Um grande quadro-branco cujos quadradinhos continham anotações dos casos. Deu a volta na mesa, sentou-se na cadeira e seus olhos recaíram na parte do carpete onde Sparks tinha desmoronado. Ela sempre teve o sonho de progredir, de ser bem-sucedida na polícia. Mas valia a pena?

EPÍLOGO

Uma semana depois, Peterson estava bem o suficiente para ser transferido da UTI para uma ala normal, e Erika foi visitá-lo. Já tinha ido algumas vezes, mas ele estava inconsciente.

Ela estava nervosa por se encontrar com ele e tinha passado muito tempo escolhendo o que vestir e tentando decidir o que poderia lhe dar de presente. Decidiu por um livro.

Quando chegou ao quarto, no último andar do UCL Hospital, no centro de Londres, Moss estava sentada ao lado da cama. Sentado na cama, Peterson estava magro, porém animado.

– Oi, chefe – cumprimentou Moss, levantando-se e indo dar um abraço em Erika. – Acabamos de comentar que você estava demorando.

– Eu me atrasei... tentando decidir o que vestir – disse ela encabulada, optando por ser honesta. Os dois olharam para a calça jeans e a blusa creme, e Erika acompanhou os olhares. – Eu sei, eu sei... nem parece que fiquei um tempão escolhendo.

– Eu gostei – disse Moss. Silêncio. – Peterson estava me contando uma novidade ótima. Acabaram de tirar o cateter dele.

Ele revirou os olhos e disse:

– Não é algo que eu gostaria de experimentar de novo.

– Como você está? – perguntou Erika, dando a volta para se aproximar, pegando gentilmente sua mão. Ela olhou para baixo, viu o bracelete de identificação e que havia duas agulhas nas costas de sua mão.

– Vai ser lento – disse ele, – mas estão falando que vou me recuperar 100%. Quem diria que é possível viver sem 40% do estômago? – Ele se remexeu sem jeito na cama fazendo careta.

– Eu mataria para que arrancassem 40% do meu estômago. Já viu tamanho da minha bunda?! – comentou Moss. Outro silêncio constrangedor.

– Desculpe. Mas você é o meu melhor amigo e estou aliviada por saber que vai ficar bem. Estou fazendo piada porque não sei mais o que falar – disse, pegando um lenço e enxugando os olhos.

Erika estendeu o braço e pegou a mão de Moss.

– Está tudo bem.

Moss abriu um grande sorriso e falou:

– Pare com isso, estou bem. Então, o que você trouxe para ele? Me falaram para não dar uva, porque agora ele tem menos espaço para acidez no estômago.

– Trouxe o meu livro favorito – revelou Erika, tirando um exemplar de O morro dos ventos uivantes da bolsa e entregando-o a Peterson.

– Obrigado.

– Sei que pode parecer uma escolha esquisita, mas esse foi o primeiro livro que li quando aprendi a falar inglês e ele me impressionou demais. A história de amor, a atmosfera. Achei que um escapismo ia cair bem para você. Para mim cairia. Estava até pensando em reler.

– Então não vou querer ficar com o seu – ele disse, devolvendo o livro.

– Não, esse aí é novo. Comprei para você.

– Quem sabe a gente não lê juntos, ao mesmo tempo – ele sugeriu. – Uma espécie de clube do livro dos convalescentes.

– Me parece uma boa ideia. – Erika sorriu.

Quando Peterson ficou cansado, Erika e Moss despediram-se, prometendo visitá-lo no dia seguinte. Saíram do hospital na Goodge Street, onde o trânsito era intenso. Decidiram caminhar até Charing Cross.

– Me ofereceram formalmente o posto de superintendente – comentou Erika, quando passavam em frente a uma cafeteria onde várias mulheres sentadas tremiam, fumando cigarros.

– Caramba! Isso é ótimo – Moss ficou animada.

– Será mesmo? Eu não sei.

– Não sabe?! Da última vez que promoveram outra pessoa no seu lugar, você pediu para sair em protesto, e agora não sabe?

– É claro que eu quero, mas e a vida?

– E a vida o quê? A vida é o que acontece quando você está fazendo outros planos. Aceite a promoção. Você vai ser a primeira não-cuzona a aceitar esse posto em muito tempo.

Erika riu.

– E se eu virar uma cuzona?

– Aí eu vou ser a primeira a te falar.
– Okay. Combinado!
– Certo, agora que resolvemos isso, vamos tomar uma. Uma não, um monte. A gente com certeza merece. – Moss deu o braço a Erika e a puxou para dentro do primeiro pub, dizendo: – E, como minha nova superintendente, é você que vai pagar a primeira rodada.

NOTA DO AUTOR

Em primeiro lugar, quero agradecer muito a você por ter escolhido ler *O último suspiro*. Se gostou desta aventura de Erika Foster, eu ficaria muito grato se escrevesse uma pequena resenha. Ela não precisa ser longa, apenas algumas palavras, porque isso faz muita diferença e ajuda novos leitores a entrarem em contato com um dos meus livros pela primeira vez. Como acontece com todas as minhas histórias, comecei esta com uma vaga ideia de como a trama se desenvolveria. Não tinha a intenção de escrever sobre redes sociais, mas acho que elas mudaram o mundo de tantas formas que sempre alimentarão minha imaginação. Há tantas coisas boas nas redes sociais: podemos manter contato com parentes e amigos a milhares de quilômetros de distância, elas formam opiniões e com frequência servem de válvula de escape para nossos sentimentos. No entanto, há um lado obscuro que todos nós ainda estamos tentando compreender. Precisamos ter muito cuidado com o que disponibilizamos para as pessoas verem. Nem sempre sabemos quem está observando...

Por falar em redes sociais, você pode entrar em contato comigo pelo Facebook Instagram, Twitter, Goodreads ou pelo meu site: www.robertbryndza.com.

O que acha que deve acontecer agora? Erika e Peterson devem viver felizes para sempre? E o passado de Erika, tem que retornar para assombrá-la nos próximos livros? Ainda há questões a serem resolvidas, não há? Adoro ouvir suas ideias. Leio todas as mensagens e sempre as respondo, além disso, prometo não bisbilhotar seu perfil... Bom, pelo menos vou tentar. :)

Robert Bryndza

P.S.: Se quiser receber um e-mail quando o meu próximo livro for lançado no Brasil, assine o *mailing* na minha página no site da Gutenberg: www.grupoautentica.com/robert-bryndza. O seu endereço de e-mail nunca será compartilhado e você pode cancelar o recebimento a qualquer momento.

AGRADECIMENTOS

Agradeço a Oliver Rhodes e à maravilhosa equipe da Bookouture, é um prazer enorme trabalhar com vocês. Obrigado a Kim Nash pelo maravilhoso trabalho de divulgação dos nossos livros e por estar sempre à disposição dos autores, com seu amor, sua gentileza e bom humor. Um agradecimento especial à minha brilhante editora, Claire Bord. Adoro trabalhar com você! Além disso, seus apontamentos e suas ideias sempre alçam o meu trabalho a outro patamar e me ajuda a atingir o melhor resultado possível.

Obrigado a Henry Steadman por mais uma capa maravilhosa e ao ex-Superintendente Chefe Graham Bartlett do www.policeadvisor.co.uk, pela ajuda técnica sobre procedimentos policiais e por garantir que eu conseguisse permanecer no estreito caminho entre o fato e a ficção. Quaisquer liberdades em relação aos fatos são minhas.

Obrigado a Maminko Vierka por todo o amor e apoio, e pelas muitas risadas. Um obrigado mastodôntico para o meu marido, Ján, que mantém a roda girando de modo que eu possa me concentrar na escrita, e para Ricky e Lola, por manterem os meus pés no chão e bem aquecidos. Eu não conseguiria fazer nada sem o amor e o apoio de vocês.

E, finalmente, um agradecimento gigantesco a todos os maravilhosos leitores, grupos de leitura, blogueiros e resenhistas de livros. Sempre digo isso, mas é verdade, o boca a boca é muito poderoso e sem o seu trabalho pesado elogiando os meus livros e escrevendo em seus blogs, eu teria muito menos leitores.

Este livro foi composto com tipografia Electra Std e impresso
em papel Off-White 70 g/m² na Formato Artes Gráficas.